戦国転生同窓会

織守きょうや

双葉社

戦国転生同窓会

目次

最後の宴にて 5
序 8
ある武将の追憶 10
第一章 18
信長の同盟者・松平元康の追憶 47
第二章 60
信長の妻・帰蝶の追憶 79
第三章 96
後の太閤・木下藤吉郎秀吉の追憶 119

第四章　133
近江国領主・浅井長政の追憶　159
第五章　171
信長直臣・滝川一益の追憶　194
第六章　202
謀反人・明智光秀の追憶　233
第七章　240
第八章　261
信長側近・森成利の追憶　308

最後の宴にて

美濃国《みののくに》、岐阜《ぎふ》城で、同盟相手である北近江《きたおうみ》の大名、浅井長政《あざいながまさ》を迎えての、宴の席だった。

織田信長《おだのぶなが》の前には、木下藤吉郎秀吉《きのしたとうきちろうひでよし》（後の豊臣《とよとみ》秀吉）、滝川一益《たきがわいちます》、明智光秀《あけちみつひで》をはじめとする、織田家の筆頭家臣たちが顔をそろえている。森乱《もりらん》と、珍しく、妻の帰蝶《きちょう》（濃姫《のうひめ》）も傍《かたわ》らにいた。

長政のもとへ嫁いだ信長の妹、市《いち》に二人目の子ができたというめでたい知らせもあり、信長は機嫌がいい。歌や踊りを披露する者もいた。皆が笑い合い、次々と杯を重ねた。

「秀吉、おぬし、飲みすぎではないか」

「なんの、まだまだほろ酔いでござる」

光秀に言われてもどこ吹く風で、秀吉は、上洛前の景気づけじゃ、と笑う。

「それに、次はいつ、こうして皆で集まって酒を酌み交わせるかわかりませんからな。下手をすれば、首になっとるかもしれん」

「木下様」

「秀吉、口をつつしめ」

光秀に続いて乱と一益も、秀吉の軽口を諫《いさ》める。大きな戦《いくさ》を前にして、気弱な物言いと咎められても仕方のないところだったが、信長は「確かにな」と笑っている。

「あるいは、今生《こんじょう》で再び相まみえることはないかもしれん」

覚悟はいいかと、どこかおもしろがるような調子の信長に、

「恐れは致しませぬ」

すぐさま、武将たちが、口々にそう答える。

今生では、という信長の言葉が嬉しかったのだ。輪廻転生《りんねてんせい》など信じていそうにない信長が、まるで——酒の席での戯れであっても——次があるかのように話した。自分たちが、それに値すると言われているようで、誇らしさで胸が熱くなった。

たとえ今生で会うことはなくとも、次の世で再びと——そう思えば、いくらでも命を捨てられる。

織田軍はいよいよ上洛を控え、士気が上がっていた。

「この滝川一益、何度生まれ変わろうとも、大殿のもとへ馳せ参じます」

「この秀吉も、次の世でもその次の世でも、信長様のおそばに参りますで」

調子のいい、と光秀が、呆れた声を出す。帰蝶は微笑んでいる。乱と長政は、「我らも、言うまでもなく」「必ず」と短く言って、その場で平伏した。

宴の席の戯言だが、誰もが真剣だった。

明智光秀、木下藤吉郎秀吉、滝川一益、浅井長政、森乱、そして帰蝶。その場にそろった、ごく近しい者たちを見回し、信長は愉快そうに目を細め、頼りにしている、と応じる。

普段はほとんど酒を飲まない信長が、珍しく酔っていた。

「そのときはまた、こうして皆で飲み交わそうぞ」

軽い気持ちだったのかもしれない。
しかし確かにあのとき、信長は、そう言ったのだ。

序

台風が通過した翌朝、アパートの郵便受けを開けると、郵便物は水に浸かっていた。

ぐっしょりと濡れたそれらを指先でつまみあげて取り出し、自分の部屋へ戻る。

ほとんどがダイレクトメールや、前日に取り出すのを忘れたままになっていた投げ込みチラシだったが、その中に一通、何やら立派な封筒がまじっていた。和紙のような質感の封筒に墨書きで「水野《みずの》真広《まひろ》様」と宛名が書かれているが、差出人の名前はない。これだけ濡れても、あまり滲んでいなかった。そういえば、洋紙と違い、墨汁がしみこむよう細い繊維を漉いて作られる和紙の性質上、また、その墨汁ににかわが入っているため、和紙に墨で書いた文字は濡れても滲みにくいと聞いたことがある。滲みがないのは、高級な紙に高級な墨で書いているというしるしだ。

濡れた封筒がぼろぼろにならないよう苦心しながら封を切り、中のカードを取り出した。カードのほうは和紙ではなく、厚みのある固い洋紙だ。『同窓会のご案内』と、印刷の文字が目に入る。

その下に、「[redacted]様」とある、ペンで手書きされていたらしい宛名の部分が、すっかり滲んで読めなくなっていた。水濡れに対する耐久度に関しては、和紙と墨汁に軍配があがったようだ。しかし、それ以外の部分は印刷されていたから、ほぼノーダメージだ。

定型の時候の挨拶に、不可思議な文章が続いていた。

『本能寺の変から四百四十年が経ち、皆様におかれましては、現世においても多方面でご活躍のこととご拝察しております。

さて、このたび、変後四百四十周年を記念して、同窓会を開催する運びとなりました。この機会に、旧交を温め、なつかしいひとときを過ごせればと思っております』

何かのイベントの案内状だろうか。心当たりはないが、封筒の宛名を見る限り間違いなく自分へ送られたものであるはずだった。一時期、脱出ゲームやマーダーミステリーなどの体験型ゲームにはまっていたから、そのころに応募した何かに当選したのかもしれない。

上等そうなカードと、上等そうな封筒を眺める。いたずらにしては手が込んでいるし、お金もかかっていそうだった。

封筒には案内状のほかに、出欠連絡をするための返信用葉書まで同封されている。案内状には会場らしい旅館の住所と電話番号が添えられていたが、署名欄には「幹事」とあるだけで、一体何の同窓会なのかも書いていない。

もう一度、案内状の文面に目を落とした。

こんなものが送られてくる心当たりなんてない。けれど、引っ掛かることがあった。

荒唐無稽であるはずのそれを、一笑に付して捨てられない理由がある。

『織田信長公にもご出席いただくこととなっております。皆様お誘い合わせの上、是非ご出席くださいますようお願い申し上げます』

案内状は、そんな一文で終わっていた。

ある武将の追憶

織田信長は神も仏も恐れない男だった。

他人の信仰には寛容で、宗教を弾圧したり信仰心を持つ人間を馬鹿にしたりすることはなかったが、彼自身にとっては仏教もキリスト教も政治のための道具にすぎず、信仰の対象ではなかった。

使えるものは使い、利も害も与えないものは捨て置き、邪魔になるものは排除する。それが彼の考え方で、それは宗教についても例外ではなかった。

元亀《げんき》元年（一五七〇年）。敵対していた浅井・朝倉連合軍が織田軍の猛攻から逃れて、聖地とされる比叡山延暦寺《ひえいざんえんりゃくじ》へ逃げ込み、延暦寺がそれを受け入れたのが、事の始まりだ。

寺社の特権の認められた領域内で武家が権力を行使することは許されないとされていたから、浅井・朝倉がそこにいるとわかっていても、織田軍は比叡山に許可なく踏み込むわけにはいかない。

そこで信長は比叡山を包囲し、延暦寺の僧侶たちを呼んで、浅井・朝倉を引き渡すよう求めた。

織田に味方すれば便宜を図ると伝えたが、これには応じないと踏んでさらに譲歩し、寺として戦に加担はできないというのであればせめて中立を保ってもらいたいと、丁重に申し入れた。

しかし延暦寺の僧侶たちはその申し入れを撥ねつけ、そのとき彼らは明確に、信長の敵となったのだ。

二か月にも及ぶ浅井・朝倉連合軍と織田軍との睨みあいは、結局、朝廷と将軍の勅命による和議が成立し、終わりを迎えた。

浅井・朝倉連合軍は比叡山を後にしたが、信長の中ですでに、比叡山延暦寺は無視できない敵として認識されていた。

「比叡山のことだが」

配下の武将たちを一堂に集め、信長は口を開いた。

「邪魔だな。浅井を攻めようにも、いつ背後から比叡山の僧兵に急襲されるかわからない状態では落ち着かなくてかなわん」

比叡山は信長の領地である美濃と、京とを結ぶ交通の要所にある。そして、目下の敵である浅井・朝倉はまさにその比叡山を擁する近江《おうみ》にいる。

信長にとって比叡山は京への道中にある巨大な障害物である。いかがいたしましょうやと問いかける配下の武将たちに、信長は一言、

「焼く」

と言い放った。

歴史ある霊山、比叡山延暦寺を、だ。

当然、臣下たちは騒然となった。

彼らは皆して仏教の聖地としての延暦寺の価値を説き、恐ろしい宣言を撤回するよう信長に進言した。

寺社の自治に対して武家が口出しできないのをいいことに、僧とは名ばかりの山法師たちが武器を持って山の麓をうろつき、異なる宗派の宗徒を殺害し、酒を飲み肉を食し淫らな行為に耽り、修行も学問もそっちのけで破戒の限りを尽くしている現実は、その場にいる全員が知っている。

しかし、歴代の天子に崇められてきた歴史ある寺だ。

明智光秀、柴田勝家、池田恒興《いけだつねおき》、丹羽長秀《にわながひで》、佐久間信盛、木下藤吉郎秀吉。その場にいたほぼ全員が、仏罰や、民衆や諸大名からの反感を買うことを恐れ、破戒僧たちが悪であっても、歴史ある寺や本尊までも焼き払う理由にはならないと信長を諭したが、

「今さらだな」

信長は凄みのある笑みで一蹴した。

「だったら最初から、政治に干渉しなければいい。まして延暦寺は僧兵を擁し、武力を持った組織だ。それはもう、寺ではない」

ただの敵だ。

そう言われ、武将たちは口をつぐむ。

「武装解除に応じろと、忠告ならさんざんした。それを撥ねつけたのはあやつらだ」

淡々と畳みかける信長に、誰一人として言葉を返せなかった。

「俺に喧嘩を売った。その時点で、あやつらは敵だ。女を連れ込み魚も肉も食い放題の僧兵どもに、神だか仏だかの加護があるとは思えんが、もしあの寺に仏がいるならそいつも敵だ」

聖地を侵し仏敵と罵られることも、信長は躊躇していなかった。

僧兵は敵であり、延暦寺は天下への道を阻む障害物に過ぎなかった。

「焼け」

明確に下された命令に、逆らう者は結局、いなかった。


調べてみると、延暦寺の敷地内の建物の大部分はすでに廃絶しており、多くの僧兵たちは麓の町で女たちとともに暮らしていることがわかった。山頂の寺で修行に励む僧などほとんどいない――霊山はとうの昔に修行の場ではなくなり、国一番の寺社は形骸化して、霊性を失っていたのだ。

「容れ物だけがあっても仕方あるまい」

とは、自身も比叡山の麓へと赴き、着火を命じた際の信長の言だ。

突然の襲撃に何の用意もなく慌てふためく僧兵たちを、信長軍はことごとく蹴散らした。

比叡山延暦寺には、名だたる高僧たちもいた。しかし信長は、彼らも一人残らず斬るよう命じた。

堕落していない僧まで斬るのは、と躊躇する配下の武将たちもいたが、

「堕落していく者どもを止めなかったのだから同罪だ。立派な僧がいるせいで比叡山が聖地扱いされ、それをいいことに生臭坊主は悪行三昧だった。命乞いは聞くな。斬れ」

わずかなためらいもなく信長は言い放ち、武将たちはそれに従った。

そして今も、信長は平然と、赤く染め上げられた空を眺めている。

実行部隊を率いた配下の武将が、大講堂が焼け落ちたことを伝えに行くと、そうか、と特に感慨もない様子で頷いてみせた。

報告を済ませた武将は、信長のかたわらに膝をついたまま、彼の視線をたどる。

信長の見つめる先で、山は炎に包まれ、天に向かって真っ黒な煙を噴き上げていた。

一人残らず斬れとの命令に、臣下たちは阿鼻叫喚の地獄を覚悟していたが、蓋を開けてみれば山頂の寺は無人に近く、麓の町にいた女子どもも逃げ出して、実際の被害は武将たちが危惧していたほどではなかった。しかし、僧たちは皆殺しにされたし、歴史ある寺も本尊も、あと数時間で灰燼に帰すだろう。

「仮にも、国を鎮護する霊山なのですが……本当に、容赦なしですね」

「この国を、一から作り直すためだ」

思わず口に出してしまった言葉を、信長は咎めはしなかった。

火の山と化した叡山を見上げ、こちらには目も向けないまま言う。

「俺が焼くのは寺ではない。歪んだまま伸びて腐った根を焼き払うのだ。歴史があろうが何だろうが関係ない。腐った根を放置していたら、木だけじゃなく土まで悪くなる。新しい種も蒔けんだろうが」

思わず、炎に照らされた横顔を見た。

信長は、こうと決めたら結論だけを臣下たちに伝え、こうする、こうしろと説明もなく簡潔に命じるのが常で、そこへ至った思考の経緯を聞かせてくれることは珍しい。

説明されなくても信長の思うところを理解する丹羽長秀や、理解できなくてもただ信長を信じて迷わない森可成《もりよしなり》を、うらやましく思うことも少なくなかった。

突き進む信長の後ろからただついていくことに、不安になることもあったから、こうして信長が、自ら、考えを言葉にして話してくれていることに高揚した。

「歴史だの権威だの、形のない曖昧なものに遠慮して、立ち止まっている暇はない。まだまだやることは山積みだ」

祭りでも見物するかのように両腕を組んで顎をあげ、信長は目を細める。

戦に勝つこと、勝ち続けて天下をとることが最終目的ではない。天下をとって、何をするか。信長の目はその先へ向けられていた。

自身の理想とする新しい国を築くために、今ある古い土台を破壊する。

破壊の先に確固たる目的があるからこそ、彼は迷わないのかもしれなかった。

「まァ、延暦寺の奴らがむかついたってのもあるけどな。宗派の争いで殺し合いだの、寺の威を借りて僧兵が悪行三昧だの、俺の国では許さねえ」

ふいにこちらを振り向いて、親しい仲間内だけで見せる、織田家当主の総大将というよりは悪童の親玉のような表情と話し方で言った。

「これだけ派手にやりゃ、国中どこからでも見えるだろう」

口元が笑みの形を作る。

満足げなその笑顔を見て、この大がかりな焼き討ちには、道を阻むものは滅し尽くすと、日本中の敵たちに見せつける意味もあるのだと悟った。

比叡山は手始めだと、刃向う者はこうなるのだと――浅井や朝倉だけではない、国中にいる敵たちへの、宣戦布告だ。

信長は、すでに、ずっと先を見据えていた。

「怖いか」

目を見開いたままでいるのを、叡山を焼いたことへの恐怖のためと思ったのか、信長はそんなことを言って、わずかに表情を和らげる。

それから、また視線を炎へと戻した。

「心配するな。延暦寺を焼いたのは俺だ。仏罰も神罰も、下るとしたら俺にだ」

息をのむ。

炎に照らされた迷いのない横顔が、あまりに、震えが来るほどに美しくて。

彼と一緒に、天の罰に打たれてもいいと思った。

「……最初に放たれた火の種持ちは、私の隊の者ですよ。いくらなんでもその言い訳は通らないでしょう。まして、神仏相手に」

信長に一言声をかけてもらう、名を知ってもらうためなら死んでもいいと思っている人間がどれだけいるか知っている。

しかし、信長自身は単に自分を崇めるだけの信者を欲しているわけではないとわかっているから、胸の奥から湧き上がる熱を抑えこみ、ため息をついてみせた。

そうして、出来る限りの軽口を返す。

「これだけのことをしておいて今更、神やら仏やらの加護を受けられるとは思っておりませんよ」

もう、覚悟を決めた。
信長は笑って、また、ちらりと目だけをこちらへ向ける。
その顔が、それなら俺を信じていろと、そう言っているようだった。
神より仏より、この男を信じてついていこうと、そのとき、[redacted]は。

第一章

気後れするほど立派な旅館の前で、真広は案内状を取り出し、住所を確認した。

来てしまった。

主催者が誰かもわからないイベントのために、一泊二日の泊りがけで、東京から、はるばる京都まで。

あの怪しげな同窓会の案内状を受け取った後、半信半疑で会場として記載されていた旅館に電話をしてみたら、受付の女性に、同窓会は間違いなく開催されると言われた。さらには――同窓会と言えば、普通は会費制なのではないかと心配していたのが伝わったのか――「ご宿泊の費用等はすべて幹事様からいただいております。出席いただくお客様にご負担は一切ないようにと仰せつかっておりますので、当日は安心してお越しください」と気遣われてしまった。信じられなくて何度も確認したが、立替えなどではなく、交通費も滞在費も、完全に幹事持ちらしい。豪気な話だ。

それを裏付けるかのように、「出席」に○をつけて返信用葉書を出したら、一週間後に新幹線のチケットが送られてきた。

大学生になって初めての夏休みは何の予定もなく、正直、暇を持て余していて、アルバイトでもしようかなと思っていたところだったから、無料で京都観光ができるというのは魅力的だ。現世がどうの織田信長がどうのという文言を真に受けているわけではないが、興味は湧いたし、もしかしたら、ここ数か月の間思い出したように見る、おかしな夢に説明がつくのではという期待もあった。

これが単なる、歴史オタクか何かの集まりだとしても、別に害はないだろうし、誰かの企画したおふざけならそれはそれでいいと思って参加することにしたのだが——ここまでうまい話だと、逆に不安になってくる。

何人が参加するのか知らないが、こんな高級旅館を予約して、人数分の交通費まで出して、一体誰が得をするのか。幹事を名乗る主催者の目的が、まったくわからない。おふざけにしては、金と手間がかかりすぎていた。

しかし、入口に突っ立っていても仕方がない。緊張しながら木製の立派な外門をくぐり、建物の中に入った。

外観は古い日本家屋風だったが、内装は和とモダンテイストが絶妙に配合されて古さを感じさせない。ロビーの椅子には、小学生くらいの女の子が座って、最近予約制で先行発売されたばかりの最新機種のスマートフォンをいじっていた。トイレにでも行っている親を待っているのだろう。着ているものを見ても、いかにもお金持ちの子といった感じだ。さすが、老舗高級旅館は客層も違う。

真広がきょろきょろしていると、シンプルな黒いパンツスーツを着た女性が近づいてきて声をかけてくれた。

「同窓会にご出席のお客様でしょうか？」

「あ、はい。水野です」

「水野様。お待ち申し上げておりました。こちらへどうぞ」

こういう旅館の従業員は皆着物なのかと思っていたが、そういうわけでもないらしい。

彼女に、壁際にある重厚な木製のテーブルへと案内され、宿帳に名前と連絡先を書いた。

「案内状をお預かりします」

「あ、はい」

ショルダーバッグの内ポケットを探り、破れた封筒から、案内状だけを出して手渡す。

「すみません、雨に濡れて、宛名が流れてしまってるんですけど」

「お気になさらないでください。水野様のお名前は、幹事様からうかがっております」

女性はテーブルの上に置かれた漆塗りの文箱《ふばこ》の蓋を開け、真広から受け取った案内状を丁寧にしまった。

箱の中には、真広に送られて来たものと同じ案内状がきちんと重ねて入れてある。

ちらりと見えた、一番上にあった一枚には、「森成利《なりとし》様」と宛名があった。

武将の名前なのだろうが、聞き覚えがなかった。真広は日本史にはあまり詳しくない。その場でスマホで検索すると、すぐにヒットした。『森成利　安土桃山時代の武将。織田信長の小姓《こしょう》を務め、本能寺で主君とともに討死した。森蘭丸《らんまる》の通称で知られるが、同時代書物での表記は「乱」となっている』。

森蘭丸という名なら、真広でも聞いたことがある。歴史もののドラマでは十代のアイドル俳優が演じていたっけ、と、ぼんやり羽織袴の美少年のイメージが浮かんだ。

森成利――森蘭丸あての、同窓会の案内状。「現世においても」という文言。素直に読めば、これは、信長をはじめとする前世が戦国武将だった人たちの同窓会、ということになる。少なくとも、そういう設定の集まりであることは間違いなさそうだ。

しかし、わからないことだらけだった。

これが「ごっこ遊び」なら、どうやって参加者が選ばれたのか。真広は何にも応募などした覚えはない。単にランダムに案内状を送って、参加表明を出した人間だけを組み込むプランだったのか。

およそ信じがたい話だが、仮にこれが本当に前世の同窓会だというなら、真広にさえわかっていない真広の前世を、誰がどうやって知り得たのか。

いずれにしろ、これだけの費用をかけてまで、誰が何のために主催したのか。

同窓会の目的といえば、案内状にもあった通り、同窓の仲間と旧交を温めることなのだろうが――そもそも戦国武将というのは、酒を酌み交わしながら昔を語れるような、そんな和気あいあいとした関係なのか。

（織田信長公にもご出席いただくこととなっております――ってことは、信長の身内とか関係者の同窓会ってことなのかな）

それなら、敵同士であった武将が顔を合わせるようにはなっていないだろうし、平和的な同窓会も可能だろう。

そこまで考えたところで、自分が、この同窓会が「本物」であることを前提にしていることに気がついた。

一人で苦笑する。常識人ぶっても、自分の中にある感情はごまかしようがなかった。

人に話せば笑われてしまうだろうが、これが本物だったら、と望むような、期待するような気持ちがある。

大学生になった頃から、ときどき、戦国時代の夢を見るようになった。

内容は覚えていたりいなかったりだし、場面も飛び飛びだったように思うが、夢には決まって、織田信長やら豊臣秀吉やら、時代劇に出て来るような有名どころの武将たちが登場した。

寝る前に歴史もののテレビを観たり本を読んだりしていたわけでもないのに何故、と不思議だったが、それがもし、前世の記憶なのだとしたら――そんなことが本当にあるのなら――色々と腑に落ちる。

アルバイト先の個別指導塾で何気なく手にとった歴史もののムックを開いて、理由もわからないまま泣きそうになったことがあった。もしも本当に前世などというものがあって、真広のそれが戦国時代に生きた人間なら、あのときの、強烈に湧き上がった懐かしさにも説明がつく。

単なる好奇心だけではなく、確かめられるものなら確かめたいと思って、もしかしたらという期待を抱いて、真広はここへ来たのだ。

「それでは、お部屋へご案内します」

スーツの女性に先導され、廊下を進む。

和風建築ではあるのだが、ロビーや廊下は、カーペットが敷かれた上を靴のまま歩くスタイルだった。もともと華族の邸宅だったものを改装して旅館にしたのだが、その華族が欧風の調度品や内装を好んでいたのだと女性が教えてくれる。

そういえば信長も、西洋の帽子やマントを着物に合わせていたな、と思い出した。もちろん、ドラマの中での話だ。

「同窓会の参加者は何人なんですか？」

「八名様のご予約をいただいております。離れにお泊りのお客様が他に一組いらっしゃいますが、本館は同窓会に出席されるお客様の貸し切りとなっておりますので、ごゆっくりお過ごしいただけます。ロビーとお庭は離れのお客様もご利用になられますが、それ以外の施設は、同窓会にご出席の方々しかご利用になりませんから」

二階の、階段に一番近い客室に通される。

各客室の入口に三和土《たたき》があり、部屋に入るときに靴を脱ぐようになっていた。

廊下と三和土とは、障子のようなデザインの、紙のかわりに磨りガラスを張った鍵つきの引き戸で区切られていて、三和土からあがったところにまた、襖がある。今は襖が開け放たれていて、部屋の中が見えた。

客室は普通の和室だったが、薄型のテレビが壁際に設置され、その横に、ノート型のパソコンが置かれている。テレビはもともと部屋にあった備品のようだが、パソコンはさすがに違うだろう。それだけが明らかに異質だ。

「室内にあるものは、何でもご自由にお使いください。お茶とお菓子も、どうぞご自由に召し上がってください」

女性が微笑んで言った。

促されるまま、真広は靴を脱いで座敷にあがったが、彼女のほうは三和土の隅に立ったままだった。

「明日の午前十一時までのご利用ということで、ご予約をいただいています。お荷物を置かれてご用意が整いましたら、一階南のサロンにお集まりくださいとのことです。同窓会は午後三時からとうかがっております」

それでは失礼します、ときれいな角度で頭を下げ、彼女は引き戸を閉めて出て行く。

一人残された真広は、とりあえず鞄を部屋の隅に置き、着替えを取り出して、縦長の押し入れのような形のクローゼットにしまった。

普通の和室、と思ったが、よく見れば畳は縁のない、半畳サイズのものが市松模様を作るように組み合わせて敷かれているし、床の間に飾られた花と掛け軸は純和風だが、角型の座卓についた座椅子は、黒塗りに真っ赤な座布団を合わせてあり、どこかモダンだ。

座卓の上には二人分の湯呑と急須、電気ポットが置かれていて、片方の湯呑にだけ、床の間に活けられているのと同じ、青紫色の花が入っている。

窓から見下ろした庭の中ほどに茶室のようなものが見えた。あれが、別の客が泊まっていると いう離れだろう。

観光名所にもなっている有名な神社がすぐ裏手にあると聞いていたが、その鳥居も窓から見え、なかなかいい眺めだった。

せっかくの高級旅館、それも一人部屋だ。ゆっくりしたいところだったが、そうもいかない。

時計を見ると、三時十分前だ。

財布と部屋の鍵だけをポケットに入れ、急いで部屋を出た。

＊＊＊

サロンの場所は、「同窓会会場」とシンプルな案内が出ていたから、すぐにわかった。

開始時間には間に合ったので、ほっとして中へ入ろうとして、視線に気づく。

案内板のそばで若い男が一人、両腕を組み壁にもたれて立ち、こちらを見ていた。

本館にいる客は同窓会の出席者だけだと言っていたから、彼もそうなのだろう。年齢は二十代半ばくらいだろうか。見るからに高そうな、襟ぐりの大きく開いた黒いサマーニットを着て、髪は肩を超えるほど長く伸ばしている。

どこか中性的な雰囲気で、真広の周りにはいないタイプだ。目が合ったので会釈をしたら、何故かじろりと、値踏みするような目で見られた。というより、睨まれた。

そのまま、ふいと顔を背けると、真広が歩いてきたのとは反対側の廊下の先へ、さっさと姿を消してしまう。

声をかける暇もなかった。

会場であるはずのサロンに背を向けて、彼はどこかへ行ってしまった。

（ええー……）

旧交を温めるのが目的の集まりであるはずなのに。

それを差し引いても、初対面の相手に睨まれる理由がわからない。出鼻をくじかれて心が折れそうだったが今さら引き返すわけにもいかないので、肩を落としながらサロンに足を踏み入れた。

和のテイストを盛り込んだおしゃれなサロンには、会話を邪魔しない控えめな音量でジャズが流れている。

木製の飾り格子がはまった窓からは庭が見え、光が差し込んでいた。右側の壁と一体化したはめこみ式の本棚には、神社・仏閣の写真集や、京都に関係する本が並んでいる。本を読むためのスペースなのか、一人掛けのソファが本棚の左右に一脚ずつ置いてあって、そのうちの一脚に、十五、六歳に見える少年が座り、つまらなそうな顔で携帯ゲーム機を操作していた。

髪の間からはイヤホンのコードが伸びていて、他の参加者たちとコミュニケーションをとろうという姿勢はまったく感じられない。野暮ったい黒縁の眼鏡をかけて、ファッションなのか単にサイズが合っていないのかわからない、だぶついたジーンズを穿いていた。長い前髪が目に入りそうだったが、気にする風もなくゲーム機の画面に見入っている。一目見て、そのいでたちに親近感を持った。陰キャだ。つまり仲間だ。少なくとも一人、自分と似たタイプがいてくれた。少し気持ちが軽くなる。

他に、先客は二人。奥にある四人掛けのカウンター席の右端に、こちらに背を向けて男が座っている。顔はよく見えないが、雰囲気からすると年齢は三十代くらいだろうか。がっしりと肩幅が広くて体格がよく、筋肉質で、いかにも武将、といった感じの佇まいだ。

彼は、真広が入って来た気配を感じたのか、少し振り向いて、わずかに顎を引くような仕草をした。会釈だったのかもしれない。慌てて真広も頭を下げたが、そのときにはもう、男は視線を前へと戻していた。

部屋の真ん中には長方形のテーブルがある。椅子が八脚用意してあるところを見ると、本来はこのテーブルが、同窓会のために用意されたもののなのだろう。しかしその席にけ、今は一人だけしか座っていない。

艶やかな黒髪を背中まで伸ばした女性で、真広と目が合うと、にこっと笑ってくれた。どぎまぎしながら会釈を返す。

なんとなく戦国武将ばかりをイメージしていたが、信長の関係者の集まりということなら、女性がまざっていても不思議はない。信長にだって、妻も娘もいたわけだし、確か妹もいたはずだ。同窓会で可愛い女の子と知り合うなんてドラマのようだと思ってひそかにときめいていたら、

「邪魔」

尖った声が後ろから聞こえた。

慌てて脇へ退いた真広の横を、明るい茶色に髪を染めた少女——まさしく今どきの女子高生、その中でもちょっと怖めの、言ってみればギャル系の——が通り過ぎていく。

彼女は迷わず部屋の奥まで歩いていってカウンター席の左端に座り、隣の椅子にどすんと音をたてて鞄を置いた。

二人目の女性出席者のようだ。

何故か、機嫌が悪そうだった。仏頂面で、ミニスカートから伸びた脚を組んでいる。

怖々見ていたら気づかれたらしく、「何見てるのよ」とでもいうように睨まれた。

初対面の相手に睨まれるのは、今日だけで二度目だ。慌てて目を逸らすと、後ろから今度はスマートなスーツを着た長身の男が入ってきて、脇を抜けていく。

わずかに肩がかすり、失礼、と声をかけられたが、目は合わなかった。

髪をきちんと整え、眼鏡をかけて、いかにもエグゼクティブといった風情だ。見たところ、参加者の中では、一番年上だろう。三十代後半か、四十代前半といったところか。彼はゲーム機を持った少年が座っているのと対の位置にある一人掛けのソファへ行き、その横に革のアタッシェケースを置いた。

彼にも、他の出席者たちと同じく、和やかな雰囲気はない。

続いて入ってきた男のおかげで、ぴりぴりした空気はさらに決定的になった。

派手な金髪に、ピアス。それも一つや二つではなく、片方の耳に三つも四つも銀色が光っている。二十代前半くらいに見えるが、怖くて冷静に観察することもできなかった。

街中で見かけても絶対に目を合わせたくない、特に、可能な限り揉め事を避けて生きてきた真広のようなタイプの人間にとっては、全力で接触を避けたいと思う種類の人間だ。

そんな相手に、今日一番の眼力で睨まれた。

今度は道をふさいでいたわけでもない、ただ立っていただけなのに。理不尽だ。

こちらに非はないはずなのに、反射的にすみませんと謝りそうになってしまった。

男は一人掛けのソファがふさがっているのを見てチッと舌打ちし、カウンター席の空いている席にどかりと座る。

女子高生が迷惑そうに顔をしかめた。

真広は、うう、と小さく呻いて胸を押さえる。

睨まれるのも、舌打ちも、迷惑そうな顔も、たとえ自分に向けられたものではなくても、苦手だ。

思っていたのと違う。同窓会というのは、こんな殺伐とした雰囲気だっただろうか。

三人はほぼ同時にサロンに入ってきたから、受付では一緒になったかもしれない。そこで何らかのやりとりがあったのかもしれないし、そうでなくても、今どきの女子高生と見るからにエリートタイプの男と柄の悪い金髪の強面とではそりが合わないだろうことは容易に想像がついた。

それにしても、この険悪な雰囲気はどういうことなのか。三人以外のメンバーも、口をきくこともしない。

全員が——少なくとも設定上は——前世で会っていた者同士ということになるはずだが、和気あいあいとした雰囲気はどこにもなかった。

彼らも真広と同じように、突然案内状を受け取って、趣旨もわからないままこの集まりに参加しているのだとしたら、警戒する気持ちは理解できる。しかし、それでもこうして参加したということは、前世でともに過ごした者たちとの再会を求めて来たのではないのか。前世云々を信じていないとしても、イベントに参加しようと思って来たのなら、もう少し和やかな空気があってもいいはずだ。

ぎすぎすした雰囲気の室内を見回す。

いつまでも立っていてはまた邪魔者扱いされかねないので、必然的にと言うべきか、唯一笑いかけてくれた黒髪の女性のいる八人用のテーブルへ向かった。

遠慮しながら、彼女の隣——ではなく、一人分のスペースを開けた席に、横並びに座る。

長い髪の彼女は身体ごと真広の方を向くと、座ったまま膝の上で両手を重ねて、ぺこりと頭を下げた。さら、と真っ直ぐな髪が肩からこぼれる。

「よろしくお願いします」

「あ、どうも……よろしくお願いします」

ようやくフレンドリーな対応をされ、ほっとしながら挨拶を返した。

彼女も、八人掛けの席に座ったはいいが、誰も同じテーブルにつこうとしないので戸惑っていたのかもしれない。

顔をあげると、真広を見てもう一度にっこりした。

(あ、れ)

目が合った瞬間に、ふっと何か、柔らかいもので胸の奥を撫でられたような感覚があった。

懐かしい、ような。

「どこかで会ったこと、ありませんか?」

思わず訊いていた。

「いいえ?」

彼女は、大きな目を瞬かせて首を傾ける。

カウンター席にいた女子高生が、「いきなりナンパ?」と呟くのが聞こえて、慌てて否定した。

確かに、そうとられても仕方ないような発言だった。

「すみません、変なこと言って……」

「いえ。あ、もしかして、前世でってことですか？　それならもちろん、お会いしてると思います。同窓会の参加者同士ですから」

黒髪の彼女は特に不快には思わないでくれたようで、笑顔のままそんなことを言う。

本気なのか冗談なのか判断がつかなくて、曖昧な笑顔を返したところで、さっき入口で見かけたモデルのような容姿の長髪の男が入ってきた。空いている席がテーブル席しかないので、こちらへ来るかもしれないと思って身構えたのだが、彼はテーブル席には見向きもせずに本棚のほうへ行き、ゲームをしている少年の横の壁にもたれて立つ。

これで八人だ。

参加者全員がそろったはずだが、誰も、何も言い出さなかった。この中に幹事はいないのだろうか。

金髪の彼は、どこかに潜んでいる敵を探しているかのように、険しい顔でサロン内を見回している。

女子高生は、同じ年頃の少年が気になるのか、それとも長髪の男を見ているのか、本棚の右側へとちらちらと視線を向けていた。

それ以外のメンバーは、互いに視線を合わせようともしない。

全員が初対面なのだから、誰かが仕切ってくれないとどうにもならないと思うのだが、誰一人として動き出す気配はなかった。

横に座った彼女も、真広と同じように、どうしたらいいかわからない様子できょろきょろしている。

そのとき、ロビーで受付の手続きをしてくれた黒いスーツの女性が入ってきた。

皆の目が、自然と彼女に集まる。

彼女は微笑んで、口を開いた。

「同窓会にご出席の皆様、本日は『さかいや』へご宿泊いただき、ありがとうございます。コンシェルジュの里中《さとなか》と申します」

両手の指をそろえ、背筋を伸ばしたまままきれいに身体を折って頭を下げる。

どうやら彼女が、司会進行の役目を担ってくれるようだ。

彼女は顔をあげるとまた微笑み、三つ折りになった便せんのようなものを取り出した。

「幹事様からお預かりしたメッセージがございますので、代読させていただきます」

メッセージ？　と不審げな目を向ける出席者たちに臆する様子もなく、

「私はあらかじめ幹事様からお聞きしていることについてしかお答えできませんので、ご了承ください」

そう前置きをして、文面を読み始める。やはり、参加者八人の中には幹事はいないらしい。

「皆様のお部屋には、幹事様がご用意された端末が設置されています。その端末から同窓会の専用サイトへアクセスし、ＩＤを取得してください。表示されるガイドに従えば簡単に取得できるようになっています。アドレスはブックマークしてあります」

テレビの横に置いてあった、あのノートパソコンのことのようだ。

絶妙なバランスで和とモダンが調和している室内で、ノートパソコンだけが浮いていると思ったが、やはりあれは同窓会のために用意されたものだったわけだ。

それにしてもこのイベントのためにサイトまで立ち上げるとは、ずいぶん力が入っている。他の参加者たちも同じように思ったらしく、怪訝な表情をしていた。

「アドレスを打ち込んでいただけば、スマートフォンなどほかの端末からでも閲覧できますが、サイトはこの同窓会のために特別に製作されたもので、一週間後にはサイト自体が消滅します。ログも残さないので、安心してお使いください、とのことです」

同窓会が開催される前に、会場案内等を載せるために準備のサイトを作るというのならまだわかるが、開催当日に特設サイトの案内。さらには、ＩＤを取得しろという。意図がわからなかった。

サラリーマンも女子高生も金髪のチンピラも、あからさまに眉を寄せている。

里中コンシェルジュは参加者たちの反応には構わず、笑顔のますますらすらと幹事からだというメッセージを読みあげる。

「ＩＤは二つ取得できます。一つは、現世でのお名前。もう一つは、前世でのお名前です。ＩＤを取得すると、同窓会の参加者同士でメッセージを送りあったり、掲示板に書き込んだりすることができます」

現世での名前、つまり、「水野真広」という名前のＩＤに加え、前世での名前、たとえば「織田信長」という名前でもＩＤを取得できるということだ。

要するに、限定された狭い範囲でしか利用できない、オリジナルのソーシャルネットワークサービスのようなものを用意したということらしい。

「参加者同士が交流するという同窓会の趣旨に鑑みて、最低でも一つはＩＤを取得していただきますが、必ずしも二つ取得しなければいけないわけではありません。たとえば現世ＩＤだけを取得して、前世ＩＤを作らないということもできます。ただ、前世のお名前について、偽名を名乗ることはできませんのでご注意ください」

本当は前世が豊臣秀吉なのに、織田信長のふりはできない、ということだ。フェアなシステムだが、自分の前世を覚えていない真広は、現世ＩＤしか持てないことになる。

（あ、でもむしろ僕の場合、自分の前世を確認するために使えるかも……？）

偽名を使えないということはつまり、正しい前世の名前を入力しないと、ＩＤは取得できないシステムなのだ。

それなら、適当に有名な武将の名前を入力していって、ＩＤが取得できたら、それが自分の前世ということだ。信長とかかわりのあった武将はそれこそ無数にいるだろうから、片端から知っている名前を入力していったところで、簡単に当たりが出るかどうかはわからないが、試してみる価値はありそうだ。

「掲示板への書き込みは、前世でも現世でもＩＤを取得した人なら誰でも閲覧できます。ですから、プライベートなやりとりの際はダイレクトメッセージのほうをおすすめします」

幹事が特設サイトを作った趣旨が理解できてきた。

他の参加者たちも、なるほど、というような表情をしている。

たとえば、自分が豊臣秀吉の生まれ変わりだったとして――かつて仕えた信長とは会って話をしたいが、前世で自分が討った光秀には、自分が秀吉の生まれ変わりだとは知られたくないというような場合、うかつに、「自分は秀吉の生まれ変わりなのだが、信長の生まれ変わりは誰か」と、対面の場で参加者たちに聞いてまわるわけにはいかない。誰が誰の生まれ変わりなのか、それ以前に、誰の生まれ変わりが同窓会に参加しているのかすらわからない状況では、たまたま声をかけた相手が、前世の自分を恨んでいる人間かもしれないからだ。

しかしダイレクトメッセージを使った方法ならば、現世の自分が誰かを伏せたまま、前世IDで任意の相手とやりとりをすることができる。たとえば、「秀吉」として「信長」宛にだけメッセージを送って、オンラインでのみやりとりをすることもできるし、直接会う約束をとりつけることもできる。現世での名前は伏せておけるから、たとえ交渉が決裂したとしても、メッセージを送ったほうも受け取ったほうも、リスクはない。シンプルだが、かなりかゆいところに手が届いたシステムと言えた。

ただ、それは、コンタクトをとりたい相手が前世名でIDを取得している場合の話だ。相手が、戦国時代の恨みを抱えた人間に前世を知られることを警戒して、そもそも前世IDを取得しなかったような場合は、コンタクトのとりようがない。

（けどまあ、そんな人はそもそも同窓会には出てこないか……）

こんな同窓会に出席しているくらいだから、皆、何か思うところがあるはずだ。目的があって参加している以上、前世IDを取得しないというようなことはないだろう。メッセージを受け取っても、無視することもできるのだから、前世IDを取得すること自体にはデメリットは何もない。

おそらく、真広以外の全員が登録するだろう。自分の前世がわからないまま参加しているのが、真広だけなら。

何せ、前世の名前は、案内状に書いてあったのだ。前世の記憶がないうえ、水で案内状の名前が消えてしまったなんて不運の持ち主は、自分だけに違いない。

そう考えると、肩身が狭かった。それでも、真広にとっても、自分の前世を明かさなくていい選択肢が与えられたことはありがたい。誰かに何か訊かれても、「恨まれているかもしれないから、安全のために前世を伏せる」と言えるということだ。

「俺信長なんだけどさ、おまえ誰？」などと皆でオープンに話をし出したら、前世を覚えていないのに参加したなんて言い出せないところだった。

そうは言っても前世の恨みを現世まで引きずって、今さら相手をどうこうしてやろうなどと考える人間がそうそういるとは思えないから、「安全のために前世を伏せてもいい」というシステムはいささか過保護すぎる感があったが。

「もちろん、ご自分の前世を全員にオープンにした上でご交流いただいてもまったくかまいませんが、それを希望されない方もいらっしゃるでしょうから、このようなシステムをご用意しております。ＩＤは最低一つ取得していただきますが、それ以降は、このサイトを利用されるのもされないのも、参加者様の自由です」

まずはＩＤを取得しなければ始まらないから、皆がとりあえず、一旦は自室へ戻るだろう。そうして、それぞれＩＤを取得したうえで、接触する相手を選んでコンタクトをとりあうことになりそうだった。

想像していた同窓会とは大分違うが、現世では皆初対面なのだから仕方がない。

しかし真広の場合、前世名でのＩＤが取得できないと、誰とも踏み込んだ話ができないまま終わってしまう可能性があるのが、気になるところだった。前世を明らかにしないままでは、誰も話すらしてくれないかもしれない。

「何かございましたら、私どもにお申しつけください。同窓会についてのご質問でしたら、サイト上で幹事様がお答えになるとのことです」

里中は便せんを折り畳み、一同を見回した。

「ご説明は以上です。ご質問はございますでしょうか」

誰も、何も言わない。

訊きたいことは山ほどあるだろうが、メッセンジャーに過ぎない彼女に言っても仕方ないとわかっているのだ。それに、皆が見ている前ではうかつに質問もできない。

誰も声を上げないのを確認すると、彼女は入室したときと同じように丁寧に頭を下げた。

「それでは、皆様、ごゆっくりお過ごしください」

里中が退室し、同窓会の参加者たちだけが残されると、サロン内には沈黙が満ちた。

早速部屋へ戻ろうとしたのだろう、女子高生が鞄を持って立ち上がったそのとき、

「あの」

真広の横に座っていた彼女が、発言を求めるように手を挙げる。

皆の視線が彼女に集まった。彼女はそれに臆する様子もなく、にっこり笑って提案した。

「自己紹介をしませんか？」

「自己紹介？」

思わず聞き返した真広に、そうです、と頷く。

「せっかく幹事さんが、対面で前世を公開しなくても前世の名前でコミュニケーションをとれるツールを用意してくださったんですから、前世のことは伏せたままでいいと思います。でも、今の名前くらいは、お互いに知っておいたほうがいいでしょう？　これから二日間ご一緒するんですから」

誰もいいともよくないとも言わないうちに、

「私は吉永《よしなが》ひなの、大学生です。よろしくお願いします」

彼女自身が率先して名乗ってしまった。

促すような目を向けられ、

「えと……水野真広です。僕も大学生です」

つられて名乗る。

ひなのは、よろしく、とまたにっこりして、今度はカウンターの前に立ってこちらを見ている女子高生へと視線を移した。

女子高生は、「私？」と急な指名に戸惑った様子だったが、笑顔のまま自分を見ているひなのに、あきらめたように息を吐く。

「……緒方《おがた》、夏梨奈《かりな》。高校生だけど」

ひなのから目を逸らして、不本意そうに名乗った。

居心地悪げに泳いだ目が、すぐ横にいた金髪に向けられる。

自然、他のメンバーの目も彼へと集まった。

「……加藤信也《かとうしんや》」

なんとなく流れに逆らえなかったのか、意外にも素直に、彼も名乗る。

今度は加藤の右隣、ハードボイルドな雰囲気の体格のいい男に、皆の視線が移った。

「……柴垣《しばがき》、です」

男は、低い声でそれだけ言うと、視線を前へ——窓越しに見える庭へと戻してしまう。

加藤や夏梨奈のように尖った雰囲気はなく、表情自体は穏やかなのだが、任侠映画に出てきそうな迫力があった。

怒っているわけではなく、おそらく、もともと寡黙な男なのだろう。

名字だけを名乗ったきり黙った彼に、誰も、職業は？　とも下の名前は？　とも訊かなかった。

どこまで個人情報を明かすかは本人の自由だし、今のところは個人を識別できる程度の情報があればいいから、追及する必要もない。

そのまま右回りに進んで、今度はスーツの男の順番になる。

「緑川《みどりかわ》です。銀行員です」

背中に針金でも通っているのかというほど姿勢よく立った彼は、何故か一つため息をついてから言った。

「下の名前は伏せさせてもらいます。これから二日一緒に過ごす際、呼びかけることもできないと不自由……という理由なら、名字だけでも十分なはずですから」

神経質そうな仕草で、メタルフレームの眼鏡のブリッジを指で押し上げ、目を閉じる。

「これだけ高度に情報化した社会で、素性のわからない初対面の人間にフルネームを教えるなんんて、不用心がすぎる」

「ちょっと、そう思ったなら私たちが名乗る前に言ってよ！」

嚙みついた夏梨奈にも、うるさそうな目を向けるだけで相手にしなかった。

次は誰です、というように室内を見回す。

本棚を挟んで、緑川の隣に立っていた長髪の男が、腕組みをしたまま、仕方ないというように口を開いた。

「颯《そう》。職業は美容師」

彼もまた素っ気ない。しかし、職業については納得だった。美容関係の仕事に就いているのなら、ファッション誌からそのまま抜け出てきたようなコーディネートや髪型にも頷ける。

一人を除いて全員が名乗り終え、必然的に、最後の一人へと視線が集まった。

一人掛けのソファに座った少年は、うつむいて携帯ゲーム機をいじっている。長い前髪が顔にかかって、表情がよく見えないが、室内でのやりとりに全く興味がなさそうなのはわかった。他のメンバーたちの自己紹介も聞いていたのかどうか。周囲からの視線を気にも留めない様子で、ゲーム機から顔を上げようともしない。

「……えと、君は？」

加藤や夏梨奈あたりが怒りだす前にと、そっと促してみた。

少年は前髪の間から、眼鏡のレンズごしに真広を見上げる。

「……神谷《かみや》」

一瞬だけ目が合って、答えたときにはもう、視線はゲーム機へと戻ってしまっていた。

柴垣といい、彼といい、同窓会に参加しているからには何か目的があってここにいるはずなのに、他人とコミュニケーションをとろうという気持ちがまったく感じられない。

それでも自己紹介に応じてくれただけ、ましだと思うしかなかった。

自分たちだけフルネームを名乗らされて不満そうにしていた夏梨奈が、腹立たしげに息を吐き、一度は置いた鞄をとりあげる。

「これで全員名乗ったし、もういいでしょ。私、部屋に戻るから」

「おい、待て。さっきの質問に答えろよ」

今度こそサロンを出ようとした彼女を、加藤が厳しい声で呼び止めた。

やはり、サロンへ入ってくる前に、加藤と夏梨奈は言葉を交わしていたらしい。

「おまえ誰だ。明智じゃねえだろうな。さっき目が合ったときから、気にくわねえ感じがしてたんだ」

敵意のある口調と、それ以上に、その内容にどきりとする。

明智。明智光秀？　謀反を起こし、本能寺で、主君だった信長を討った——。

夏梨奈は足を止め、迷惑そうに加藤を見た。

「は？　言いがかりはやめてくれる」

「俺は裏切り者が許せねえだけだ。関係ねえ奴らには用はねえ。前世の名前を教えろ」

「教えるわけないでしょ。馬鹿じゃないの。さっきの話聞いてなかったの？」

「あ？」

真広だったら、睨まれた次の瞬間には謝ってしまっているところだ。しかし夏梨奈は、強面の加藤に睨まれても萎縮するそぶりも見せない。

「あんたこそ」

それどころか、真正面から睨み返して言った。

「そうやって、信長様に忠実なふりして、本当は裏切り者じゃない証拠がどこにあるのよ」

「んだと……！」

「ま、まあまあ……！　前世の話はさ、まず、メッセージでさ……そのほうが冷静になれるってことで用意されたシステムだろうし」

思わず割って入る。

さすがに女の子に手をあげるようなことはしない、と思いたいが、加藤は沸点が低そうだし、夏梨奈のほうもいちいち挑発するような物言いをするので見ていられなかった。

なんだおまえ、と睨まれ怯みかけたが、なんとかこらえて笑顔を浮かべる。

「それに、彼女が、えーと裏切り者かどうかなんてわからないんだから、仮定の話で熱くなっても……」

だからここは落ち着いて、と続けるつもりだったのだが、

「じゃあおまえかよ」

「えっ」

「仮定の話に意味がないってんなら、はっきりさせりゃいいだろ」

思いがけず矛先がこちらへ向いた。

加藤の背中ごしに見えた夏梨奈は、半眼になって、うんざりした様子でいる。

感謝されたかったわけではないが、あまりに助け甲斐のない反応だった。

加藤も、何やら、夏梨奈に対していたとき以上にヒートアップしている気がする。

彼の怒りの火に油を注ぐような夏梨奈の対応を見兼ねて間に入ったつもりが、逆効果だったように思えてきた。

宥めるどころか迫力に圧《お》されて、夏梨奈のように言い返すことすらできない。

「いや、だからそれは、サイトでＩＤをとって……」

「ＩＤだのメッセージだの面倒臭えことしなくても、やましいことがねえなら答えりゃいいだろうが。てめえが明智光秀かって訊いてんだよおら」

ひぃ違いますごめんなさい、と思わず言って首をすくめる。違うも何も、覚えていないのだが。これで、後で自分の前世が明智光秀だったとわかったら、余計こじれる気がするが。

「だったら誰だ。秀吉か？　浅井か。それとも」

「だからそういうのを、メッセージでやりとりしろって言ってるんでしょ幹事が。こうして感情的にならないための配慮なんじゃないの？」

畳みかけるような加藤の言葉を、颯の声が遮った。美容師だと言う彼は、腕組みをして立ったままだ。夏梨奈と同じで、どこか他人を馬鹿にするようなシニカルな口調だった。

一応は助けてもらった形になるのかもしれないが、誰も彼も、もうちょっと穏便に話せないのか。真広はハラハラしながら二人の間に視線を行き来させる。

加藤は颯のほうを振り向いて何か言おうとしたようだったが、

「これは忠告ですが」

と、今度は銀行員・緑川が口を出した。

「そうやって、皆の前で自分の思惑をあまり声高に叫ばないほうがいいですよ。あなた自身も、前世で誰に恨まれているか知れない。戦国時代、殺し合いは日常茶飯事だったんですから。発言内容から、あなたの前世が知れてしまうこともありえます」

加藤はぐっと黙った。

緑川の発言に思うところがあったのか、それとも、単に分が悪いと思ったのか。彼の真意はわからないが、この場で参加者たちの前世を明らかにすることについてはようやくあきらめてくれたらしい。

ちっと舌打ちをして、誰よりも先にサロンを出ていってしまった。

心臓がばくばくと鳴っている。これまでのどかに生きてきたので、他人に凄まれるのも怒鳴られるのも経験がなかった。

「何それ、演技？　それとも本気でびびってるわけ、あんなのに」

胸を押さえて心臓を落ちつかせようとしている真広に、夏梨奈が蔑むような目を向ける。

「逆に怪しいんだけど。弱々しいふりして、誰かの寝首をかこうとしてるんじゃないの」

言っとくけど、そういうの通用しないから。そう言い捨てて、彼女も出ていった。

返す言葉もない。同窓会一日目、開始早々から心が折れそうだ。

女子大生・ひなのが、大丈夫ですか、と声をかけてくれた。

「加藤さん、今は気が立ってらっしゃるようですから、しばらくそっとしておいたほうがよさそうですね」

そうだね、と返しながら、真広は、他の参加者たちが次々とサロンを出ていくのを見送る。

前世の旧交を温めるはずの同窓会なのに参加者の前世を伏せるなんて、トラブルになるのを避けるための措置にしても大げさだと思っていたけれど——幹事の配慮は、あながち的外れなものではなかったのかもしれない。

前世の恨みを現世まで引きずる人間なんてそうそういるわけがないと、気楽に構えていた。しかし、自分には前世の記憶がないからそう思うだけで、たとえば、信頼していた相手に裏切られたり、自分や身内を殺されたりした者なら——現世においてもその相手を許せないと、思うことがあるのかもしれない。

明智か、秀吉かと、強い口調で自分に迫った、加藤の目の真剣さを思い出した。

（誰も、否定しなかった）

夏梨奈も、颯も、あの冗談が通じなそうな緑川でさえ、彼を宥めるために、「前世云々は設定なんだから」などとは言わなかった。それどころかあの場の全員が、自分たちが戦国時代の誰かの生まれ変わりであることを前提に話しているようだった。

真広のように曖昧な、期待半分面白半分の動機ではない。彼らは皆、自分が前世で誰だったのかはっきり覚えていて、興味本位ではなく、他の参加者たちの前世も知りたがっている。

だとするとこの同窓会は、思っていたよりずっとリスキーだ。

温厚そうな女子大生・吉永ひなの、勝気そうな女子高生・緒方夏梨奈、金髪の強面・加藤信也、寡黙なハードボイルド・柴垣、眼鏡のインテリ銀行員・緑川、イケメン美容師・颯、陰キャ（っぽい）眼鏡男子・神谷。

彼ら参加者の中の誰が、前世の自分を恨んでいるかもわからない。

参加者には何らかの目的があるはずだとは思っていたけれど、その目的がポジティブなものばかりであるとは限らないということに、ようやく思い当たった。

そして、一番危険なのは、自分自身の前世すらわからないでこの同窓会に参加している、自分なのかもしれないのだ。

信長の同盟者・松平元康の追憶

松平竹千代《まつだいらたけちよ》が初めて織田信長に会ったのは、六歳のときだ。

信長は織田家の嫡男《ちゃくなん》で、竹千代は織田家に連れてこられた人質だった。

何度も想像はしていたが、本気で死を覚悟したのは初めてで、もう本当にだめかと思った瞬間だったから、そのとき見た彼の姿は、記憶に焼き付いている。

竹千代の実家である松平家は、当時、織田家と敵対していた今川義元《いまがわよしもと》の庇護《ひご》を受ける立場だった。

信長の父・織田信秀《のぶひで》が、松平家の治める西三河《にしみかわ》を侵略しようと狙っていることを知り、竹千代の父広忠《ひろただ》は、今川に助けを求めた。その見返りに今川は、息子の竹千代を人質に差し出すことを求め、竹千代はいわば忠誠の証として、西三河から今川のもとへ送られることになったのだ。

しかしその道中で竹千代は護送役の裏切りによって拉致され、尾張《おわり》に連れてこられた。今川の人質になるはずだった竹千代は、織田の人質となったわけだ。

息子の助命と引き換えに、織田方に寝返るようにと、信秀は広忠に迫ったが、広忠はこれを拒んだ。

自分が父に見捨てられたと聞いても、竹千代は、特に衝撃は受けなかった。竹千代の母は彼が三歳のころ、実兄が織田方に寝返ったことを理由に父から離縁されていたから、父が自分だけを特別扱いすることはないだろうと思っていた。だから、予感はあった。

竹千代は、事実を事実として受け止めた。そうするほかなかった、ともいえる。

居並ぶ家臣たちを前に、無言でいる信秀を、座してただ眺めていた。

信秀が父に、「従わなければ息子を斬る」と伝えたことは竹千代も知っている。

正直、松平家や父のため、まして今川のために、ここで死のうという思いは全くなかった。命が助かるなら何でもするつもりがあった。しかし、命乞いは無駄だということもわかっていた。

従わないなら人質を殺すと松平家に迫った手前、要求が容れられなかったのに人質を生かしておいては面目が立たない。従わなくても殺されないという前例を作ってしまえば、今後人質というものが一切意味を持たなくなってしまう。

だから自分が泣いても騒いでも、何も変わらないだろう。信秀が殺そうと決めたなら、自分は、どうあがいても殺されるだろう。

それならせめて、見苦しくないよう、落ち着いて受け入れよう、と思っていた。

どうせ死ぬなら死ぬで、取り乱すことなく立派な最期だったと伝えてもらえるほうがいいし、あわよくば、六歳の子どもが毅然とした態度でいるのを見て、誰かが信秀を止めてくれるかもしれない。あるいは、信秀が考えを変えてくれるかもしれない。

悪あがきをしない、というのが、むしろ、生き延びるためには最善であると判断した結果だった。わずかな希望だが、松平家の跡継ぎである自分に、価値を見出して生かしてくれる可能性に賭けたのだ。

長い沈黙の後、信秀は苦々しげに顔を歪めて言った。

「松平広忠は、なかなかに気骨のある男らしいな」

本気でそう評価したのか、それとも皮肉かはわからない。

その表情から竹千代は、信秀が自分を斬りたくないと思っていること、しかし斬るしかないと思っていることを悟った。

信秀が立ち上がり、刀に手をかける。

やはり駄目か、と思った、そのときだった。

「なあ親父、こいつ、俺にくれ」

緊張感のない声が、張りつめた空気を破った。

信秀も家臣たちも一斉に声のしたほうを見る。竹千代も見上げた。

立っていたのは、赤い紐で髪を結い、湯帷子《ゆかたびら》を着て腕も脚も剝き出しの、どこの悪童かと思うような少年だ。信長様、と誰かが呟くのが聞こえ、竹千代は、彼が信秀の嫡男であることを知った。

「いらないならくれよ。ちょうど今、村の奴らを集めて隊列を組んでみたところなんだ。もうちょっと人数が欲しいと思ってた」

その場の重苦しい空気をものともせず、どかどかと足音を立てて入ってきた信長は、そう言って竹千代を見下ろす。

信秀は刀の柄から手を放し、渋い顔を息子へ向けた。

「西三河の松平の跡取りだぞ。犬の子でもやるように、くれと言われてやれるか」

「いらないから斬ろうとしていたんじゃないのか」

信長は不満げに口を尖らせたが、

「まあ、確かに松平の跡取り息子なら、これから色々と使い道があるだろうさ。俺の遊び道具にしておくのはもったいねえってのはわかる」

斜め上へ視線を向けると、腕を組み、思案するような顔でそんなことを言う。

そうして、明るい声で提案した。

「だったら、こいつが親父に必要になるまで、時々でいいから貸してくれ。それならいいだろう」

信秀の家臣たちは、あっけにとられている。

信秀は、苦虫を噛みつぶしたような顔で、まったくおまえは、と呟いた。それから、勝手にしろ、とあきらめたように背を向ける。信長は、「決まりだ」と満足げに頷いた。

自由奔放な息子に織田家の当主が頭を悩ませている、という噂は竹千代の耳にも入っている。その噂を裏付けるような、父子のやりとりだった。

しかし、背を向ける一瞬前、信秀の口元がわずかに緩んだのを、竹千代は見た。

信長に指摘されるまでもなく、松平家の跡取りである竹千代の利用価値くらい、信秀も考えていただろう。殺さなくても、後で役に立つかもしれないと理由をつけて、斬らずに済む方法も考えたはずだ。しかし、ここで殺さなければ示しがつかない、逆らう者たちへの牽制にならないという思いの間で揺れていた。うつけの息子のわがままという形でこの場を収めることができて、竹千代の次にほっとしたのは信秀だっただろう。

信長は単に、父親に助け舟を出しただけだったのかもしれない。それでも間違いなく、竹千代は信長に命を救われたのだ。

信長は、八つも年下の竹千代をよく気にかけ、たびたび幽閉場所だった熱田の屋敷から連れ出してくれた。

当時信長は実の兄弟や両親とは離れて暮らしていて、実母や弟とは折り合いがよくなかったから、竹千代を弟のように遇することで安らぎを得ていたのかもしれない。

そして竹千代も、すぐに彼を好きになった。

敵方に囚われた人質である竹千代と、その敵方の跡取りである信長は正反対の立場であるはずだったが、二人の間には奇妙な共感があった。

父の家臣たちからはうつけと謗《そし》られ、母に疎まれ、それでも毅然と自分を貫く信長を、竹千代は純粋に尊敬した。

信長は、家中では父親や守役のほかに味方がなく孤独だったが、領民には慕われていた。どこからか見つけてきた少年たちを引きつれて領地を走りまわり、彼らに隊列を組ませ、戦の真似事をすることもあった。

織田家の重臣たちは、また馬鹿息子が馬鹿な遊びをしているというような目で見ていたが、信長は真剣だった。

「いつか俺は織田の当主になる。そうしたら、戦で兵を率いるのは俺だ。これは、そのための準備だ」

土手の上に立ち、槍の訓練をしている村の少年たちを見下ろしながら言った。

背筋を伸ばして胸を張り、堂々と配下の少年たちを見下ろす彼は、すでに将の顔だ。

その迷いのない横顔を、草の上に座った竹千代は、複雑な思いで見上げる。

信長のことは好きだが、だからこそ、胸に湧いたもやもやとした思いがあった。

「戦は、絶対に避けられないものですか。どうして、戦をするのですか」

思い切って訊いてみる。腰抜けと罵られても仕方のない質問だ。この戦乱の世に、武将の息子が、疑問を抱くこと自体、本来ならば許されない。しかし信長は答えてくれた。

「戦に勝てば、国が栄える。金や兵力を得て、より国を強くしていける」

竹千代ではなく、隊列を組んで槍を振るう「兵たち」に目を向けながらはっきりと言う。

「侵略することを望まない国であっても、他国からの侵略を防ぐためには力が必要だ。戦わなければ、踏みつけられるだけだ」

その通りだった。

だから皆が戦う。終わらない。生き残るためには戦うしかなく、そのためには力が必要で、それがすべてに優先される。家族の絆より、命よりも。

信長は当たり前のことを口にしただけだ。それなのに、何故か悲しかった。

竹千代が何も言えずにうつむきかけたとき、

「けどな」

と、信長が続ける。

「そんな世は間違っていると、俺は思う」

竹千代は顔を上げた。

しょげている弟分を慰めるために言っているわけではない。信長は竹千代を見てもいなかった。鍛錬の様子を見下ろし、きっぱりと、強い目で宣言する。

「俺が終わらせる」

本気で言っているのがわかった。

そして、信長ならば実行するだろう。

胸が熱くなる。

ほっとしたからか感動したからか、嬉しかったからかはわからないが、涙が滲むのを顔を伏せて隠した。

信長がそれに気づいたかどうかはわからない。彼は視線を前へ向けたまま、何も言わなかった。


それから、竹千代は、できる限り信長と行動を共にするようになった。毎日というわけにはいかなかったが、信長が戦ごっこをするときは特に熱心に見学した。

信長が何を考えているのかを知り、理解したいと思ったからだ。

敵方の子どもに、信長は嫌な顔ひとつせず自分の考えを語ってくれた。

「俺はな、竹千代。目的のために必要なことなら何でもするし、役に立つものは何でも使う。誰に罵られようが馬鹿にされようがかまわん。うつけ呼ばわりを悔しく思ったことはない。むしろ愉快なくらいだ」

負け惜しみではない証拠に、信長は笑って言う。

「俺をうつけと呼ぶのなら、そいつらには俺の考えが理解できないってことだ。逆に言えば、俺にはそいつらの考えつかないことができる。つまり、そいつらは俺に勝てない」

彼がうつけなどではないことは、少し行動を共にすればすぐにわかった。確かに彼の行動は突拍子もないが、そこにはすべて理由がある。馬で野山を駆け回っているのも、地形を把握して、地の利を戦に活かすためだし、長い刀の柄に荒縄を巻き付けているのも、絹の柄糸では汗で手が滑りやすくなるからだ。信長の行動は、理にかなっている。これまで誰もやらなかったから、破天荒に見えるだけだ。竹千代はついていくのがやっとだったが、振り回されるのも楽しかった。

信長はそういった男だった。

「俺は利用できるものは何でも利用して、他の奴らが考えもしなかった方法で、頂点に立ってみせる。そうして、すべての人間が安心して暮らせる世の中を作る。田畑を捨てて戦に出たり、他国からの侵略に怯えたりしなくてもいい世の中だ」

そのために必要なのは、伝統や家柄や礼儀や建前などではない、ただ実力なのだと、信長は言った。

この言葉のとおり、信長は、農村の出身であろうと孤児であろうと関係なく、これと見込んだ少年には馬を与え、槍を教えた。

力のある者、志のある者を重んじ、身分は問わなかった。

武家の息子たちとも直接会って話を聞き、気に入ればその場で召し抱えた。そうして周りには、彼を崇拝する若武者たちが増えていった。

うつけと呼ばれ織田家の中では四面楚歌だった信長は、自分自身で役に立つと思う人間を集め、親衛隊と呼べるようなものを作り上げていた。

ただ、信長が織田の跡取りだから従うわけではない。彼らは織田家の古い重臣たちとは違い、信長の考えに賛同し、感銘を受け、信長個人を慕う者たちだった。

「今の織田家の家臣は、父上の家臣だ。俺の家臣は、俺が自分で選ぶ」

言い切った後で信長は少し笑って、竹千代を見る。

「おまえは西三河の跡取りだからな。俺の家臣にはできねえな」

ほんの一瞬、自分が松平の嫡男であることを、心のどこかで残念に思う気持ちがあった。

信長個人を慕い、彼と同じものを見たいと思っているのは竹千代も同じだった。信長なら、敵方の将の息子でも気にせず取り立ててくれるのではないかなどと、子どもっぽく期待していたことに気づく。

過ぎた期待を抱いたことを悟られないように、笑みを返した。

「信長様の天下とりのために戦える、彼らは幸運ですね」

羨ましい、とは口に出せない。信長は良い領主に、そして優れた将になるだろう。その下で働けるのは幸せだと、一般的な感想として伝えたつもりだ。

見え透いたお世辞に聞こえたかもしれないが、竹千代の本心だった。

「おまえも」

いつもは強い光を宿した、鷹のような信長の目が、細められる。

そしてしっかりと竹千代を見て、十にも満たない子どもに対するとは思えない真剣な口調で、彼は言った。

「そのときは盟友として、俺を助けてくれ」

強がりの笑顔を維持できなくて、目に映る信長の顔がじわじわと滲む。

誰とも違う目で世界を見ている彼に、認められたいとずっと思っていた。

誰にもできなかったことをするだろう彼と同じものが見たい、その資格がある人間だと、彼に必要な存在だと、思われたかった。

西三河の領主の息子でなければ、何の価値もないと言われるのが怖くて、言えなかった。

(気づいてくれた)

見透かされた恥ずかしさよりも、嬉しさが勝った。

はい、と答えて、拳を握った手の甲で目元を拭う。

おまえはよく泣く、と頭の上から、信長が笑う声が聞こえた。


織田の人質となってから数年が経って、竹千代は今川のもとへ送られることになった。

信長の異母兄、信広が今川義元に降伏して捕らえられ、義元と信秀の間で、互いの人質である信広と竹千代の交換が行われることになったためだ。

竹千代の父、松平広忠は家臣の謀反で死に、竹千代は敵方に囚われたまま、松平の当主となっていた。松平の当主として今川に仕えるということは、信長と敵同士になるということだ。

それでもいつか、自分は信長とともに戦うのだと、竹千代は信じていた。それまで耐えるのだ、力を溜め、そのときを待つのだと、自分に言い聞かせた。

それから、再会までは時間がかかった。

やがて信秀が死に、信長が織田家を継いだ。竹千代は、元信《もとのぶ》、元康《もとやす》と二度名前を改め、武将として今川の下で働いた。松平家の当主であっても、自由はない。今川に逆らうことは許されない立場だった。

今川義元は決して愚かな男ではなかった。弱くもなかった。しかし、信長とは違っていた。いや、信長が、ほかのすべてと違うのだ。

国を強くすることはすべての大名たちの目的だったが、真剣に天下をとることまで考えている者は少なかった。まして、天下をとって何をするのかまで見据えている人間は。

そして、天下をとることを目的ではなく、手段として見ているのは彼だけだった。

織田と今川の戦が激しさを増す中、今川軍の先鋒として戦いながらも、まだ、元康は信長を信じていた。

義元率いる今川軍本隊は二万五千、これに対して信長軍は二千。

織田が今川に勝てる見込みなど、万に一つもないと皆が思っていた。

しかし、元康は信じていた。

そして、圧倒的に数で劣るはずの織田軍は、義元のいる本隊に猛攻をかけ、見事今川義元を討ちとった。

戦はどれだけ兵の数に差があろうとも、大将の首をとったほうが勝ちだ。だからこそ大将である義元は一番安全な場所で守られて、前線で戦う予定はなかったはずだ。

しかし信長は、二万五千の今川軍本隊のどこに義元がいるのか、どうにかして情報を得ていたらしい。突っ込んだ先にたまたま義元がいたのなら、それはそれで、天が信長に味方したとしか考えられないが、彼が運任せの戦をするとは思えないから、勝算があったのだろう。

織田軍の砦の一つの攻略を任されていた元康は、今川軍本隊と織田軍の直接対決の場にはいなかったが、戦場となった桶狭間では、大将である信長自身が刀をとって前線で戦った、と後から聞いた。彼らしい。

今川軍の一員として信長の勝利を聞かされ、元康の胸に湧いたのは、ついに、という思いだった。

ここから始まるのだ、と高揚した。

この勝利を大きな第一歩として、信長は動き出すだろう。

自分も、じっとしてはいられない。

このときから元康は今川の傘下からの独立を決意し、具体的に動き出した。

そして、後に桶狭間の戦いとして語り継がれることになるこの戦から二年後の正月、元康は信長の居城である清洲城を訪れ、同盟を結んだ。

今川義元が信長によって討ち取られた後、息子の氏真がその跡を継いでいたが、今川にかつてのような力はなかった。それでも松平家にとって織田家は長年の敵だったから、家臣たちの説得もすんなりとはいかなかったが、時間をかけて実現させた。

今川に庇護され追従する立場ではなくなり、誰の命令というわけでもない、自分の意思で、信長とともに歩むことを決めた——決めることができたのが、心底嬉しかった。

調印の席で、緊張と高揚を押し殺して頭を下げる元康に、信長は、ついこの間まで敵同士だった人間に向けるとは思えない、親しげな笑顔を向けた。

「よお。久しぶりだな竹千代」

ああ、今は元康だったか。

そう言い直して笑う。

変わらなかった。変わらないはずもないが、それでも、元康へ向ける笑顔は、変わらなかった。

嬉しくてたまらなくて、話したいことは山ほどあって、色々な思いがこみあげたけれど、

「はい。お久しぶりです」

顔をあげて、まっすぐに目を見て、笑顔を返す。

なんとか今度は、涙ぐまずに済んだ。

信長は満足げにまた少し笑った。

元康が、名を家康《いえやす》と改めたのはこの後だ。数年後には改姓し、徳川《とくがわ》家康を名乗ることになる。

そして二人の同盟関係は、この先信長がどれだけ不利な状況に置かれたときも、ただの一度も揺らぐことなく続き、生涯、破られることはなかった。

第二章

『ＩＤ取得機能がロックされるまであと2回です』

真広は表示された警告文を、ため息をついて眺める。

適当な名前を打ち込んでいけばいつか正しい前世に当たるだろうという考えは、甘かったようだ。

自分の部屋へと戻ってきてすぐに、用意されていたパソコンを開いた。

ブックマークしてあった同窓会特設サイトへとアクセスし、とりあえず織田信長とかかわりのあった有名な戦国武将の名前をと、名前入力欄に「豊臣秀吉」と打ち込んで前世ＩＤ取得を試みたところ、エラー音とともに「それはあなたの前世ではありません」というメッセージが表示された。そこまでは予想していたことだったが、想定外だったのは、エラーメッセージに続いて、この警告文が表示されたことだ。

偽名でＩＤを取得しようとする不届き者へのペナルティなのか何なのかわからないが、どうやら、名前の入力を三回以上間違えるとシステムがロックされ、前世ＩＤの取得ができなくなる仕組みになっているらしかった。

（かたっぱしから、ってわけにはいかないか……）

回数制限があるのなら、無駄弾は撃てない。自分の前世についてある程度アタリをつけてから再挑戦するしかなかった。

とりあえず、これで、自分の前世が秀吉ではないということははっきりした。回収された案内状の中に森成利——蘭丸宛のものがあったから、蘭丸でないことも間違いない。案内状の文言から考えて、織田信長でもなさそうだ。他のメンバーの前世もわかれば、さらに絞れるはずだ。

真広は、サイト上に表示された「メッセージを送る」というボタンをクリックした。

現世IDは、水野真広の名前で取得済だ。メッセージ作成画面に飛ぶと、真広と同じようにIDを取得した参加者たちの名前が、「送信先」というリストの中に並んでいる。

フルネームで登録しているのは真広のほかにはひなのだけで、先ほどフルネームを名乗ってしまった他の二人も、「夏梨奈」「加藤」と、名前と名字どちらかだけをIDにしていた。「柴垣」「緑川」「神谷」「颯」と、他の参加者の名前も並んでいる。

しかし、送信先リストの中に、前世の名前は一つもない。まだ誰も前世IDを取得していないのかと思ってしばらく待ったが、いっこうに送信先リストに名前が増える気配はなかった。

首をひねりながら何度もページを再読み込みしたり、一度サイトを閉じてまた開いたりしているうち、特設サイトのトップページに貼ってある「Q＆A」というリンクに気がついた。

クリックして開いたリンク先には、ずらりと「質問と回答」のサンプルが並んでいる。

「IDを取得するには？」「メッセージを送るには？」と基本的な質問が続き、一番下には、「この中にない質問は、掲示板で幹事にお問い合わせください　注：お答えできないこともあります」と書いてあった。

特設サイトやメッセージ機能のシステムは単純で、わかりやすく作られている。それほどパソコンに詳しくない真広でも、画面上の指示に従って簡単に現世ＩＤを取得できたし、なんとなくでもメッセージの送り方はわかった。サイト自体が、かなり親切な仕様になっているのに、さらに質問コーナーまで用意してあるとは、至れり尽くせりだ。

ざっとＱ＆Ａに目を通すと、現世ＩＤからでも、前世ＩＤ宛にメッセージを送ることはできるが、そのためには、現世と前世二つのＩＤを取得しておく必要がある、と書いてある。そして、前世ＩＤを取得していないユーザーの送信先リストには、他のメンバーの前世ＩＤは表示されない仕様になっているようだった。

要するに、自分の前世ＩＤを取得しないと、他のメンバーの前世ＩＤ宛にはメッセージを送れないということだ。

自分の前世名宛に来るメッセージを受け入れる姿勢を見せないと、その逆もできないというのは、フェアではあるのだろうが――前世ＩＤを取得したくても取得できない参加者のことも考えてほしかった。

ルールに文句を言っても仕方がない。

かといって、前世の記憶がないんですと、申告するわけにもいかない。

八つの前世が判明していて、そこに八人の参加者を紐付けしていくだけなら、まだやりようはあった。しかし八つの前世が不明のままでは、組合せの選択肢が多すぎて、どこから手をつけていいのかもわからない。

（とりあえずは、出席が確実な織田信長と森蘭丸の生まれ変わりが、あの中の誰なのかってとこ

ろから……かな）

Ｑ＆Ａを読んでわかったことは他にもあった。ダイレクトメッセージ機能は個人間でのやりとりをするためのものだが、複数人でクローズドなグループを作ってメッセージを送りあうことも可能なこと。掲示板は閲覧者全員と情報を共有するためのもので、幹事への質問は、オープンな掲示板でしかできないこと。

掲示板を見てみると、早速幹事宛の質問が書き込まれていた。

質問者は、緑川だ。

『幹事様　あなたは誰ですか？』

直球の、シンプルな問いかけだった。

一行空けて、

『参加者なのですか？』

と、新たな書き込みがある。誰ですかという問いを書き込んだ後で、思いついて書き足したのだろう。

何気なくリロードしてみると、幹事からの回答が書き込まれる前に、また、緑川からの質問が増えていた。

『この同窓会を開催したのが、旧交を温めるためだけとは思えません。本当の目的は何ですか？』

三つの質問すべての答えを、おそらく他の参加者たちも、知りたいと思っていることだろう。

何度かリロードを繰り返すと、やがて、「幹事」という名前で書きこまれた答えが表示された。

『秘密です。が、おそらく、あなた方が参加された理由と同じだと思います』

正体も、参加者の中にいるのかどうかも、目的も、秘密。

最後の一文は、三つめの質問に対するものだろう。

(僕たちと、同じ？)

前世の記憶がない真広は例外として、主催者側と参加者側に共通する目的があるということか。でなければ、単に、追及を逃れるために意味深な返事をしただけかもしれない。掲示板に書き込んだ内容は全員に共有されてしまうから、思い当たるふしがあればあるほど、参加者は掲示板の上でこの答えを追及しにくくなる。

『参加者の前世ほか、プライバシーにかかわることには答えられません。私自身の正体についても同様です。この質問はどうかな、と判断に迷うことがあれば、とりあえず訊いてください。答えられない場合は、そうお答えします』

そんな書き込みを最後に、「幹事」は沈黙する。

緑川はそれ以上質問を重ねなかった。他のメンバーからの書き込みが増える気配もない。うかつに自分の前世のヒントになるような質問はできないと、慎重になっているのだろう。

数分に一度のリロードを繰り返しながら、真広は考えを巡らせた。

幹事は誰か。あのメンバーの中にいるのか。

誰が誰の生まれ変わりなのか。

何より、自分は誰の生まれ変わりなのか。

調べる必要があった。

どれか一つでも答えが出れば、そこから他の答えもたぐりよせることができそうだ。

いつのまにか、自分がわくわくしていることに気づいた。

パズル系のゲームは割と好きだ。

まずは情報を集めて整理して、小さな手がかり足がかりを見落とさず、解けるところから解いていく。それが、パズルの基本だ。

（でも、現時点じゃまだ、整理するほどの情報もない）

信長と蘭丸の参加は確認できている。しかし、それ以外はわからない。加藤が、おまえが明智か、秀吉か、などと騒いでいたが、そもそも明智光秀や豊臣秀吉がこの同窓会に参加しているかどうかもわからないのだ。

（他にはっきりしてるのは、僕の前世は信長や蘭丸じゃないこと……さっきエラーが出たから秀吉でもないこと。それから、加藤さんの前世は明智光秀でも豊臣秀吉でもなくて、二人にいい感情を持ってない人だってこと）

真広は自分の前世すらわかっていない。前世で誰の恨みを買っているかも知れない。それこそ明智光秀の生まれ変わりだったりした日には、下手をすれば、他の参加者全員から袋叩きにされかねない。さすがに、京都の山奥に埋められるなんてことはないと思うが、先ほどの加藤の剣幕を思い出すと、うかつには動けない。

休憩してお茶でも飲むか、と座卓の湯呑に手を伸ばした。湯呑の中には、青い花が一輪入っている。茎や葉はなく、ころんと花の部分だけだ。一瞬、ここに湯を注いで飲むとか、お茶に浮かべて飲むとか、そういうことだろうか、と考えたが、おそらくはただの飾りだろう。ぽい、と丸盆の上に花を取り出して、急須にポットの湯を注いだ。急須には茶葉がセットしてあり、電気ポットで湯を注ぐだけでいいようになっている。

盆の上に転がった花を見て、ふと、椿の花は、散るとき、花びらがひらひら落ちるのではなく、ぼとりと花ごと落ちるから、首が落ちるさまを連想させて不吉だとされ、武士には嫌われた――という話を思い出した。

転がっている花は紫がかった薄い青で、どう見ても椿ではない。しかし、こうして花の部分だけが転がっていると、なんとなく、不吉なものに見えてくる。

名前は知らないが、見覚えはある花だった。墓参りのときに母が買っていたのを見たことがあるし、花屋でも、白い菊などと一緒に花束にして、仏花として売られている。

（仏前に供える花を飾って、しかも首から上の部分だけ、わざわざ僕の湯吞の中に――）

深い意味はない、と思いたい。普通に考えれば、ただの、旅館側のもてなしだ。そもそも、真広自身も自分の前世がわからないのだから、真広の前世は、誰も知らないはずだ。仮に、前世で何か人に恨まれるようなことをしていたとしても、現世の真広が嫌がらせや殺人予告を受ける理由はない。

気にし始めると、何もかもが意味を持っているように思えてくるので、考えないことにして、湯吞に添えられていた茶菓子の封を開けた。高級旅館は茶菓子も上等だ。上品な甘さで、緑茶によく合う。

片手で持った湯吞に口をつけながら、さほどの期待もなく、手すさびのようにリロードのアイコンをクリックし続けていると、ぱっと掲示板に、数分前にはなかった書き込みが表示された。

『明智光秀殿
私に話すことがあるのではないですか。話をする気があるのなら、連絡をください。

帰蝶』

たった今書きこまれたばかりのそれは、シンプルかつニュートラルな文章で、怒っているようにも優しく宥めているようにもとれる。

内容よりも、その宛名を見て、真広は思わず姿勢を正し画面に向き直った。

（明智光秀宛？）

ということは、光秀がこの同窓会に出席しているということになる。

日本史上最も有名な謀反人であろう彼が参加者であるということにまず驚いたが、さらに注目すべきなのは、信長贔屓（と思われる）の参加者たちにとっては憎い裏切り者である彼に、誰かが接触しようとしていることだった。

表示されたＩＤは、知らない名前だ。

（帰蝶って誰だ）

慌ててもう一つウィンドウを開き、検索してみる。

「帰蝶（濃姫）　織田信長の正室で、斎藤道三《さいとうどうさん》の娘」

信長の妻、ということは、彼女にとって光秀は夫の仇だ。完全に信長側の人間から呼び出されたところで、光秀が応じるはずもないのに……と思いながら画面をスクロールし、情報を読み進んでいくと、彼女は明智光秀とは従兄妹同士であったとも書かれていた。

二人がどれほど親しかったのかはわからないが、帰蝶の生まれ変わりである誰か――「帰蝶」

は、「光秀」も従妹の自分になら会ってくれるかもしれないと思ったのかもしれない。

しかし、それならば直接「光秀」の前世ＩＤにメッセージを送信すればよさそうなものだ。何の話をするつもりなのかは知らないが、わざわざ皆が閲覧できる掲示板に伝言を書きこむ意図がわからなかった。

（「光秀」の前世ＩＤ登録がないからメッセージの送りようがなかった……？　でも、前世ＩＤの登録がなかったら、光秀の生まれ変わりが参加していること自体、他の参加者には知りようがないんじゃ）

「帰蝶」が、光秀の生まれ変わりが参加していることを知れたということは、送信先リストに明智光秀の名前があったということだろう。メッセージを送っても返事がないので、苦肉の策で掲示板に書いたのか。もしくは、あえて他の参加者も見ている掲示板にさらすことでプレッシャーをかけているのか。

ともあれ、これで、もう二つ、参加者の前世が判明したことになる。そして、「帰蝶」の前世ＩＤが取得されている以上、真広の前世が帰蝶ではないこともはっきりした。「帰蝶」が送信先リストに光秀の名前を見つけたのなら、真広の前世は光秀でもなさそうだ。「帰蝶」が、送信先リスト以外の何らかの手段で光秀の生まれ変わりの参加を知った可能性もあるから、真広の前世が光秀という可能性はゼロではないが、今のところ、「何らかの手段」は思い浮かばない。

しばらく掲示板を見守っていたが、「光秀」からの返信はなく、何度かリロードしてみても、それ以上書き込みは増えなかった。

真広はサイトを閉じて、パソコンをスリープモードにする。

ここからは自主的に動いて、情報を集めるしかなさそうだ。

（皆まだ部屋にいるかな。一人か二人くらい、出歩いててくれてるといいんだけど……）

とりあえずは、八人の中から、「信長」、「蘭丸」、「光秀」、「帰蝶」を探す、という足がかりもできた。

誰に何を、どんな訊き方で質問すれば怪しまれずに情報を引き出せるのか。

思案しながら、畳に手をついて立ち上がる。

＊＊＊

一番人がいそうだと期待していたサロンは無人だった。まだ皆部屋に閉じこもって、特設サイトの掲示板に張り付いているか、メッセージのやりとりをしているのかもしれない。

ロビーも覗いてみたが、他の参加者の姿はない。受付に里中がいたので、施設の案内図が描いてある、細長いパンフレットをもらった。サロンに隣接したバーレストランや、宴会場、檜風呂、離れなどの場所と名称が書いてある。

（とりあえず、ぐるっと回ってみるか）

本館は同窓会の参加者たちの貸し切りらしいから、うろうろしても文句は言われないはずだった。

サロンはもう見たので、サロンに一番近い部屋から回っていくことにする。サロンの隣のバーレストランはガラスのドアごしに中が見えるようになっていて、誰もいないのが一日瞭然だったので、反対側の隣からスタートだ。

（えーと、ここが「偕楽の間」……）

サロンの入口とは直角の位置にある引き戸の上の壁に、「大書院　偕楽」と、木製のプレートがかかっていた。パンフレットによれば、ここは宴会用の広間らしい。

入口の引き戸は、客室のそれとは少しデザインが違っていたが、障子紙のかわりに磨りガラスが嵌め込まれた作りになっているのは同じだ。

磨りガラスごしに、うっすら、三和土に脱いだ靴らしきものの影が見えた。広間の中に人がいるということだ。八名の参加者のうちの、誰かが。

引き戸ごしでは中の様子まではうかがえないが、客室と同じ造りなら、広間との間にもう一枚襖があるはずだ。そのせいか、引き戸に耳を当ててみても、話し声は漏れ聞こえて来なかった。

（……立ち入り禁止なんて書いてないし）

引き戸を開けて中に入って襖に近づけば、少しくらいは話の内容も聞きとれるかもしれない。

自分の前世も思い出せない身で、不用意に他の参加者たちに近づき、警戒されるのは避けたい。

誰にも気づかれず盗み聞きして一方的に情報を収集できればそれが一番だが、もし中の人間が出てきて気づかれたとしても、いくらでも言い訳のしようはある。

（この部屋は何なのかと思って気になって開けてみたら人がいた、とか、人が集まってるみたいだったから、集合するよう言われたのを自分が聞き逃していたのかと思って、とか……よし、何とでも言える）

見咎められたときのためのシミュレーションをしながら、引き戸に手をかけた。

趣味で将棋を指すせいか、日常生活でも相手の一手先二手先を考えながら行動してしまうのは真広の癖だ。とは言っても、日常生活に定石などなく、不必要な場面で無駄に長考してしまうため、周囲には、思慮深いというよりはむしろ鈍くさいと思われてしまうのが常だったが。

周囲を見回し、誰もいないのを確かめてからそうっと戸を引くと、ほとんど音をたてずに開いた。全開にはしないで、ぎりぎり身体が入るくらいの隙間から滑り込む。

やはり、客室と同じ造りだ。三和土と靴箱と、靴を脱いで一段上がったところに襖。

三和土には、靴が三足そろえてあった。

革靴と、スニーカーが二足。見たところ、どれも男物のようだ。

靴を履いたまま、上がりかまちに膝をつき、閉まった襖に耳を近づける。

部屋が広いせいか声は遠く、何を話しているのかわからなかったが、誰かの声が、「いち」と言ったのが聞こえた。そして、それに対して、感極まったらしい声音が、「との」と呼ぶのも。

(殿? と、イチ?)

人の名前だろうか。

殿、ということは、前世で主君の立場にあった人間への呼びかけだろう。最初に思い浮かぶのはもちろん、信長だ。

(この中に、信長がいる?)

耳をそばだててみても、やはり話の内容まではわからない。かろうじて、聞き取れたのはその二言だけだった。

声だけでは、誰が誰を殿と呼んだのかはわからない。襖を開けて覗いてみればはっきりすることだったが、さすがに気づかれてしまうだろう。

しばらく聞き耳をたてていたが、それ以上意味のある言葉は聞き取れそうになかったので、部屋の中の三人に気づかれないうちにそっと上がりかまちから下りた。

話が終わって彼らが出てくるのを待てば、少なくとも、誰と誰と誰が「殿」「いち」と呼び合う関係なのかを絞ることができる。しかし、ずっと広間の前をうろうろしているわけにもいかなかった。広間から出てきた参加者たちに対しては、偶然通りがかったふりをすればいいが、他の参加者に目撃されればさすがに怪しまれる。

（そうだ、靴）

三和土に脱いである靴を見て覚えておけば、後で中にいたのが誰だったのかを確認できる。一泊二日の同窓会に、靴の替えなど誰も持ってきていないだろうから、足元を確認するチャンスはいくらでもあるだろう。

真広は三足の靴を見てその特徴を覚えると、忍び足で廊下へ出て、開けたときと同じだけの慎重さで引き戸を閉めた。

あまり欲張って一度に情報を集めようとすると、目立って他の参加者たちに怪しまれるリスクも高くなる。まだ話は続きそうだが、いったん離れることにした。

庭や、他の部屋も見て回りたい。一回りして戻ってきたとき、まだ広間に人がいるようであれば、サロンで時間を潰しながら出てくるのを待ってもいい。

さてどこへ行こうかと考えながら歩き出すと、先ほど見たときは誰もいなかったロビーのほうから、誰かの話し声が聞こえた気がした。真広が盗み聞きを試みている間に、誰か二階から下りてきたのだろうか。

角を曲がって覗いてみると、受付の前に緑川がいた。ジャケットは脱いでいたが、糊のきいたシャツにネクタイを締めて、旅館にいるとは思えない、緩みのないスタイルだ。里中と何か話している。

声をかけようかと思ったが、真広が近づく前に彼は踵を返し、二つに畳んでロビーの椅子にかけていたジャケットをとって歩き出した。出かけるところらしい。

彼が出て行ってから真広がロビーに足を踏み入れると、緑川を見送って頭を下げていた里中が顔をあげ、今度は真広に頭を下げる。

「緑川さん、お出かけですか」

「ええ、お仕事で少し出られるということでしたので、タクシーをお呼びしました」

同窓会で旅館に泊まるのにビジネススーツ、それに加えて明らかに仕事用の革のアタッシェケースを持参しているのを見たときは違和感を覚えていたのだが、仕事の用事があったのなら納得だ。

もともと京都で働いているのだろうか。出張のついでに同窓会に参加することにしたのか、もしくは、同窓会に合わせて出張を入れたのかもしれない。いずれにしても、きびきびと動く仕草一つ見てもいかにも仕事ができる男らしく、好印象だった。

少し近寄りがたい雰囲気はあるが、彼ならたとえ前世に思うところのある相手に対しても過激なことはしないだろうし、冷静に話を聞いてくれそうだ。

後で話す機会があるといいな、と思いながら、緑川の出て行った玄関へ目をやる。タクシーのドアが閉まる音がかすかに聞こえた。

緑川との接触は次の機会を待つことにして、里中に向き直る。

「ここから庭に出られますよね？」

「はい、出られて左の飛び石を歩いていただければ、中庭につながっております」

自慢の庭らしいから、一度見ておこう。もしかしたら、同じ考えの誰かに会えるかもしれない。

里中に礼を言って歩き出し、緑川がジャケットをかけていた椅子の前を通り過ぎようとして、座席の上に男物のハンカチが置いたままになっているのに気がついた。

夏場によく見るタオル地ではなく、薄い布地のものだ。ダークグリーンの地に黒ラインが入っただけのシンプルなデザインで、隅に小さく猿のシルエットの刺繍がしてある。一目見て上等なものだとわかった。

（緑川さんの忘れ物？）

里中の位置からは背もたれが邪魔になって見えなかったのだろう。

急いで拾いあげて外へ出たが、緑川を乗せたタクシーはもう見えなくなっていた。

どうしようかな、と真広は手の中のハンカチに目線を落とす。

きちんと隅までアイロンがかかっているのが、いかにも緑川らしい。

里中に預けてもよかったが、これを緑川と話すきっかけにできるかもしれない。

しわにならないよう気遣いながらハンカチをポケットにしまい、真広は飛び石の上を歩き出した。

中庭は、思っていたよりも広かった。さすが高級旅館だけあって、よく手入れされているのが一目でわかる。

すぐ左手は真広たちが宿泊している本館の縁側で、右手の、小さな池を挟んだ向こうには離れの建物が見えている。縁側からも下りられるようになっていて、沓脱石の上に、客用らしい下駄がそろえてあった。

庭を散歩する客用にか、本館の建物の壁に、庭を挟んだ離れの位置などを示した案内図が貼ってある。

飛び石の道から外れ、白っぽい玉砂利を踏んで壁に近づいた。案内図にはロビーや広間や浴場の位置などがわかる間取りが書き込まれている。

何気なく眺めていると、ふと、誰かに見られているような気がした。

辺りを見回したが、庭に人の気配はない。気のせいだったようだ。

(被害妄想……自意識過剰だ)

もともと、他人の視線に敏感ということはまったくない。むしろ、どちらかといえば鈍いほうだ。

一部の同窓会の出席者が前世の恨みを現世にまで引きずっているらしいと知って、勝手に危機感を覚えていたせいかもしれない。

加藤と夏梨奈の、一触即発の雰囲気には驚いたが、今のところ、他の参加者に対して明らかに攻撃的な態度なのは彼らだけだ。そこまで怯える必要はないはずだった。美容師の颯には好意的とは言えない目を向けられてしまったし、ゲーム好きの少年神谷にもほぼ無視されている状況で、友好的と言えるのはひなのくらいだが、こちらから話しかけてみれば、案外、普通に話ができるかもしれない。

とはいえ、接触は慎重にすべきなのは間違いない。現世の彼らは一見攻撃的でなくても、前世で誰に恨みを抱いているかはわからないのだ。

真広には、テレビで歴史もののドラマを観た程度の知識しかない。信長は、光秀に裏切られて殺された。その後光秀は、秀吉に敗れて死んだ。それくらいは知っている。信長は光秀を、光秀は秀吉を恨んでいるだろう、とは想像できる。しかし、信長の妻や家臣だった者たちが誰を恨み、恨まれていたか、細かいことまでは知らないし、何なら、ネットや本にもそんなことまでは載っていない。載っていたとしても、あくまで想像に過ぎない。今の時代に伝わっている情報はその多くが、後の世の人間が勝手に推測して書き残したものなのだ。

その、実際のところを、彼らは知っていて、自分は知らない。これは大きなディスアドバンテージだった。

自分の前世がわからないままでは、特設サイトで前世IDを使って他の参加者たちにアプローチすることもできない。現世ID同士でメッセージを送ることはできるが、それでは、何故前世を伏せるのか、よからぬことを考えているのではないかと怪しまれて、呼び出しになど応じてもらえないだろう。参加者の安全のための前世IDシステムなのだ。真広だって、自分を恨んでいるかもしれない、正体のわからない人間に呼び出されて、二人きりで会おうとは思わない。

結局、こうして歩き回って、直接声をかけて回るしかない。偕楽の間の集まりを見ても、ほかの参加者たちはすでにメッセージで連絡をとりあって個別に会っているようだから、それすらも成功していないのが現状だったが。

（これ、僕以外の全員が前世名で連絡をとりあって情報を共有したら、僕の前世が誰かも見当がついちゃうんじゃ？）

その可能性に気がついて立ち尽くす。

真広の知る限り、この同窓会に誰が参加しているかは秘匿事項であるはずだ。幹事は、参加者のプライバシーにかかわることは答えられないと明言していた。しかし、幹事の正体がわからない以上、それをどこまで信じていいのかはわからない。幹事が漏らすことはなかったとしても、たとえば、参加者全員の前世名のリストか何かがあって——誰が誰の生まれ変わりかは伏せられているにしても——参加者のうち一人でもそれを知り得る状況にあるとしたら、自分以外の全員が情報共有した時点で、自分の前世は皆に知られてしまう。

（あれ、割と……っていうか大分危険なのでは）

先ほどは対立気味だった加藤と夏梨奈を、他人事のように見ていたが、あの二人だって、話し合った結果互いが仇ではなかったことがわかれば、今後手を結ばないとも限らない。もしも真広が前世で彼らに恨まれるようなことをしていたとしたら、協力して共通の敵である真広をどうにかしようと、実力行使に出る可能性も——。

最悪の想像をしてしまった後で、いやいや考えすぎだ、と一人頭を振った。かつて何があったとしても、所詮は前世の話なのだ。

いくらなんでも、前世の恨みを現世で晴らそうなどと、本気で考える人間がいるとは思えない。大体、前世の記憶など、本当か妄想か、自分たちでも確かめようがないものなのだ。そんな不確かなものを理由に、現世で犯罪行為を行うなんて、常識的に考えればあり得ない。

戦国時代とはわけが違う。前世で敵対していた者同士が顔を合わせることになっても、せいぜい、牽制し合う、恨み言を言い合う、ぎすぎすした空気になる、という程度だろう。

そもそも、殺し合いが起きるおそれがあるような者同士だったら、全員の前世を把握している幹事が、同窓会を開いたりはしないはずだった。

そう思うと、少し気が楽になる。もちろん、人に嫌われたり睨まれたりしないにこしたことはないから、できるだけ自分の記憶がないことは伏せたまま、うまく立ち回って情報を集めたいが、あまり気にしすぎても仕方がない。前世当てをゲームとして楽しむくらいの気持ちでいたほうが、リラックスして、いい結果を出せそうだ。

いつまでも案内図の前で突っ立っていても仕方がない。

よし、と頭を切り替え、張り紙に背を向けて歩き出した。

数歩前へ進んだところで、

「水野さん?」

誰かに呼ばれ、真広は足を止める。

声の主を探して建物のほうを振り向いた瞬間、ひゅっと何かが上から下へ、目の前を通り過ぎた。

それは玉砂利の上、真広の足元からわずか一メートルのところへ落下する。

どしゃ、と鈍い音がした。

何かが飛び散って、真広の足にかかった。

信長の妻・帰蝶の追憶

天文十七年（一五四八年）、美濃の大名斎藤道三と、尾張の大名織田信秀が和議を結んだ。それにともない、道三の娘帰蝶（濃姫）と、信秀の嫡男信長との縁談が持ちあがった。というよりは、最初から、縁談を前提とした和議であった。

絵に描いたような政略結婚に、腹が立たないわけでもなかったが、うつけと呼ばれている彼に興味があったので、帰蝶は応じることにした。

もとより選択の余地はない話なのだが、父は帰蝶の意思を尊重してくれ、

「おまえの気に入らなければ、殺せ」

と真新しい短刀を渡してくれた。

婚姻による同盟を結んだ後であっても、隙あらば尾張を奪うつもりの父に、半分呆れ、半分安心したことを覚えている。

そういうことなら、じっくり見定めさせてもらおう。そんな心構えで対面した信長は、すべてにおいて想像以上だった。

婚礼の前に一度会ってご挨拶をと、信長の教育係だという平手政秀《ひらてまさひで》に帰蝶が申し出たとき、彼が困った表情をした理由がわかった。

髪は真っ赤な飾り紐で適当に結い、袴も穿かず、派手な柄の着物を着崩して、日に焼けた胸や傷だらけの手足を晒している。腰には長い刀を佩き、反対側に布や革の袋をいくつもぶらさげていた。とても、織田家当主の嫡男には見えない。

(でもまあ、顔は好みだわ)

城から馬で半刻も走ったところで、供も連れずたった一人。信長は川辺に生えた木の根元に座り、腰からさげた布や革の袋から、何かつかみ出して食べていた。

刀の柄には、絹糸ではなく、縄が巻いてある。彼が織田家の子でなかったら、お金がないのかしら、と思ってしまうところだが、まさかそんなわけもない。

じっと見ていたら、視線に気づかれたらしく、信長は顔をあげ帰蝶を見た。

「……その縄は?」

目が合って、どきりとしたのを悟られまいと、冷静を装って尋ねる。

初対面の相手に挨拶もなしに投げかけられた質問に、信長は気分を害した風もなく答えた。

「ああ。いいだろう? 握りやすいし、これなら汗や血に濡れても滑らない」

なるほど、と思ったが、それにしても、人目を気にしないにもほどがある。

老臣たちは眉をひそめるだろう。

(でも、刀は戦場で使うもの)

戦場では見た目など関係ない。実戦において役に立つかどうかがすべてだった。

合理的な男だ。

悪くない。

「美濃国国守《こくしゅ》斎藤道三の娘、帰蝶と申します。信長様」

帰蝶は姿勢を正し、改めて名乗った。目を閉じ、作法にしたがって頭を下げる。

「信秀様には、ご挨拶を致しました。信長様はお城にいらっしゃらなかったので、平手殿にお聞きして、こちらに」

「そうか。まあ、よろしく頼む」

信長は立ち上がろうともせず、短くそれだけ言うと、視線を帰蝶から正面へ戻した。

帰蝶も彼の視線を追ったが、川を挟んだ向こう岸には、特におもしろいものが見えるわけでもない。

「何をしておいでなのですか」

「今は、待っている」

「何をです」

「人や、馬が通るのをな」

信長はすっと右腕を上げ、川の向こうを指した。

「こうしてここで見ているとな。たとえば向こう岸、あのあたりに見えた馬が、この道を通るまでにどれくらい時間がかかるかがわかる」

きらきらと生気に満ちた目で、楽しそうに教えてくれる。

「人も通る。ときどき、余所から来た旅人も通る。色々と役に立つ話が聞ける」

知らない人間が見れば、用もないのにだらしなく座り込んで、呆けているようにしか見えないだろう。しかし、よく知ればわかる。

（うつけなどではないわ）

少し、父に似ている。美濃の蝮《まむし》と恐れられた父のように、いつか、誰もが一目置く存在になるだろう。もしかしたら、父よりも。

「そんなに見られたら穴があく」

ふっと笑って、信長は帰蝶を見た。

「夫婦になるんだろう。少し肩の力を抜け」

目の強い光が消えて、雰囲気が少し柔らかくなる。

ああ、これはダメだ、と悟った。

あんな目をする人に、こんな風に見られたら、こんな笑顔を向けられたら、落ちる。

「あなたのほうは、力を抜きすぎでは？」

こほん、と咳払いを一つして、のぼせそうな自分を落ち着かせた。

夫となる相手なのだから、惚れて悪いということはないが、あまりに一方的では悔しい。斎藤家の女として、祝言もあげないうちから骨抜きにされるわけにはいかなかった。

「婚礼の前くらい、もう少し恰好をつければいいのに」

呆れたような声音を意識して作り、言ってやると、信長は悪びれずに開いた胸元をさらに開いてみせた。

「恰好いいだろう？」

「……そうね」

派手だが確かに彼には似合っている。

動きやすそうで機能的だし、きっと彼なりのこだわりもあるのだろう。

しかし、帰蝶の言っているのはそういうことではない。

「でも、私が言ったのは、最初くらい身なりを整えて、気取ってみせてもいいのにという意味よ。美濃から来た女を、圧倒してやろうとは思わなかったの」

「妻になる女の前で、気取ってみせても仕方ねえ」

どうせすぐバレる、と肩をすくめた。その動作の子どもっぽさに、帰蝶の頬も緩む。

「それもそうね」

帰蝶の話し方が砕けたことに、信長は満足そうだった。

手綱を引き、桃色の着物をたくしこんだ袴姿で立っている帰蝶を見て、

「供もつけず一人で、ここまで?」

今ごろそんなことを言う。

「尾張へは着いたばかりで、頼める人もいなかったのだもの」

「その恰好で、馬を駆ってな」

「馬は得意なの」

胸をそらした後で、はっと気づく。

美濃では馬で駆け回り、家臣たちを呆れさせることもたびたびだった。父は、おまえが男だったらなと残念がって、それでも、褒めてくれていたのだが。

「妻になるのがこんなお転婆じゃ、外聞が悪い?」

「構いやしねえよ。もともと俺の評判なんて、これ以上下がりようがないくらいだ」

気をつかって訊いたのに、信長は間髪を容れずにそう答えて笑い飛ばした。

「誰のところへ嫁に来たと思ってる。国一番の大うつけだぞ。ちょっとくらいじゃじゃ馬だって、俺の悪評の前じゃ霞む」

ま、気楽に好きにやれ。そう続けると、腰の袋に手を入れ、木の実を取り出して差し出した。

「食うか」

心が軽かった。

そのときすでに帰蝶は信長に惚れていたのだろうが、それは、恋情というには爽やかすぎる、共感に近いものだった。同じ志の者に出会えた喜びのような。

男同士のようにからりと、互いを気に入った、という感覚だった。

そうして、二人は出会い、夫婦になるより先に、友になった。


帰蝶が嫁いで三年後、信長の父信秀が死に、その翌年には教育係であった平手政秀も死んだ。信長は家督を継ぎ、織田家当主となっていたが、家中に信長の味方は少なかった。

そんな中、彼の後ろ盾となったのは、帰蝶の父である斎藤道三だった。

殺すのはやめることにした、と帰蝶が最初の手紙で報告してから、父は信長に興味を持ったようで、尾張国の動向以上に、彼個人について知りたがった。

平手政秀の死んだ年に、信長と道三は尾張の聖徳寺で初めて対面したが、その会見の場で何が語られたのか、帰蝶は知らない。

ただ、彼らが互いを気に入ったらしいことはわかった。

自身が僧侶から油商人を経て大名にまで成り上がったほどの策士であった道三は、たった一度の会談で、信長の、人の上に立つ者としての資質を見抜いたらしい。自分が死ねば、自分の息子たちはいつか、信長の家臣になるだろうとまで言い、それまで以上に織田とその若い当主を気にかけるようになった。

帰蝶へ頻繁に手紙を送り、信長へも、何十丁もの鉄砲や良馬など、役に立ちそうなものをたびたび贈った。

道三は、娘婿である信長に、自分の果たせなかった夢を託すような気持ちでいたのかもしれない。

もう二十年若ければ、などと、冗談めかして書かれた一文に、父の本心が滲んでいる気がして、帰蝶はできる限り詳細に、信長とのやりとりを手紙に記して送った。

「よい国をつくるために、一番大事なことは何？」

夫の食事を見守りながらの帰蝶の問いに、

「民百姓が安心して働けることだ」

またたくまに茶碗を空にして、信長は即答した。

「戦ではなくて？」

「戦には金がかかる。その金を、米を作っているのは百姓だ」

口元についた米粒を親指で拭い、その指を舐めとって続ける。

「平和で安定した暮らしを約束すれば、百姓も領主を信頼し、協力してくれる。百姓や商人が豊かな国を作り、武士がそれを守る。それぞれが自分の持ち場で、自分の最も得意なことをする。そうすることで、全体がうまく回る」

世の大名たちは戦になると、百姓を徴兵して戦わせるのが常識だったが、信長は農兵を使わず、戦を専門とする兵を育て、雇い、城下に住居を与えて戦に備えていた。

専業の兵士のほうが強いし、収穫の時期等に関係なく出陣できるからというのがその理由だったが、そんなことを考え実行していたのは彼だけだった。

「まだまだ、うまくいかないことも多いがな。やり方は間違っていない」

碗ものの汁をぐいと飲み干して信長は、まるで杯でも置くように、たんと音をたてて膳の上へ下ろした。

「見ていろ帰蝶。俺はすべてに勝って、日の本を一つにする」

きらきらと輝く目は、出会った日と変わらない。

あの頃よりも多くのものを手に入れ、また、多くのものを失ってはいたけれど。

「この乱世を、終わらせる」

宣言する声に、迷いはなかった。

自分が妻ではなく、配下の武将であったなら、命を賭して働きまするると、跪《ひざまず》いて誓っただろう。この男とともに戦えることの喜びに、涙くらいは流したかもしれない。

しかし帰蝶は女であって、彼のために敵を斬り捨て、道を拓くことなどできない。

胸が熱くなり、喉が詰まったが、

「手伝ってあげてもいい」

すまして言った。

どこまでも一緒にはついて行けないことが、戦が始まれば無事を信じて待つしかない自分が悔しくて、強がった。

（悔しがる必要なんてない）

武将たちと同じようにはできないが、きっと、彼らにはできないことが自分にできる。ただ彼を仰ぎ見て崇め、手足となるのは、自分の役目ではないから、手に入らないものを欲しがっても仕方がないから、誇りを持って彼の、隣に並ぶのだ。

妻として。

帰蝶の葛藤やその末の決意にどこまで気づいているのか、信長は胡坐をかいた脚の上に両肘をのせた行儀の悪い姿勢で、

「頼むぜ」

と笑う。

帰蝶は信長とのこのやりとりも、美濃の父への手紙に書いた。

あまり妬《や》かせるなと、どこか嬉しげな返事が返ってきた。

弘治二年（一五五六年）、四月のことだ。

道三が、いつか信長の臣下になるだろうと予言した息子の一人、義龍が謀反を起こした。義龍およそ一万七千の軍に対し、道三の軍は三千弱と、兵力の差は明らかで、戦う前から勝敗は決まったようなものだった。

家臣たちの多くは道三を見捨て、謀反人であるその息子の側についたのだ。

道三自身も、どうあがいても勝ち目がないことはわかっていたのだろう。信長に援軍を求めることはなかった。

尾張から援軍を送ったとしても、到底勝ち目があるとは思えず、道三もろとも滅ぼされてしまうだけなのは明らかで、そもそも援軍が戦場にたどり着く前に戦が終わってしまう可能性すらあった。

無駄に娘婿を巻き込むことはすまいと、父は覚悟を決めたのだ。それがわかったから、帰蝶も、取り乱すことなく父の決断を受け入れようと思った。

父の死の知らせを受けるその瞬間まで、美濃の蝮と呼ばれた彼の娘らしく、落ち着いていよう。そう決意したのに、知らせを受けた信長はすぐに立ち上がり、迷うことなく、出陣する、と言った。

驚いたのは帰蝶だけではない。

織田からの援軍を合わせても、道三側の軍勢は数千にしかならない。一万七千の軍を率いる義龍にかなうはずもなく、負けに行くようなものだった。

配下の武将たちが、慌てて互いに顔を見合わせる。信長に進言する役目を押し付け合うような無言の攻防の末、一人が口を開いた。

「しかし、殿……今、尾張を空にはできませぬ。出せる限りの援軍を出したとしても、三千がいいところです。それでは、とても一万七千の兵には太刀打ちできませせぬ」

言いにくそうにしているのは、道三が帰蝶の実父であることを気にしてのことだろう。

信長と道三が互いに尊敬し合い、同盟という政治的なつながり以上の、友情のようなもので結ばれていることも、彼らは知っている。

それでも、それを承知の上で言わずにはいられなかった彼らの立場を、帰蝶は理解できた。

援軍を求められたわけでもないのに、負け戦にわざわざ加担しに行くという選択は、尾張の国守としては、賢明な判断とは言い難い。

尾張の情勢も安定しているとは言えず、本当なら、他人の戦に兵力を割いている余裕はないのだ。

信長は、自分に意見を述べた臣下を怒鳴りつけたりはしなかった。

しかし、はっきりと言った。

「斎藤道三は盟友であり、恩人だ。援軍を出すのは当然だ。今すぐ出立する」

よく通る迷いのない声に、武将たちは、「は」と頭を下げた。

織田の家臣として進言はしてみたが、彼らも信長が行くと言ったら行くしかないとわかっている。信長がうつけと呼ばれていた頃から、織田家というより信長個人に仕えてきた滝川一益や前田利家などは、それでこそ殿だと、どこか誇らしげにさえしていた。

惚れ直しそうなのは自分も同じだったが、今は、一人の男として、自分の夫としてよりも、織田の当主としての判断をするべきときだ。

女の身で戦のことに口を挟むなど、普段の帰蝶なら決してしないことだったが、

「殿」

一歩だけ進み出て、静かに口を開く。

「私のことは、お気遣いくださいますな。父も、覚悟はできておりましょう」

家臣たちの前だ。美濃から嫁いだ姫として、斎藤の女として――盟友である信長に、あえて援軍を頼まなかった父に恥じないようにと、胸を張る。

「父は、殿が天下を統一されると信じておりました。自身の果たせなかった夢を、殿に託したのです。ですから、このたびも援軍を要請しなかったのでしょう。父の援助や後ろ盾を恩と感じてくださるのなら、見事天下を統一されることが、その恩返しと思ってくださいませ」

信長は足を止め帰蝶を見たが、すぐに前方、大きく開け放たれたままになっている障子の向こうへと視線を向けた。

「道三殿は、織田の家臣団にすらうつけ呼ばわりされていた俺を認めてくれた。信じてくれた。俺に目をかけ、見守って、助けてくれた。これまでは助けられてばかりだった。今その恩を返せなければ、何のための同盟だ」

「そのお言葉だけで十分にございます。父も報われましょう」

「それだけじゃない」

帰蝶の語尾にかぶせるように続ける。

それから一度言葉を切り、

「斎藤道三は俺におまえをくれた男だ」

前を向いたままで言った。

「一生かけても、返せる恩じゃねえだろう」

息を吞んだ帰蝶を、振り返りもしない。

（……なによ）

人がせっかく、凛として在ろうとしているのに。

ぐ、と舌を上顎に押し付けて、こみあげるものを飲み込んで耐えた。

この場には、家臣団も、美濃での戦についての情報を届けに来た使いの者もいる。何より、自分は、人前で泣き崩れるような女ではないのだ。織田信長の妻なのだから。

父と自分が天下一だと見込んだ男に、こう言ってもらえるだけの価値が自分にあるのなら、見苦しいことは死んでもできない。

口を開けば涙声になりそうで、うつむけば涙がこぼれそうで、身動きもできなかった。

帰蝶が何も言えずにいるうちに、信長は出ていった。

自ら馬を駆って、戦場へ。

主を追って、武将たちも次々と走り出ていく。

最後の一人を見送ってから、涙がこぼれた。

（忘れないわ）

うつむかず、心の内だけで誓う。

父の代わりに、彼の成すことを見届ける。最後まで。

この男のために、すべてを捧げて生きようと、帰蝶はこのとき決めたのだ。

結局、信長の援軍は間に合わなかった。

信長たちが到着する前に道三は討死し、信長の軍は合戦場の手前で引き返すこととなった。

しかし、信長が援軍を出したという伝令は、道三に伝わっていたらしい。

嬉しかっただろう。

息子の義龍に謀反を起こされ、古くからの家臣たちの多くが裏切った中で、信長が——自分が
これと見込んだ男が、自分のために、危険を承知で兵を出してくれたこと。

最後の最後に、父が自分自身を誇らしく思えたであろうことは、帰蝶にとっても救いだった。

道三は死ぬ前に、美濃を信長に譲るとの国譲状を残した。

勿論、今まさに義龍に奪われようとしている国を、婿に譲るなどと書面に残しても、実質的な効力などない。美濃国は、武力で国守の座を勝ち取った義龍によって治められることとなる。

しかし、この書面には、国守から美濃の国を譲られた信長こそが正当な美濃の国守であるべきと、斎藤家の家臣や美濃の武士たちに知らしめる意味があった。

この先信長が美濃へ攻め入ったとしても、彼は侵略者ではなく、正当な権限を行使する者であるのだと——道三は信長に、美濃へ侵攻する大義名分を与えたのだ。

そして信長はこの後、十年以上の時を経て、美濃を攻略し、帰蝶の育った稲葉山城を奪い返すことになる。

そのとき信長は、松平元康だけでなく、浅井長政や武田信玄《たけだしんげん》とも同盟を結び、道三を救えなかった頃とは比べ物にならない兵力を有していたが、美濃に攻め入って力ずくで奪うのではなく、時間をかけて斎藤家の家臣団を取り込む策をとった。

戦えば双方に犠牲が出る。戦で織田の家臣を失わないよう、また、有能な美濃の武将をただ討ち果たすより、これから先のためにも織田軍に引き入れるほうが有益であると判断したための選

択だ。

信長が各地の大名たちと同盟を結んだことで美濃が孤立していたのもあって、また、信長に、道三から国を譲られたという名分があったことも手伝って、斎藤家の柱ともいえる家臣たちは次々と織田方に寝返り、信長は美濃を攻略した。

勿論、美濃をとったのはあくまで天下統一のため、その第一歩としてであり、そこが帰蝶の故郷であることは関係がない。

しかし、信長は帰蝶を美濃へ連れて行き、

「随分待たせたな」

と言った。

自分はもう嫁いだ身で、美濃へ戻りたいなどと思ったことはなかった、待たされた覚えなどないと、笑って首を振った。夫が天下統一の拠点とするために美濃へ住居を移すのであれば、妻としてそれに付き従うだけであり、たまたまそれが、かつての居城であったというだけのことだ。

良妻ぶってそう答えたが、本当は嬉しかった。おそらく信長には、見抜かれていただろう。

父と幼少期を過ごした稲葉山城から、信長と並んで城下を見下ろし、

「長い間、墓参りもさせてやれなかったからな」

そう言われたときは、また少し泣きそうになった。

美濃攻略を足がかりとし、信長は、いつか帰蝶に宣言したとおり、天下統一に乗り出した。その過程で、邪魔になる者は躊躇なく殺した。手段を選ばなかった。信長が力を増せば増すだけ、

敵も味方も彼を恐れるようになった。

しかし、信長は抵抗しない者を虐げることはなかったし、彼の治める土地は、旅人が道端で昼寝をしていても盗難にあわないほど治安が良かったので、領民からは慕われた。

信長が天下を統一すれば、日本中が、こんな風に平和になるのだ。

そのために自分ができることはあまりに少なくてもどかしかったが、自分にしかできないこともあるはずと信じて、帰蝶は信長のそばに在り続けていた。

庭へ下り、日課となっている薙刀《なぎなた》の稽古をしていた帰蝶に、縁側から声がかけられる。

「勇ましいですね。相変わらず」

明智光秀だ。

呆れているのか感心しているのか判別がつかないその声音は、不愉快なものではない。

帰蝶は薙刀を下ろして、光秀を見た。

「一緒に戦場へは行けないけど、せめて、女でも留守中の城を守るくらいはできるようにね。健気でしょう？」

信長のことだ、自分が不在の、女しかいない城を攻められるようなことはないだろう。光秀がやんわりと指摘したが、帰蝶もそんなことはわかっている。心意気の問題よ、と帰蝶が答えれば、なるほどと頷いた。従兄であり、かつて帰蝶の父道三に仕えていた彼は基本的に、帰蝶に逆らうことはない。

道三は信長に様々な物品を贈り援助したが、彼は、道三が信長に残した、「役に立ちそうなもの」のひとつとも言える。そしてその中では、美濃の国譲状と並んで、最も役に立つものかもしれなかった。

道三の死後、主を亡くした彼は美濃を離れて放浪し、苦労もしたようだが、今は織田家に――信長に仕えている。信長は彼の有能さを認め、信頼していた。

「あんな男に仕えられるというのは幸運よ、光秀」

自分がどれだけうらやましく思っているか、信長とともに戦える彼らは知らないだろう。

光秀は、無言で帰蝶を見返した。帰蝶の内にある複雑な感情に気づいたわけではなくても、何か感じたのかもしれない。

聡い男だ。

だから信長も重用する。

「殿を守ってね」

神妙な顔で聞いている光秀に、帰蝶は目元を和らげた。

薙刀の柄を地面について立てて置き、信長の、あの、まっすぐな背中を思う。

どこまでもついていくことができたらと、今も、夢みても仕方のないことを願うけれど。

「私が行けない場所へでも、光秀、あなたは殿についていけるんだから」

第三章

直径十五センチくらいの大きさの鉢植えが、地面に転がっている。敷かれた玉砂利のせいで、鉢は砕け散るまでには至らなかったものの、割れて土がこぼれ、植物の根が露出していた。

落下してきたのだ、と理解する。

ちょうど、案内図が貼られた前あたりだ。数秒前まで、自分の立っていた場所だった。

一体どこから、と建物を見上げると、建物の二階部分に、花の鉢植えが並んだ窓が見えた。青紫色の花が、部屋からも庭からも見えるように飾られている中、一か所だけ中途半端に空いている。あそこにあった鉢が落ちたのだろう。

足首が、飛び散った土で汚れていた。

「水野さん」

再び呼ばれて、きょろきょろと辺りを見回すと、飛び石の上を、離れの茶室のあるほうから歩いてきたひなのと目が合った。

先ほど自分の名前を呼んだのも彼女だったようだ。どこから声がしたのかわからず、あさっての方を向いてしまっていた。

こんにちは、とにっこりされて、どぎまぎしながら挨拶を返す。睨まれても微笑まれても動揺するというのが情けないが、ひなのは気にする様子もなく、笑顔で話しかけてくれた。

「今、何か音が聞こえましたけど……あっ」

ひなのは、鉢植えが落ちるところは見ていなかったらしい。玉砂利の上に転がった鉢植えを見て、目を瞬かせる。

「落ちてきたんですか？　危ないですね」

大丈夫でしたか、と気遣われ、慌てて首を縦に振った。

「うん、僕は全然。鉢は割れちゃったけど」

「旅館の人に伝えたほうがいいですね」

「後で里見さんに言っておくよ」

自分の目の前、一メートルほどのところに落ちたのだ。少しずれていたら、当たってもおかしくなかった。そう思うと心臓が騒ぎ出したが、どうにかして落ち着かせる。ひなのに、みっともないところを見せたくない気持ちもあった。

一瞬、裏切り者は許さない、と言っていた加藤の顔が頭に浮かんだ。続いて、寝首をかこうとしてるんじゃないの、と言った夏梨奈の顔も。

自分の前世がわからない以上、誰に恨まれているかもわからず、疑われたときに言い逃れもできず、危険かもしれないとは思っていた。睨まれたり、罵られたり、場合によっては、一発殴られるくらいのことはあるかもしれないと――しかし、ここまでのことは想定外だ。いや、これは、さすがに偶然だろう。風か何かで自然に落ちただけだ。

（だってこんなの当たったら、打ちどころが悪ければ死んじゃうし）

殺すつもりだったら？　――いやいやまさか、と頭に浮かんだ不穏な考えを振り払う。

「水野さんもお散歩ですか？」

「うん、立派な庭だし、せっかくだからと思って」

「すっきりしていて、落ち着きますよね。信長様がお好きそうです」

「だからここを会場に選んだんじゃないかな」

「そうですね、きっと」

なんとなく話を合わせただけだが、まるで、信長が共通の知人であるかのような会話が成立する。真広に前世の記憶があることを疑いもしない様子で、ひなのは頷き、よく手入れされた濃い緑の庭木を見回した。

ここで彼女とすれ違って、会話が終わってしまうのは惜しい。庭を見ることよりも、他の参加者を見つけて話をすることが目的だったので、飛び石の道の上へ戻ると、さりげなく身体の向きを変えて進行方向をそろえた。

参加者の中では最も、というか唯一友好的に接してくれる彼女と二人きりなのは、またとないチャンスだ。彼女から、少しでも情報を得たいところだが、あからさまに探りを入れていると気づかれるようなことは訊けない。自分の前世にかかわることは避けて、墓穴を掘らないように気をつけなければならなかった。

ゆっくりと並んで歩き出しながら、質問の仕方と内容を考える。

彼女が知っていて、自分が知らないこと。たとえば、前世ＩＤの送信先リストに載っていた名前を見ているはずの彼女から、他の参加者の前世名を――せめてヒントだけでも――聞き出せないかと思ったが、質問の仕方が難しい。

送信先リストに表示されている名前という、当然知っているはずの情報を、真広だけが知らない。それに気づかれたら、間違いなく不審に思われる。一度警戒されてしまえば、情報を聞き出すのは一気に難しくなる。さりげない風を装って、慎重に言葉を選んだ。

「そういえば、あの特設サイト。すごいよね。同窓会のためにわざわざ立ち上げて、掲示板とかダイレクトメッセージの機能とかまで準備して……」

「本当ですね」

「使ってみた？　メッセージ機能」

「いいえ。まだどなたからもいただいていませんし。水野さんはどうですか？」

「僕もまだ」

ひなのは頷いて、まだ皆さん、様子見中なのかもしれませんね、と言った。

怪しまれている様子はなかったが、それ以上会話が広がらない。

「サイトといえば、あの書き込みにはびっくりしたなあ」

ならば次だ、と新しい話題を振った。

ひなのは少し首をかしげるようにして真広を見る。

「帰蝶様のですか？」

「うん、いきなり名指しで、あの内容だったから。宛名も宛名だったし」

「でも、帰蝶様らしいです。アクティブで、はっきりした性格の方でしたから」

ふふふ、と、口元に手を当てて笑った。ひなのは、帰蝶に好印象を抱いているようだ。しかし、信長自身ならともかく、信長の妻を特に嫌う理由は同窓会参加者たちにはないだろうから、これだけでは彼女の前世を絞るヒントにもならない。

考えながら歩いていたが、送信先リストの名前を自然に聞き出す方法は思いつかなかった。それならばせめて彼女の前世に関する情報だけでも得られたらと思うが、今のところ、信長や彼の妻である帰蝶を「様」付で呼ぶ立場であるらしいということくらいしかわからない。それだけなら、そもそもが信長所縁の者たちの集まりなのだから、参加者のほとんどが該当するだろう。

もうすぐ飛び石の道は終わる。庭を出てしまう。焦って口を開いた。

「あのさ、吉永さん」

「はい？」

「……えっと、……いち」

とっさに、頭にひっかかっていた言葉が口から出てしまう。

いち、と聞いて何が思い浮かぶ？　信長様の関係で、いち、って名前の人いたっけ？　色々な質問が頭に浮かんだが、

（だめだ）

どう訊いても怪しい。それが、信長と前世でかかわりのあった人間なら誰でも知っていることだったとしたら、こんな質問をすること自体が、自分に前世の記憶のないことの証拠になってしまう。

「……ごめん、やっぱりいいや。なんでもない」

あきらめて首を振り、ごまかすように笑った真広に、

「お市様がどうかしましたか？」

ひなのは、ことんと首を傾げて言った。

「信長様の妹君の、お市様……お市の方様のことですよね？」

いち、はやはり人の名前だったらしい。

さら、と丸い肩のラインからすべり落ちた黒髪を目で追いながら頷く。

「いや、どうってわけじゃないんだけど……ちょっと懐かしくなったっていうか」

「水野さんもひそかに憧れてたクチですか？　おきれいでしたものね。信長様も可愛がってらっしゃいました」

思いがけず彼女のほうから手を差しのべてもらった形になった。

信長が可愛がっていた妹で、きれいで、皆が憧れていたらしい女性。

（で、信長の妹なら、配下の武将たちにとっては、当然お市「様」なわけか）

しかし広間の中から聞こえてきた声は確か、いち、と呼んでいた。

信長の妹を、呼び捨てにする人間は限られているはずだ。

「……お市様って、信長様のこと、何て呼んでたっけ？」

尋ねると、ひなのは不思議そうな顔をしてまた首を傾けた。

おかしな質問だったかもしれない。しかし、他意のない質問だと思ったのか、少し考えた後で答えてくれる。

「兄上様。……確か、兄上様と呼んでいらっしゃったと思います」

それでは、あのとき「との」と呼びかけたのは、市姫ではないのか。もしくは、呼びかけられたほうが、信長ではなかったということか。

「水野さん？」

真広が無言になったのを気にしたのか、ひなのが心配そうに顔を覗き込んでくる。

ああ、ごめん、と、会話の途中で黙ってしまったことを詫びた。

「ちょっと考えこんじゃってた。緑川さんが掲示板で、幹事に質問してたけど……本当に、誰が、何のためにこの同窓会を企画したんだろうって思って。お互いの前世がわかったらトラブルになるかもしれない人間同士を、こうして集めて、情報に制限をかけたり、サイトやメッセージの機能なんかまで作って」

ごまかし半分の言い訳だったが、ひなのは納得してくれたようだ。

本当に気になりますね、というような反応が返ってくるかと思っていたら、予想に反して彼女は、そんなに気にしなくてもいいんじゃないですかと微笑んだ。

「幹事さんが何を思っているか、詳しいことはもちろんわかりませんけど……きっと参加する側も主催する側も、気持ちは同じだと思います。同窓会ですから」

え、と彼女を見た真広に、当たり前のように言う。

「生まれ変わっても、もう一度会いたい人がいたんですよ」

簡単すぎて、拍子抜けするような、けれど目が覚めるような回答だった。

思わず言葉を失って、それから、真広は一拍置いてから、そうだね、とひなのに微笑み返す。

ひなのはまたにっこりして、前を向いた。もう、庭を抜けていた。

きっと彼女にも誰か会いたい人がいて、だから参加したのだろうな、と一歩先を歩く背中を眺めて思う。

　じゃあまた、と頭を下げる彼女に会釈を返し、真広は少しの間、ロビーにとどまってひなのの言葉を反芻した。

　生まれ変われば、当然、前世とは別の人間だ。真広のように前世を覚えていない場合はもちろん、たとえ前世の記憶があっても、前世の人格そのものではないだろう。

　それでも会いたいと、そう思った誰かが、この同窓会を開いたのだろうと、ひなのは言う。

　誰がどうやって、はさておいて、何故、という謎の答えは、案外こんな単純なものなのかもしれない。

（僕にも前世の記憶があったら、同じように思ったのかな）

　前世の記憶があるというのがどんな感覚なのか、想像もつかないが、なんだか少しうらやましい。

　誰かが自分に――前世の自分に、会いたいと思っている。自分がここへ呼ばれたことには、誰かのための意味がある。そう思うと何だか、くすぐったいような気がした。

　ついさっき目にしたばかりの、割れた鉢植えが頭に浮かぶ。誰かに会いたいと思う理由はポジティブなものだけではない。しかし、幹事側は参加者全員の前世を把握しているのだから、相手を害したければ、個別に何とでもできたはずだ。復讐のための同窓会を開くなんて、迂遠すぎる。幹事側に、こちらへ対する害意はないと考えてよさそうだった。

　いたずらかと思うような同窓会の案内に応じて参加する気になったのは、もしかしたら、自分の中に残る前世のかけらが、そうしろと言ったのかもしれない。

謎を解くだけではなく、前世のことを思い出したいと、初めて思った。

＊＊＊

宴会用広間、偕楽の間の入口はまだ閉まっていた。

そっと数センチだけ引き戸を開けて覗くと、三和土にある靴が代わっている。先ほどまでは男ものの靴ばかり三足分あったのが、今は、一番大きかった一足に代わって、明らかに女性のものとわかるヒールのサンダルが隅のほうにそろえてあった。真広が庭に出ている間に人の出入りがあったらしい。

同窓会の参加者に女性は二人しかいないから、このサンダルは夏梨奈のものだろう。他の二人が誰なのかも、靴を覚えたから、後で確認すればすぐにわかる。

少しは新しい情報も手に入ったので、部屋へ戻って、市姫やそのほかの信長の関係者たちについて検索してみてもよかったが、もう少しだけうろうろしてみることにした。

男湯女湯に分かれた立派な浴場の場所を確認し、ぐるりと回って戻ってくる。

部屋へ戻る前に、とあまり期待せずにサロンを覗いてみると、金髪でいかつめの参加者、加藤がいた。

すぐにこちらに気づいて、よう、と声をかけてくる。その目から、ついさっきまでの剣呑な光は消えていた。

「さっきは悪かったな」

「……ううん。あ、いえ……」

　さりげなく足元を見る。真広より、一回りは大きいサイズのスニーカー。広間の三和土にあった靴だ。つまり彼は夏梨奈と入れ違いに、広間から出てきたということだ。

「タメ口でいいよ。歳もそんな変わんねえだろ」

　加藤は二十三歳だという。水野は十九歳だから、四つ上だ。変わらない、と言えるかは微妙なところだが、距離を縮めようとしてくれているようなので、ありがたく乗っかることにした。

「そこのコーヒーと、ほうじ茶？　ご自由にどうぞだとさ」

「あ、そうなんで……そうなんだ。もらおうかな。ありがとう」

　加藤の言ったとおり、カウンターの端に、セルフサービスの飲み物が用意されている。電気ポットと並んで、保温トレイの上に丸いガラスのコーヒーポットが置いてあり、その横にカップと湯呑が積んであった。

「明智光秀と、話はできたの？」

　加藤に背を向けてカウンターに近づき、内心ドキドキしながら何気ない風を装って尋ねる。

　加藤は気を悪くした様子もなく、あっさりと、んや、話せてねえ、と答えた。

「けどもういい。同窓会に来た目的は果たせたからな」

　それから思い出したように付け足す。

「秀吉には、さっき謝っといた」

　そうなんだ、と、なんでもないふりで相槌を打ち、カップに手を伸ばした。

　秀吉には謝った、ということは、参加者の中に豊臣秀吉の生まれ変わりがいるということだ。

信長、蘭丸、帰蝶、秀吉、光秀。これで五人。不確定だが、お市も入れたら六人だ。あと二つ、前世の名前がわかれば、後は参加者たちとそれぞれの前世を紐付けしていけばいい。

加藤は警戒心が薄そうで、まだ情報を引き出せそうだった。

欲張りすぎは禁物だが、まだいける、と判断する。

「そういえば、加藤さんも、信長様に呼び出されたの？」

思い切って、かまをかけてみた。

加藤の声のトーンが変わる。

「おまえもか？」

ビンゴだ。背を向けた状態でこっそりと拳を握った。

これで夏梨奈や加藤を広間に呼び出したのが信長の生まれ変わりらしいということが確認できた。後で靴の持ち主を確かめれば、信長の生まれ変わりを二人にまで絞れる。

しかし、高揚しかけた気持ちは、近づいてきた加藤にぽんと背中を叩かれて、

「なんだよ、だったら隠すこともねえだろ。誰の生まれ変わりだ？」

親しげな口調でそう言われた瞬間に緊張に変わった。

しまった。

加藤の前世はもちろん知りたいが、ここで彼のほうから前世を告白されてしまうと、自分だけ答えないわけにはいかなくなる。しかし、知らないものは答えられない。

「それはまあ、まだ秘密ってことで……お互いにね」

どうしようどうしようと内心焦りながら、笑顔を浮かべた。

背中が冷や汗で濡れている。

加藤は不満そうな顔をしたが、意外なことに、怒りだしたりはしなかった。なんだよ、なんでだよ、としばらくは不平を言っていたが、真広が曖昧に笑ってごまかし続けていると、仕方ないな、というように息を吐く。あきらめてくれたらしい。

「まあいいけどよ。殿も、詮索する必要はないって言ってたし」

「信長様が？」

「ちょっと」

尖った少女の声が聞こえた。

会話を中断して振り返ると、サロンの入口に夏梨奈が立っている。

足元は、偕楽の間の三和土で見たあのサンダルだ。会合は終わったらしい。

「余計なこと、話さないほうがいいんじゃないの」

顎をあげるようにして、加藤に言う。前髪をあげてピンで留め額を出したヘアスタイルのせいで、つりあがった眉があらわになっていて、妙に迫力があった。

つかつかとサロンへ入ってきた彼女に、思わず道を空けてしまう。

それでも、最初に会ったときと比べると、こちらを敵視するような刺々しさは消えていた。掃除当番をサボっている男子生徒を咎める、クラスのまとめ役のような雰囲気だ。

信長との会合が、彼女にも何か変化をもたらしたのかもしれない。

主君（多分）との再会で感極まったのか、そのまぶたや目尻に赤みが残っていた。

わざわざ指摘はしなかったが、真広が気づいたことに彼女も気づいたらしく、牽制するような目を向けられる。「何も言いませんよ」と表明するつもりで右手を顔の横に上げた。

カウンターの端の席に座った夏梨奈に、加藤が眉を寄せる。

「何ピリピリしてんだおまえ。殿だって、」

「あんたは前世の恨みを水に流すことにしたのかもしれないけど、他の参加者も同じとは限らないって言ってるの」

カウンターの上に肘をつき、夏梨奈はぴしゃりと加藤の言葉を遮った。

せっかく穏便な雰囲気になっていたのに、またいがみあいが再発してはたまらない。真広は慌てて飲みかけのコーヒーカップを置き、新しいカップに手を伸ばして言った。

「ま、まあまあ……コーヒー、おいしいよ。やっぱりインスタントとは違うよね。緒方さんも飲む？」

「いらない」

こちらを見もしないで断られる。

取りつく島もなかった。

真広が苦笑しながらカップを戻すと、呆れた様子で見ていた加藤が、ふと思いついたように言う。

「おまえ、ちょっとあいつに似てんな。北近江の……」

「え？」

「その、へらーっとした笑い方とか……妙に朗らかな感じがさ。まああいつは戦場ではすごかったからな、その点おまえにはなんつうか、気迫ってもんが全然ねえけど」

前世の話のようだ。

突っ込んだ話をされるとぼろが出てしまうので、笑って首を振った。

「前世についてはノーコメントにさせてよ」

「わかってるって、似てるっつっただけだよ」

視線を感じた気がして目を向けると、さっきまでそっぽを向いていた夏梨奈がこちらを見ている。しかも、先ほどよりも目つきが険しかった。見ているというより睨んでいると言ったほうがいいくらいだ。

(な、なんで?)

もしかして、加藤と話でもあるのだろうか。言外に、席を外せと言われているのだろうか?

彼女の意図をはかりかねて真広がおろおろしていると、ドアが開いて、銀行員・緑川が入ってきた。

全員の目が彼へと集まり、彼のほうもカウンターの前に集まっている三人を見て、少し意外そうな顔をする。廊下にまで話し声が聞こえていて、それで覗いてみたのかもしれない。緑川は三人分の視線を受け止め、気圧されたように一歩引きながら、にぎやかですね、と言った。

「緑川さん。お帰りなさい。早かったですね」

声をかけると、怪訝そうな顔をされてしまった。彼のほうは、外出するところを真広に見られていたことを知らないのだから無理はない。

「えと、さっきロビーで、出ていくところを見かけて」

「ああ……」

慌てて真広が付け加えると、得心がいったというように頷いた。

「仕事で、ちょっと人に会わなければいけなくて。近くでしたし、書類の受け渡しだけだったのですぐに終わりました。もともと今日は休日ですし」

「大変ですね。あ、コーヒーありますよ」

ありがとうございます、と言って緑川もカウンターへ近づいてくる。ジャケットとアタッシェケースを椅子に置き、真広の手からカップを受け取った。

外から帰ってきたばかりならホットじゃないほうがよかったかな、とカップを渡した後で気づいたが、緑川は優雅な手つきでカップにコーヒーを注いでいる。

「……あんたも、悪かったな。さっきは俺、騒いでさ」

加藤が頭をかきながら、ばつが悪そうに謝罪の言葉を口にした。緑川はカップをソーサーの上に置き、

「気にしていません」

とだけ答える。

さすが大人だ。素っ気ない言葉だったが、冷たい感じはしなかった。

あまり優しくフォローされるより、こんな風にきっぱりと「もうこの話はいいよ」という意思表示をしてもらえたほうが、加藤も気が楽だろう。

加藤も気遣われたことはわかっているらしく、照れ隠しのようにがりがり頭をかいて、真広を見、じゃ、俺は部屋に戻るわ、と言った。

「前世の話、する気になったら声かけろよ。あんまり好きじゃねえけど、あのメッセージ機能も

まあ、せっかくあるんだしな」

「……考えとくね」

加藤はカウンター席に座った夏梨奈にも目を向けたが、彼女は肘をついてつまらなそうに庭のほうを見ている。加藤も特に声をかけることはせず、そのまま出て行った。

緑川がカップに口をつけるのをちらちら横目で見ながら、真広もコーヒーをすする。

二人きりではないが、話をするチャンスだ。タイミングをはかって、切り出した。

「あの、緑川さん。訊いてもいいですか」

「なんですか」

「掲示板で、幹事に質問してましたよね。誰なのかとか、同窓会を開いた目的は何かとか……あれって、何か理由があったんですか」

緑川は、むしろ理由を尋ねられたことが意外だというように軽く眉をあげる。

「単純に、気になったからですよ。何故前世の同窓会なんてものが開かれたのか、何故自分がそこに呼ばれたのか」

皆さんも気にしていたんじゃないですか、と言われて、「それはまあ」と言葉を濁した。真広は前世の記憶がないから、幹事の真意どころか、同窓会が本物なのかどうかすら半信半疑で参加したのだ。

緑川のあの書き込みを見るまでは、何もわからず参加しているのは自分だけで、自分以外の参加者には、幹事にも開催理由にも心当たりがあるのかと思っていた。

「質問可だとわかったので、まず一番気になっていたことを尋ねたまでです。ほとんど答えてもらえませんでしたが」

そう言って、緑川はもう一口コーヒーを飲む。

神経質そうに眉を寄せるのは、癖なのだろう。

眉間に縦皺の寄ったその横顔を眺めながら、真広は二つ目の質問を口に出した。

「緑川さんは、開催目的のわからない同窓会に、どうして参加したんですか」

カップを口から離し、ソーサーの上に置いて、緑川は少し考えるように目線を落とす。コーヒーの水面をじっと見つめてから、口を開いた。

「前世の名前が案内状に書いてあって、心当たりがあったので、いたずらではないとわかりました。あの案内状が来たということは、私の前世を知っていて、私を呼んでいる人がいるということですよね」

表情が少し和らいでいる。話し方も、ゆっくり、確かめるような調子に変わった。

「どんな理由であれ、私に会いたがっている人がいる、そのことに興味がありました。主催者……この場合は幹事なんでしょうか。その人の目的を知りたかったから、参加したんだと思います」

そこでいったん言葉を切り、ゆっくりと瞬きをする。

「それから、もちろん、私にも……会いたい人がいましたから」

レンズごしの目が細められ、何かを懐かしむような色を浮かべた。

誰ですかとは訊けなかった。訊いても、はぐらかされてしまうだろう。真広は黙ってコーヒーを飲んだ。

何気なく見やると、窓のほうへ目を向けた夏梨奈の視線が、先ほどから少しも動いていない。あさっての方向を見ていても、彼女の意識がこちらへ向いているらしいのがわかった。

彼女が参加した理由も、きっと同じなのだろう。真広だけが違う。

懐かしむ記憶を持たないまま参加しているのは、自分だけだ。

「あ……そうだ」

思い出して、カップをカウンターに置き、ポケットを探る。

「これ。ロビーの椅子の上にあったんですけど、緑川さんのじゃないですか？」

なるべく皺にならないように気をつけたつもりだったが、端がよれてしまっていたのを、手のひらで伸ばして差し出した。シックなダークグリーンに、猿の刺繍が施されたハンカチ。緑川は軽く目を見開いて受け取る。

「ああ……私のです。落としたのにも気づかなかった。すみません、ありがとうございます」

「おしゃれなハンカチですね。申年なんですか？」

「ああ、いえ。そういうわけではないんですが」

特に考えなくした質問だったが、緑川は少し恥ずかしそうに首を振った。

「前世の記憶が戻り始めてから、ちょっと、猿のモチーフを見ると親近感が湧いてしまって」

「……そうなんですか」

意外に思いながら、表面上は何気ない風で頷く。

ガードの固そうな彼から、前世に関するヒントをもらえるとは思わなかった。

猿に親近感、というと、それほど歴史に詳しくない真広でも頭に浮かぶ武将が一人いる。

「記憶が戻り始めたのって、いつごろですか？」

「半年ほど前からでしょうか。それまでも戦国時代らしい風景の夢を見ることはあったんですが、去年の冬頃から、なんとなく夢の意味が理解できるようになって……貴方は？」

こちらへ振られてしまった。思わず目が泳いだが、なんとか動揺を隠して答える。

「僕は……緑川さんよりもうちょっと後、比較的最近……かな……」

視線をさまよわせた先に、夏梨奈がいた。

どきりとする。

庭を眺めていたはずの目がこちらを向いて、先ほどよりさらに強く、挑むように睨みつけていた。

真広と目が合うと、ふいっと視線を逸らされる。

加藤は前世の恨みを引きずるのはやめたというようなことを言っていたが、先ほどのあの口ぶりでは、夏梨奈には前世の恨みを捨てられない相手がいるようだ。真広がその相手なのだろうか。真広本人も自分の前世を知らないのに、彼女は知っているのだろうか。それが彼女の思い込みだとしても、真広には弁明する材料がない。

他の参加者たちと一対一で話したいとは思っていたが、相手によっては、二人きりにはならないほうがいいかもしれない。

考えすぎだと思いたくても、落ちてきた鉢植えのことが、完全には頭から振り払えなかった。

スプーンがカップに当たる音が聞こえ、ふと見ると、いつのまにかゲーマー少年の神谷がコーヒーポットの前にいた。誰にも声をかけず、音もたてずに入ってきていたらしい。夏梨奈とは反対側の端の席にカップとソーサーを置いて、立ったまま飲み始める。

誰が安全で誰がそうでないかはっきりしない状況の今、誰かと二人きりで話をするのはリスクがある。周りに人がいるこの状況はチャンスだった。

この機会に彼とも話がしたいと思ったが、ヘッドホンをつけたままで、目は携帯ゲーム機へ向いているので、なかなかそのきっかけがつかめない。長い前髪と眼鏡のせいで目の表情が読みとれないのが、とっつきにくさに拍車をかけている。

話しかけるタイミングをはかるため、意を決してカップを手に近づいていくと、神谷は、真広が声をかける前に顔を上げた。

前髪の間から覗いた目と、もろに視線がぶつかる。

思いがけないその強さに、射貫かれるような心地がした。

神谷はカップをソーサーの上に戻し、片手にゲーム機だけを持ったまま、こちらをじっと見ている。睨まれている……とまではいかないが、何かを探るような目だ。

夏梨奈といい、加藤といい、目力の強い参加者が多すぎる。しかも、何故皆して、その目をこちらへ向けるのか。

強い視線を受けとめることには慣れていない。つい目を逸らしてしまいそうになり、それは失礼か、と思いとどまった。やましいことがあるのだと思われることも避けたい。

真広はカウンターに自分のカップを置き、知らず汗ばんでいた手のひらをズボンに擦りつけて拭いた。

とりあえず、笑顔を浮かべてみる。敵意はないですよ、と示すためだ。

とたんに、神谷はこちらへの興味を失ったかのように目を逸らした。

「つまらない奴」とか「こいつはないな」とか、そういう心の声が聞こえてきそうなリアクションだ。ただ無視をされるよりもこたえる。勝手に同類っぽいと認定して仲間意識を抱いていたのでなおさらだった。

実際に言われたわけでもないのにダメージを受けていたら、

「何、ここ、溜まり場？」

呆れたように言いながら、美容師の颯が入ってきた。

「同窓会なんですから、本来は一か所に集まるのが普通ですよ」

「まあね。でも今回は特殊だから」

普通に言葉を返してもらえただけでほっとする。

あの武人のような男――柴垣はいないが、これでほぼフルメンバーだ。ひなのは部屋へ帰ったのだろうか。このまま交流会のような流れになるのなら彼女にも声をかけてあげたほうがいいかもしれない。

真広が颯と話している間に、神谷はカップを持ってサロンを出ていってしまった。飲み物の持ち出しは禁止されていないから、部屋でゆっくり飲むのだろう。他の参加者たちと交流する気はなさそうだ。少なくとも、この場では。

結局、話ができないままだった。残念に思いながらその背中を見送る。

たった今向けられた、探るような視線の意味を考え、もしかして彼も、誰かを探しているのだろうか、と思い当たった。同窓会に参加しているということは、会いたい人がいるはずだ。

だとしたら彼は、何をもって、真広がその相手ではないと判断したのだろう。

「……私は部屋に戻る。何か人多いし」

夏梨奈が、颯と入れ違うように出て行く。

すれ違うとき、ちらりとこちらを見た気がしたが、すぐに目を逸らされてしまった。

高校生二人については、こちらから話しかけようにも、取りつく島もなさそうだ。そのくせ、二人して、意味深な視線を向けてくるのはやめてほしい。特に意味はないのかもしれないが、一人だけ前世の記憶のない身としては、気になって仕方がない。

（同窓会が終わるまでに、話す機会があればいいけど）

望みは薄いかもしれない、と嘆きながらカップに口をつけ、コーヒーが舌に触れたとたん、思わず吐き出した。

隣で自分の分のコーヒーをカップに注いでいた颯が、ぎょっとして一歩引く。

「何、コーヒー熱かった？」

「い、いえ……あれ？」

飲みかけのコーヒーの味が、変わっていた。

思った味ではなかったから驚いて、思わず吐き出してしまったが、口の中に残る後味は――甘い。それも、舌が痺れるほど。

ポットの横に置かれたバスケットからコーヒースプーンをとり、カップの中をかきまぜてみると、ブラックだったはずのコーヒーの底に、溶けかけの結晶が沈んでいた。

コーヒーに、砂糖を入れた覚えはなかった。それなのに、一口飲んだそれは、口内にざらざらとした食感が残るほど甘く、もはや別の飲み物のようになっている。

スプーンですくった結晶を舐めてみる勇気はなかったが、味は砂糖だ。口にふくんですぐに吐き出したから、仮に何らかの薬物だったとしても、ほとんど体内には入っていないはずだった。

何かの拍子に砂糖が混入した、とは考え難い。誰かが入れたのだ。真広が目を離した隙に、飲みかけのコーヒーに細工をした。

誰が、とラウンジ内を見回すが、一見して、様子のおかしい者はいない。

隣に座っていた緑川、近くにいた神谷と颯が疑わしいが、神谷や颯からは、彼らがサロンに入ってきてからほとんどの間目を離していないはずだ。いくらなんでも、自分のカップに砂糖を入れられるのを見逃したとは思えない。

真広が神谷や颯に意識を向けている間に、緑川か夏梨奈がこっそり近づいて真広のカップに砂糖を入れることは、理論上は可能だ。特にすぐ隣の席に座っていた緑川には、簡単にできただろう。しかしそんなことをすれば、真広は気づかなくても、ほかの誰かが気づく。全員がぐるでなければ、不審な行動に気づいたはずだった。

あの場にいた誰にでも、やろうと思えば可能だった。しかし、状況を考えれば、実際には、できたとは思えない。

できたとは思えないが、誰かがやったのだ。

何のためにかはわからない。真広のコーヒーを甘くすることに、意味があるとは思えない。

問題は、「犯人」が誰にしろ、それができたということだった。

砂糖ではない別のものを入れることもできるということだ。

後の太閤・木下藤吉郎秀吉の追憶

木下藤吉郎（秀吉）が初めて織田信長を見たのは、尾張の外れの農村で、畑の手伝いをしていたときだ。

織田家の跡取り息子だというその若君は、派手な色柄の着物を着崩して、柄に縄を巻いた刀を腰に提げ、剝き出しの手足を泥だらけ傷だらけにして歩いていた。とても大名家の若君には見えない身なりで、仲間たちと笑い合うその姿は、藤吉郎の知る侍の誰とも似ていない。子どものころから憧れてやまない侍の姿とはほど遠いはずなのに、何故か目が離せなかった。

信長は毎日のように馬を駆り、尾張中を駆けまわっていたから、それからも、見かける機会は何度もあった。

年の近い仲間たちを引き連れて、相撲をとったり、狩りをしたり、隊列を作って戦の真似事をしたり、やっていることは悪童そのものだった。しかし、馬を駆る姿はいきいきとして、目に強い光があり、端的に言えば、非常に恰好がよかった。そこには、生まれ持っての気品のようなものもあり、乱れた髪をして汚れた着物を着ていても、明らかに、自分たちとは違っていた。

あんな風になりたいなどと、分不相応なことは思わなかったが、あんな風に生まれていたらどんなだったろうと考えはした。

藤吉郎は、侍になるため家を飛び出し、遠江国《とおとうみのくに》で大名家に仕えたが、出自を理由に同輩たちに虐げられ、故郷の尾張へと戻ってきたばかりだった。前の主にはよくしてもらい、読み書きや兵法も教わったが、それを活かすあてもなく、雑用や畑仕事の手伝いをしてその日暮らしをしていた。

あるとき、鷹狩りの帰りらしい信長一行が通るのを、道の端に立って見惚れていたら、馬上の信長と目が合った。

慌てて平伏しようとした藤吉郎に、信長は、

「食うか」

そう言って、立派な雉《きじ》を、無造作に投げてよこした。

藤吉郎が、ことさらに物欲しそうな顔をしていたわけではないはずだ。施しをしたというより、ただ、獲りすぎた獲物を分けた、というだけのようだった。そういうことはときどきある、と近所に住む男が教えてくれた。藤吉郎が特別だったわけではない。

それでも、初めて、信長の目が自分を見た。その事実に、足が震えた。

この人に認められたい、と強く思った。

雉を抱きしめ、ありがとうございます、と、かすれる声で言う。

「いつか、おそばに……信長様のために働きます。必ずお役に立ちます」

いつもなら油を塗ったようになめらかに動く舌が、このときばかりは痺れたように、それだけ言うのがやっとだった。

「雉の一羽で、そこまで恩に着ることもねえよ」

そんなに腹が減っていたのか？　と信長は笑う。しかし、藤吉郎を、無礼だと咎めることも、馬鹿にして嘲笑うこともしなかった。取り巻きの若武者たちも同様だ。それどころか、どこか嬉しそうな、満足げな目を藤吉郎に向けた者までいた。自分たちの主が領民に慕われていることを、誇らしく思っているようだった。

信長は奇矯な行いからうつけだと噂され、家中でも跡取りとは認めない者がほとんどだという。領民からは、それなりに親しみを持たれていたが、彼らも皆、信長を変わり者の若様だとしか思っていなかった。

皆、あの輝きに気づいていないのだ。

信長は、これから、どんどん強くなる。その輝きは、いずれ、日ノ本じゅうを照らすほどになる。

信長の取り巻きの若武者たちは、それを知っている。だからあれほど楽しそうに、誇らしげに付き従っているのだ。藤吉郎は彼らが、心底うらやましかった。

自分もあそこへ行きたいと、強く願った。

取り巻きの多くは、家臣の息子たちだったが、中には、農家の次男や三男など、武家の出ではない者たちもいるという。出自ではない。信長はそばに置く人間を、別の基準で選んでいる。それならば、自分にも望みはあるはずだった。

信長が織田家の家督を継ぎ、駿河《するが》の今川義元との戦に備え、兵を集めていると知ると、藤吉郎は志願して足軽となった。

信長は、雇った兵を、いつでも出陣できるように城下に住まわせていた。集められた兵は農兵より戦に慣れた者たちばかりで、一つ所にまとまっているからすぐに動かせる。それに、農民たちは男手を戦にとられることなく、安心して働ける。

藤吉郎も城下の長屋に住まいを与えられ、同じように集まってきた者たちと、長屋の前で煮炊きをしながらよく話をした。藤吉郎はときには酒や食い物を仲間に分け、彼らと親しくなり、そうやって少しずつ顔を広げていった。

「わしは三河から来たんだ。尾張ほどにぎわっている町はないと聞いてな」

織田は今勢いがあるからな、と、汁の入った鍋の蓋を持ち上げながら、隣の長屋の住人が訳知り顔で言う。

「美濃を獲れば、織田家の領地はずっと広くなるな」

「そうすれば京にも手が届く、って、馬廻の人たちと話しているのを聞いたよ。美濃だけじゃあ、満足できないらしい」

どこまで領地を広げるつもりなのかね、と呆れたように言って、隣人は汁の具合を見るように鍋をかきまわした。

「そんなに戦は楽しいかねえ」

戦のために雇われたといっても、腕に覚えのある者や、手柄をあげて士官したい者たちばかりではない。ただ食うためにここへ来た者もいる。隣人もその口らしく、わしらにはわからんなあと、そんな風に言った。

二軒隣の住人も、まだ美濃だって獲れていないのに、京とは気の早い話だな、と笑ったが、藤吉郎は感嘆していた。

それでこそ信長だ。

目先の領土ではなく、先を見ている。

「好きで戦なんかするもんか。国を大きくしないと、他所の国に狙われる。戦は国を守るためだ」

藤吉郎は主張した。

戦に勝てば国は強く大きくなる。そうすれば領民も潤い、安心して暮らせるようになる。

「信長様は、領民のために戦っているんだ」

「まあ、そうと言えばそうだが」

どこからか声がして、藤吉郎たちは振り向いた。

「それはどの国でも同じだろうな」

そこに立っていたのは、軽装の織田信長その人だ。

藤吉郎の両隣で、男たちが青ざめ、匙を放り出して平伏する。

藤吉郎も遅れて平伏したが、他の二人と違い、信長の顔をうかがう余裕があった。

近隣の村を駆けまわり、村人たちに狩りの獲物を分け与えていた信長を知っているから、こうして城下の兵舎の前を通りかかっても、さほどの驚きはなかった。

顔も上げられずにいる足軽二人と、地面に両手をつきながら、顔だけは上げている藤吉郎とを見比べ、信長はおもしろがるように言う。

「しかし、それでは、戦ばかりの世が続くだけだ。きりがないな」

誰かが終わらせなければな、と続けた。

「戦うのをやめるということですか」

かつては信長の前に出ると、緊張して舌が動かなかったものだが、不思議とこのときは、自然にそう口から出ていた。

「いずれはな」

いずれとはいつですか、と藤吉郎が口に出したわけではないが、信長は先回りをして答えを口にする。

「俺が勝ち続ければ終わる。天下を一つにする」

鳥肌が立った。

これまで仕えた大名も、その周りのどの武将も、そんなことは言わなかった。

信長だけだ。

やはり、この男だ。

自分は間違っていなかった。

「この木下藤吉郎、殿の下で働けること、心から幸せに存じます」

ようやく、それだけを告げる。

生きるために媚びることなどいくらでもしてきたが、これは心の底からの言葉だった。

侍になる、そしていつかは大名になる。生まれ育った村を出る前、藤吉郎がそう言ったとき、信じる者は誰もいなかった。

天下を獲るという信長の言葉を、信じている者たちはまだ多くはないだろう。

しかし、藤吉郎にははっきりと見えた。信長は間違いなく天下人になる。そして、自分は、天下人の家臣になる。

信長はにやりと笑い、励めよ、と言って去っていった。

その後すぐ、藤吉郎は信長の草履取りになり、次の戦では、出陣の際に馬の口取りを務めた。

誇らしさに打ち震える藤吉郎を見て、信長はそれを戦場での武者震いととったのか、「肝が据わっているな」と笑った。そして、

「死ななそうなところが気に入った」

そんなことを言った。

しかし、いざ戦が始まると、馬の口取りなど必要なかった。信長は藤吉郎も家臣たちも置いて自ら馬を駆り、敵地へと乗り込んでいった。日頃から信長に付き従っていた馬廻衆でさえ、追いつけないほどの速さだった。

嵐のようだった。

桶狭間で今川義元を討った戦に従軍したことで、藤吉郎は、戦場の中でも外でも、信長がすべてを自分一人で決め、説明をせずに動き出すことを知った。

誰も信長の考えを理解できていない。信長の信頼厚い馬廻衆ですら。

彼らは理解できないまま、ただ信じてついていくだけだ。信長はその忠誠心を評価しているようだったが、それで満足しているとは思えない。もどかしい思いもあるはずだった。

自分なら、理解できる。信長の考えを理解し、先を読んで動くことができる。

そのためには、信長を知り、近くにいて、常に観察することが必要だった。

藤吉郎は戦では手柄をあげられなかったが、小者として雑用をなんでもこなし、「視野が広い」「よく気がつく」と重宝された。

周りを見て人を動かすことに長けていると認められ、足軽たちの組頭に、やがて、足軽大将に任ぜられた。所詮下っ端をまとめるだけの立場だが、それでも、近づいている、という実感があった。

信長が藤吉郎を近くに置くようになると、織田家中の武将たちの中には、卑しい身分の藤吉郎をあからさまに蔑み、軽く見る者もいた。好都合だった。侮られていたほうが、やりやすいこともある。


美濃攻略の足掛かりとして、墨俣《すのまた》に城を築ける者はいるかと信長が言ったとき、その場にいた武将たちは一様に黙り込んだ。

墨俣は美濃の領地である。敵地に城を築くことは容易ではない。これまで、織田家の有力な武将佐久間信盛や、柴田勝家が取り組み、失敗していた。城が完成する前に敵襲を受け、建築途中の城を破壊され、兵糧や弾薬を奪われて終わってしまうのだ。

待ち望んでいた機会が来た、と思った。

どれだけ家柄がよくても、学があっても、武芸に秀でていても、戦上手でも、できないことを自分がやり遂げてみせるのだ。

藤吉郎が手を挙げると、家臣団は皆、こんな小者にできるのか、という目を向けた。

信長は、やってみろと言った。

勝算はあった。

信盛や勝家は、二月かけて城を作り、完成まであと一月、というところで敵襲を受けている。斎藤勢は、今度も同じだけ築城に刻を要すると思っているはずだ。それを逆手にとる。相手が気づく前に工事を始め、攻めてくる前に終わらせればいい。

武将として考えるべきときは、知る限り最も優れた武将である信長ならどうするか、信長になったつもりで考えた。さらに農民や商人の頭でも考えた。それは、ほかの武将にはできないはずだ。藤吉郎の強みだった。

必要なのはとにかく速さ、相手が油断しているうちに終わらせてしまうことだ。木材を輸送する過程で斎藤方に気づかれないよう、必要な木材は現地で調達し、あらかじめ加工して、墨俣の山の中に隠しておくことにした。

兵の数は信盛や勝家が築城の際に率いた兵数の十分の一程度に抑え、旧知の蜂須賀小六の力を借りて野武士たちを動員し、斎藤方に気づかれないようことを進めた。

加工しておいた木材を筏に組み、川を下って一気に運び込み一気に組み上げる工法なら、何倍も早く城を建てることができる。

藤吉郎は自ら木材の筏に乗って川を下り、現地で工事の指揮をとった。

その場にいるだけで兵たちの士気が上がる、信長のようにはいかなかったが、信長ならこうするはずだと思った。

わずか数日で工事は進み、斎藤勢が気づいたときには、墨俣城はすでに完成間近だった。

慌てて攻めてきた斎藤軍を、藤吉郎は建築途中の城で迎え撃った。

一兵としてでなく、将として戦場に立つのは初めてだったが、不思議と、恐怖はなかった。死ななそうだと、信長が言ったのだ。ならば自分は死なない。

斎藤軍が出撃したことは尾張にも伝わっているはずだった。すぐに助けが来る。

援軍が来るまでの間、耐えることもできない城では、元より築城した意味がない。

ひたすら耐えた。そうして、自ら築いた城の上から味方の兵が見えたとき、勝った、と思った。

「見事だ。木下藤吉郎秀吉」

兵を率いて現れ、斎藤軍を蹴散らした信長は、信頼できる古くからの家臣たちへ向けるのと同じ目で藤吉郎を見て、言った。

「誉めてつかわす」

震えるほど嬉しかった。

藤吉郎は侍大将となり、自らが築いた城の城主に任ぜられ、「秀吉」と実名を名乗るようになった。


墨俣の城の一件から、織田家の家臣たちも、秀吉に一目置くようになった。

一部の武将たちからは、依然として軽く見られているのを感じたが——戦上手こそが武将として評価されるもの、という考えがあるのだろう——、見どころがあると信長が認めた者を、多くの武将たちもまた、認めた。末席ではあったが、秀吉は、憧れていた織田家臣団の一人になった。

とはいえ、前田利家、森可成、滝川一益など、古くからの家臣たちには、信長からの信頼では、秀吉は敵わない。可成も一益も、元は尾張の者ではなく、他所から流れてきた身だが、今では織田家になくてはならない重臣だった。信長の右腕に、最も信頼する武将になるには、この程度の手柄では、まだまだ足りない。

そして、自分より先にいた者たちばかりを気にしてもいられなかった。

後から織田軍に加わった明智光秀は、秀吉ほどではないにしろ、身分は高くなかった。しかし、秀吉と違って教養があり、斎藤家から信長に嫁いだ帰蝶の縁者でもあった。武芸にも秀でていたが、武人というより文化人の趣があった。

この光秀を、信長は重用した。

信長がそうすることには理由があった。秀吉が取り立てられたのと同じ理由だ。秀吉の目から見ても光秀が優秀であることは疑いようもなく、だからこそ、憎らしかった。

織田家の古くからの家臣たちにも、新参者の光秀にも、秀吉は表面上慇懃《いんぎん》に接し、自分を卑下してでも、常に相手を立てるよう心掛けた。そんなことは平気だった。誰もが、生まれたときから、秀吉より恵まれていた。そのことに思い至らず、秀吉を下に見ている者たちより、自分のほうが信長の役に立てる、という自信があった。

侮られることも、自分を侮っている者たちの機嫌をとることも苦ではなかった。しかし、胸の内には常に嫉妬が渦巻いていた。

中でも誰よりも妬ましかったのは、同盟を結んだ北近江の大名、浅井長政だ。

武勇に秀で、十六で、数に勝る六角軍を打ち破ったという長政は、信長の妹、市を娶《めと》り、信長と義兄弟の関係になった。

織田家中の武将ではなかったから、秀吉と顔を合わせたのは一度だけだ。大柄で、目鼻立ちのくっきりとした男だった。市姫も女性としては背が高いので、並べばさぞ映えるだろうと思った。信長が長政に市を嫁がせたのは、上洛を見越して、北近江の領主を味方につけておきたかったということと、美濃に対して圧力をかけるためだ。それはわかっていた。しかし、長政自身を認め、信頼していなければ、妹を嫁がせたりはしない。

市と長政の間に二人目の子ができたという知らせを、笑顔で祝いながら、秀吉は、うらやましくて仕方がなかった。

市の夫。信長の義弟。それは、秀吉が、おそれおおくて望むことすらできずにいた立場だった。しかし、それを手に入れた男を前にして、気がついた。秀吉は、織田家の血が、喉から手が出るほど欲しかった。

しかし秀吉のかわりにそれを手に入れた男は、信長を裏切った。

「浅井家、離反。小谷から、軍旗を掲げて進軍中とのこと」

朝倉勢との戦の最中だった。攻略したばかりの金ヶ崎で、信長はその報を受けた。

長政は軍勢を率い、岐阜城への道をふさぐ形で北上しているという。朝倉勢と合流するつもりだ。このままでは、挟み撃ちにされる。

信長は最初、その知らせを信じなかった。朝倉による、織田軍を混乱させるための虚報だと断じた。

しかし、進軍する浅井勢を見たという者が次々と駆け込んでくると、信長はそれを受け容れざるをえなかった。

戦場で窮地に陥ったことよりも、心から信じていた相手に裏切られたことに対する衝撃で、その表情が凍りつく。その瞬間、信長は織田軍の総大将ではなく、一人の人間だった。

秀吉が初めて目の当たりにする、信長の敗北だった。

戦にではない。信長は長政を信じ、そして、賭けに敗れたのだ。

長政の裏切りは、信長にざっくりと傷をつけた。傷の深さは、それだけ、信長が長政に寄せていた信頼の深さだった。

あれだけ目をかけられておきながら、信頼されておきながら。

長政への激しい怒りが湧きあがったが、同時に、これが自分にとって、またとない機会であるということもわかっていた。

長政が信長から得ていた信頼を自分のものにできるとしたら、今しかない。

「——退却する」

ひとたび現実を受け容れると、いつものごとく、信長の決断は早かった。

しかし、撤退戦は簡単ではない。後方の味方が浅井の兵を食い止めている間に、前衛が朝倉方の兵を破り、京へと逃げるしかない。

浅井勢を食い止めなければならない、しんがりは死役だった。信長が逃げきれるかは、しんがりにかかっている。

「信長様」

秀吉は信長の前へ出て平伏した。いつかのように顔だけを上げ、まっすぐにその目を見る。

信長の信頼がほしい。

それには、命を懸けるだけの価値があった。

信長様、この秀吉、決して、決して貴方様を失望させませぬ。

目に、声に、強い決意を込めた。

「どうぞ、しんがりの大役、この木下藤吉郎秀吉にお任せください」

第四章

積極的に他の参加者と交流したほうがいいのか、なるべくおとなしくして、無事に同窓会を終えることを目的にしたほうがいいのか、真広は迷い始めていた。

最初は、せっかく来たのだから、という思いもあったし、何より、他の参加者たちの前世を知ることが、自衛にもなると思っていた。しかし、湯呑の中の首だけの花、植木鉢にコーヒーと、一つ一つはとるに足らないようなことでも、こう続くと、なんだか、警告されているような気になってくる。

あれらが「余計なことはするな」という意味なら、むしろ、おとなしくしていたほうが身のためなのかもしれない。

とはいえ、気にはなるのだ。もともと、謎解き系のゲームが好きで血が騒ぐ、というのもあるが、それだけではなかった。

ここで、すべきこと、知るべきことがある。そんな気がしている。

自分の中にいる、自分ではない誰かが、そうしろと言っているかのようだった。

サロンを出て部屋へと戻る途中で里中に呼び止められ、お食事は何時にお持ちしましょうかと尋ねられた。

夕食は、全員一緒にとるわけではないらしい。いまいち同窓会らしさに欠けるが、互いの前世を伏せての同窓会だから仕方がない。どなたかとご一緒されますかとも訊かれたが、あいにくあてはなかった。それほど空腹は感じていなかったので遅めの時間を指定して、自室へ運んでもらうよう頼み、先に入浴を済ませることにする。

檜風呂は、一階サロンのちょうど反対側にあった。男湯と木札がかかったほうの入り口をくぐると、入ってすぐのところに靴箱があり、一足だけ靴が入れられている。鍵つきの靴箱でなかったのをいいことにちょっと引き出して確認してみると、スニーカーだ。偕楽の間の三和土にあったうちの一足だった。

先客が一人だけ、というのは都合がいい。話ができるかもしれない。

いそいそと服を脱いだ。ロッカー横の棚に真新しいタオルが積んであったので、一枚とって腰に巻き、いざ、という気持ちでガラス戸を開ける。

入って正面に檜の湯船と、その向こうに庭が見えた。先ほど散歩した中庭とはまた別の、風呂場の窓からの観賞用に整えられた庭だ。露天風呂ではないが、正面の壁が一面丸ごとガラス張りになっていて、湯船につかりながら庭を眺められるようになっている。狭い庭の向こうには、竹を組み合わせて作った目隠しの壁が立っていた。

さりげなく見回すと、右手の洗い場に、髪を洗っている後ろ姿が見える。

顔は見えないが、体格から神谷だとわかった。

つまり、彼があの靴の持ち主、偕楽の間にいた人間の一人ということになる。

加藤が偕楽の間にいたときも、入れ違いに夏梨奈が入っていたときも、二足の靴は偕楽の間の三和土にあった。加藤や夏梨奈を偕楽の間に呼んだのが信長なら、その場にいたもう一人はその立ち会いだろうから、前世において信長の側近や、重要なポジションを務めた誰かの生まれ変わりであるはずだった。

(森蘭丸も、確か側近だったんだっけ。部下との面談に立ち会わせるなら、あとは、妻の帰蝶とか……?)

つらつらと考えながら軽く身体を流して、檜の湯船に肩までつかった。

ちょうどいい湯加減で、緊張していた身体が緩む。意識しないうちに溜まっていた疲れが、じわっと湯に溶け出すようだ。

偕楽の間での会合の同席者やら神谷の前世やら、考えていたことが一瞬頭から飛ぶ。

しばし目を閉じて、広い湯船と絶妙な湯加減を堪能した。

きゅっと蛇口をひねる音が聞こえても、その意味に考えが至らなかったが、誰かが湯船に入る気配がして、トリップしかけていた意識が戻った。

そうだ、これまでとりつく島もなかった神谷と、話をするチャンスだった。

真広は目を開けて、そろりと左側へ視線を向け、浴槽の反対側の端で、肩まで湯につかっている横顔を盗み見る。

えっ、と思わず声が出そうになった。

眼鏡を外しているのと、長い前髪が濡れて後ろへなでつけられているせいで、一瞬誰だかわからなかった。

が、もちろん、それは神谷だ。ここには、真広と彼しかいないはずだ。

盗み見るつもりが、ついしげしげと観察してしまう。それだけのインパクトがあった。

当然というべきか、視線に気づいたらしい彼は、煩わしそうな目をこちらへ向ける。

「何」

「……いや、えーと」

神谷くんだよね、と間抜けな確認をしてしまった。

神谷は無言で、不審げな目を向けてくる。

笑ってごまかしてみたが、神谷はつられて笑ってはくれなかった。

「あ、あはは……えっと、髪……前髪、切ったほうがもてそうだよ」

濡れた指で頬をかきながら言った。

神谷は呆れたような馬鹿にしたような目で真広を見た後、ふいと視線を、前――ガラス越しの庭のほうへと向ける。

「面倒臭いから」

「……切るのが？　もてるのが？」

「後のほう」

自分の容姿が優れていることに対しての自覚はしっかりあるようだ。

真広は苦笑して、その横顔を眺めた。

濡れ髪のせいで、形のいい頭の輪郭がはっきりわかる。

「神谷くんは、高校生？　中学生？」

「高校生」

ちょっとむっとした様子で、彼はこちらを向いた。

「二年生」

ぼそりと付け足す。

あ、感情が表情に出るとちょっと可愛い。

そう思ったのが顔に出ていたのか、神谷の眉が不満げに寄せられた。

「じゃ、僕もうあがるから」

真広に取り繕う暇を与えず、立ち上がって湯船から出てしまう。

「あ、ねえ。神谷くんはさ、何で……」

「ノーコメント」

湯船の中で立ち上がりかけたが、真広は入ってきたばかりだ。脱衣場まで追いかけるわけにもいかない。

あきらめて、ぺたぺたと足音をたてながら振り向かず去っていく、後ろ姿を見送った。

浴場のガラス戸が閉まったので、湯の中に戻って肩までつかる。

なかなかガードが固そうだ。夏梨奈にも警戒されているようだったから、やはり、偕楽の間での会合について、話を聞かせてくれそうなのは加藤くらいだろうか。

加藤と夏梨奈は呼び出された側のようだったし、サロンでの口ぶりからしても、彼らは信長本人ではなく、その臣下のはずだ。つまり、神谷が信長か、信長にごく近い関係の誰かなのは、ほぼ間違いない。

あの場には「いち」と呼ばれる誰かがいたこともわかっている。神谷は、信長の妹、お市の生まれ変わりという可能性もある。

身体と髪を洗って、もう一度湯船につかり、脱衣場へ行くと、神谷が、鏡の前で備えつけのドライヤーを置いて立ち上がるのが見えた。ちょうど身支度を終えたところらしい。

大急ぎで身体を拭き、下着とジーンズを身に着けたが、追いつきそうになかった。

靴を履いている背中に声をかけるタイミングも逸して、またも見送るしかできない。

あきらめかけたとき、脱衣所の前で彼を待っていたらしい誰かの声が聞こえた。

「らんちゃん眼鏡は？」

「あ」

指摘を受けて、神谷が脱衣所へ引き返してくる。

確かに、眼鏡をかけていなかった。

彼は周りを見回し、ドライヤーの脇に黒縁の眼鏡が置いたままになっているのを見つけると、迷わず歩いていってそれを取り上げる。

眼鏡がなくても、全く不自由そうには見えなかった。

真広の視線に気づいたのか、こちらを振り向いて、

「度、入ってないから」

と、先回りして答えてくれる。

「あ、うん……」

（それより今、らんちゃんって）

気になったのはむしろ、そっちのほうだ。

すぐに連想した名前があった。

メッセージで連絡をとりあったり直接会って話をしたりして、親しくなった出席者たちが、仲間内では前世の名前で呼び合っていたとしてもおかしくない。

（森蘭丸）

真広の直前に到着したはずの、信長の小姓。

ドラマの中でその役を演じていた若手俳優の、衣装をつけた姿を思い浮かべた真広に、神谷は冷たい目を向けた。

「違うから」

「……な、何が？」

思っただけで、口には出していなかったはずだ。しかし彼は、

「何考えてるのかわかるけど、違うから」

つかつかと歩いてきて、一気に真広との距離を詰めた。

真広は気圧されて後退し、ロッカーに背中をぶつけて止まる。

「これが名前なの。神谷藍《らん》。前世じゃなくて、今の名前」

ずい、と真広につめよるようにして言った。

目を白黒させている真広を見て満足したのか、すぐに離れて、ひょいと伊達眼鏡をTシャツの胸元に差す。

「……そんなにわかりやすい？　僕」

「わかりやすすぎ。腹芸とか苦手でしょ。戦国時代に生まれなくてよかったね」

そう言って、唇の端をあげて笑った。

その顔に、不思議な感覚が湧きあがる。

(あれ、今)

何か。

思い出しかけたような気がした。

ひなのと目が合ったときもそうだったが、懐かしいような——いつか、どこかで会ったような。

「藍?」

「今行く」

脱衣所の入口から、顔を出したのは颯だ。

真広がいることに気づいて表情を硬くしたが、神谷のほうは本名を知られたことを気にする風もなく、短く応えて歩き出した。二人は、元から知り合いだったのかもしれない。

今度こそ、その後ろ姿を見送る。

自分でも理由のわからないこの感覚は、彼と自分に、前世でかかわりがあったという証拠だろうか。しかし、それは自分や神谷の前世を特定するヒントにはならない。前世では皆顔見知りでもおかしくないのだ。

いつまでも半裸でいるわけにもいかないので、未練がましく入口へ向けていた目をロッカーへ戻し、着替えを再開した。

着替えを終えたところで、入口の扉が開く音がする。神谷か颯が戻ってきたのか、と思って見ると、入ってきたのは緑川だ。スーツの上着だけ脱いで、ネクタイを外した格好だった。

「あ、……こんにちは」

目が合ったので会釈をすると、こんにちは、と返される。愛想はないが、拒絶されているとも感じなかった。

彼は同じ並びのロッカーの、一番端を開けて着替え始める。

「あの」

「はい」

二人きりで話をするチャンスだ。答えてくれるかはわからないが、思い切って話しかけてみた。

訊きたいことはいくつもあるが、選択を間違えば何一つ聞き出せないまま話が終わってしまう。

最初の一言は、慎重に選んだ。

「緑川さん、会いたい人がいるって、さっき言ってましたよね。そのために同窓会に出席したって。その人とは、話せたんですか」

「……いえ」

緑川は、その質問をされたことに少し驚いた様子だったが、すぐに表情を消して首を横に振る。

「メッセージを送ろうとしたんですが、なかなか決心がつかなくて。訊きたいことも言いたいこともたくさんあって、でも、それはすべて、直接会って伝えるべきだと思うので。いざ文字にしようとすると、何と書いていいのかわからなくて」

言いながらうつむき、切れ長の目を伏せた。

「前世の記憶が戻ってから、ずっと気になっていました。前世では、望まない形で終わってしまった。その人を、多分、とても傷つけたのに、私はそれに気づけなくて――だから、もう一度チャンスがもらえるのなら、伝えなければならないことがあるんです」

「……それって」

信長様ですか、と口に出そうとしてやめる。

その人に会うために同窓会に出席したということは、確実に出席することがわかっていた相手なのではないか、つまり、案内状で名前が挙げられていた信長のことではないか。そう思ったのだが、確証はないし、あまり追及すると、緑川は口をつぐんでしまう気がした。

「何が、あったんですか」

かわりに、そう尋ねる。

「原因は、すれ違いだったのかもしれません。色々な事情があって、そうするほかないと思って行動したことが、最悪の結果をもたらしてしまいました。他に道はなくてどうしようもないと思ったけれど、本当は、多分私が、選択を誤った」

真広の質問にはっきりとは答えずに、緑川は悔やむように眉を寄せた。あまり感情の起伏を表に出さない彼にしては珍しく、その目に声に、苦さと、押し殺した後悔が滲む。

しかしそれも一瞬で、彼はすぐに――それが表面上だけのことだとしても――落ち着いた表情に戻った。

「自分の気持ちを、理解してもらえなくて……裏切られたと思ったんです。でも、相手にとっては、先に裏切ったのは私のほうだった」

具体的なことは、何も話さなかった。

互いに正体を隠しての会話だから仕方がない。

それでもこれだけ話してくれたのは、きっと、彼も、誰かに話したかったのだろう。

本当はきっと、誰よりも、その相手に伝えたいと思っている。

数百年の時を経ても、声をかけることをためらうほどの、何があったのか――真広には、わからない。

「話、できるといいですね」

それだけ言った。

何の役にも立たない薄っぺらな言葉だが、本当にそう思った。

緑川は、ほんの少し目元を和らげて真広を見、ありがとうございます、と言った。

＊＊＊

部屋まで運ばれてきた豪勢な夕食を食べ終え、食器が下げられてきれいになったちゃぶ台の上で、支給されたパソコンを開いた。

出席者の一人かもしれないことが判明した「お市」について、まず調べてみることにする。

「織田信長　いち」と検索エンジンに入力すると、やはり、「お市の方」という名前がヒットした。

織田信長の妹で、織田家と浅井家の同盟のため浅井長政に嫁ぎ、長政との間に三人の娘をもうけたとある。長政と彼女は仲睦まじい夫婦だったそうだ。しかし後に信長が、浅井と関係の深い朝倉義景と戦を始めたため、浅井と織田の同盟は破れ、両家は敵対関係になった。織田から浅井へ嫁に来た身であったお市の立場は複雑だっただろうが、彼女は人質にされることも害されることもなく、長政が信長に敗れ自害する直前に織田方へと返されている。

その後は娘たちとともに信長の庇護を受けていたらしい。本能寺の変で信長が死んでからは、信長の家臣だった柴田勝家と再婚したが、翌年勝家が秀吉と対立して敗れた際、夫とともに彼女も自害している。

非常に美しかったという伝説のせいもあってか、小説や映画等では悲劇のヒロインとして扱われることが多いと、歴史上の人物について解説するサイトに書いてあった。

彼女にとって信長は、実の兄でありながら、夫を殺した仇でもあるということになるが、夫の死後信長に手厚く遇されていたらしいから、兄妹仲が悪かったわけではないようだ。

夫との関係もよかったならなおさら、実の兄と夫との戦いは、彼女にとって辛いものだっただろう。

機転の利く女性だったらしく、長政が信長との同盟を破り、朝倉側につくと決断した際、朝倉義景を攻めていた信長へ、小豆を詰めた袋の両端を縛ったものを陣中見舞として贈り、「このままでは挟み撃ちにされる」と危険を知らせたという逸話も残っている。

細かいエピソードについてはどこからどこまでが史実かわからないにしろ、少なくとも信長の敵でもない。この同窓会に招かれてもおかしくない。

同窓会の出席者は八人、その中に、信長、秀吉、帰蝶、蘭丸の生まれ変わりがいるのは確実だ。信長と秀吉とは会って話したと加藤が言っていたし、蘭丸は彼宛の案内状が回収されているのをこの目で見たし、帰蝶は掲示板に書き込みをしていたから確かだ。

そして「どうやら出席しているらしい」のが、明智光秀と、お市。

あのとき偕楽の間には、お市の生まれ変わりがいたとして——他の出席者から「殿」と呼ばれる人間といえば信長だろうと思っていたが、彼女は信長を兄上様と呼んでいたそうだから、「殿」と呼ばれていたのは信長以外の誰かということになる。彼女に「殿」と呼ばれ、彼女を「市」と呼ぶのはおそらく、彼女の夫だろう。二人いる。

（浅井長政か、柴田勝家……）

お市に関するインターネットサイトに、二人の夫のことについても概要が載っていた。

敵対関係にあった浅井長政はともかく、勝家のほうは織田四天王と呼ばれる重臣だったらしいから、この同窓会に呼ばれていたとしても不思議はない。普通に考えれば、信長の縁者として同窓会の案内状を送られるなら、浅井長政より柴田勝家だろう。

（大謀反人の明智光秀が参加してるなら、浅井長政も呼ばれていたとしてもおかしくないけど）

サイトには、浅井長政は近江国の領主だった、と書いてある。そういえば加藤が、そんなことを言っていた。北近江のあいつ、というのは、長政のことだろう。

（僕が、浅井長政に似てる？）

記憶がないのだから確認のしようがないが、彼があんなことを言ったのは、送信先リストの中に長政の名前があったからかもしれない。

（普通に考えれば、十中八九勝家のほうだろうけど……とにかく、お市の夫のうちどちらかが出席しているとして、これで七人）

あと一人だ。しかし、信長に所縁のある武将は数えきれないほどいる。ここでどれだけ考えたところで、歴史に詳しいわけでもない自分に、その一人を割り出せるとは思えない。

それなら、と、最後の一人が誰の生まれ変わりなのかは置いておいて、まずは現在判明している前世の名前と参加者たちを結びつけることを試みたが、そちらもすぐに行き詰まってしまった。

偕楽の間に靴があったことから、神谷は「信長」か、彼のごく近い身内、あるいは側近。そして、本人たちの言動を信じるのなら、加藤と夏梨奈は「信長」でも「光秀」でもなく、加藤は「秀吉」でも「長政」でもない。しかし、わかっているのはそれくらいだ。

論理パズルは嫌いではないが、いくらなんでも情報が足りない。

加藤の言動から、なんとなく夏梨奈の前世についてはあたりをつけていたのだが、それも怪しくなってきてしまった。

誰か一人でも前世を特定できれば、そこを足掛かりにしていけるような気がする。手始めに、緑川の前世を考えることにした。

(信長、秀吉、光秀、帰蝶、蘭丸、長政か勝家、お市の方――の誰か。誰にも当てはまらなかったら、緑川さんが最後の、謎の八人目ってことになる)

緑川は、誰かを裏切り傷つけたことを悔いていると言っていた。

裏切り者といえば、真っ先に頭に浮かぶのは明智光秀だが、戦国の世のことだ。真広が知らないだけで、武将同士の裏切り行為はほかにもあったのかもしれない。帰蝶やお市は武将ではないが、武将の妻だ。夫に隠れて兄に夫の裏切りを伝えたという逸話が本当なら、お市は長政を裏切ったと言えなくないし、その後に別の武将に嫁いだことを裏切りと考えていたとしてもおかしくはない。女性だというだけで、候補から外すことはできない。

脱衣所で緑川と話をするまで、真広は、彼の前世として、一番可能性が高いのは秀吉だと思っていた。

豊臣秀吉といえば、真広でも知っている超有名どころで、信長配下の武将と聞いて真っ先に頭に浮かんだ名前だ。本能寺の変後には明智光秀を倒して主君の仇を討ち、信長に代わって天下統一を果たした男。

歴史もののドラマの中で、何度も、信長に「猿」と呼ばれているのを観たことがある。

だから緑川が猿のモチーフを好んでいると聞いたとき、彼の前世は秀吉に違いないと思ったのだが、脱衣所での会話でわからなくなった。

秀吉は、信長を裏切ってはいないはずだ。

緑川が会いたがっているのは、他の誰かのことなのか？　秀吉は誰かを裏切り、裏切られた経験があっただろうか。歴史として残っていない何かの事情があるのかもしれない。たとえば、信長と秀吉の間にも？

試しに「信長　秀吉　裏切り」で検索してみると、思いがけず多数の検証サイトがヒットした。「本能寺・真の黒幕」「信長を殺したのは誰か？」「本能寺の真相」――いくつかのページを開いて読んでみる。

信長配下の武将であった明智光秀が謀反を起こし、少数の供を連れて本能寺に泊まっていた信長に奇襲をかけて殺した、いわゆるクーデター。それが真広の知る史実だったが、本能寺の変には解明されていない謎が多くあるらしい。

秀吉が変を知ってから光秀を討つまでがあまりに早いこと等から、信長殺しの黒幕は秀吉ではないかとする説もあるということがわかった。

しかも、「本能寺の変には黒幕がいた」とする説は多数あり、その中では、秀吉黒幕説はどうやら比較的メジャーなほうに属するようだった。他にも、徳川家康黒幕説、朝廷黒幕説、足利義昭黒幕説あたりがメジャーで、中には、キリスト教のイエズス会や、妻の帰蝶が手引きしたのではないかとする説まである。

面白半分のトンデモ説も交ざっているだろうが、とにかく、秀吉が信長を裏切って本能寺の変を起こしたということも、可能性としてはゼロではないということだ。

とすると、やはり、緑川は秀吉の生まれ変わりなのだろうか。

緑川は、教科書や時代もののドラマで観た秀吉のイメージからは程遠かったが、それを言うなら参加者の誰だって、そのイメージには合致しない。そもそも、イメージそのものが、後世の創作物で作られたものだから、あてにしないほうがよさそうだ。

そう思ったとき、廊下で物音が聞こえた。

入口の引き戸は閉まっているからいいか、と思って襖を開けたままにしておいたら、思いのほか廊下の音が聞こえる。

向かいの部屋の扉が開く音、靴を履いているらしい気配。誰かが出て行こうとしているようだ。

立ち上がって部屋の入口まで行き、引き戸を開けて廊下へ顔を出してみると、まさに緑川が階段を下りていくのが見えた。向かいの部屋だったらしい。

食後の散歩か何かだろうか。しかしその割に、夕食と風呂を済ませたとは思えないくらいきちんとした身なりだった。そういうところも、なんとなく、彼らしいように思えた。

引き戸を閉めて部屋の中へ戻り、開けたままにしていた窓から外を眺める。

すっかり日は落ちて空は濃紺だ。

しかし宿の入口や庭は、設置された行灯型のライトが灯って、ぼんやりと明るい。なかなかに幻想的だった。

何となしに眺めていると、誰かが行灯の灯りの中を歩いているのに気づく。

緑川だ。

姿勢のいい後ろ姿は、宿を出ると、そのまま歩いて鳥居をくぐり、神社の敷地に消えていった。

夜に神社参拝というのは珍しいが、確かに、夜の京都というのは、昼とはまた違った趣があるかもしれない。

窓に背を向けてパソコンに向かい、検索エンジンと同時に開いていた同窓会サイトを表示させる。何か進展はないかと掲示板を見ると、書き込みが増えていた。

『光秀
連絡しろって言ってるでしょ!?　私を無視する気じゃないでしょうね。今夜中に返信がなかったら、掲示板であなたの恥ずかしい過去のエピソード箇条書きにして晒すから
帰蝶』

最初のニュートラルさはどこへやら、の感情的な書き込みだ。光秀の生まれ変わりである誰かは、帰蝶に返事をしなかったらしい。大体、最初の書き込みでは「話をする気があるなら連絡

を」と言っていたというのに、今度は「無視する気？」と脅す口調になっているところに、彼女と光秀の関係性がうかがえた。

（この口調は、何か緒方さんっぽいなあ……彼女も信長のこと、「信長様」って呼んでたし）

夏梨奈が「帰蝶」だと仮定すると、信長の生まれ変わりが加藤や夏梨奈と面会したときその場にいた信長側の同席者は「帰蝶」ではないということになる。配下の武将たちとの顔合わせに同席するなら、正室である帰蝶の生まれ変わりかと考えていたが、違うとなると――側近の「蘭丸」か、妹の「お市」あたりだろうか。

とはいえ、夏梨奈イコール帰蝶というのも、なんとなくイメージが近いというだけで根拠のない憶測にすぎない。

結局、今日一日で得られた情報からは、八人の前世のうち七人分しか「多分参加しているのでは」と思われる候補を見つけられず、誰が誰の生まれ変わりかに至っては一人も特定できていない。

このままでは誰ともまともに話せないまま、何の実りもなく同窓会が終わってしまう。せめて自分の前世だけでも知りたいのに、自分の前世がわからなければ他の出席者の前世も聞き出せないのだからどうしようもない。

いっそ、記憶がないということを告白して、幹事に自分の前世を教えてもらいたいが、幹事に連絡をとるには、誰もが見られる掲示板に書き込むしか方法はない。幹事に告白すれば出席者全員に、記憶がないことがバレてしまう。

しかし、考えているうちに、それもアリか、という気さえしてきた。

夏梨奈も加藤も、初対面時と比べると角がとれた……というか、落ち着いたようだし、他の出席者も、特に誰かに恨みを持って行動しているようには見えない。思ったほど危険はないように思えた。身の安全のために前世を伏せる必要など、ないのではないか。

湯呑に入っていた花はやはり、ただのおもてなしの飾りだろう。鉢植えの落下は偶然かもしれない。コーヒーは……コーヒーも、たかが砂糖だ。

そもそも同窓会に信長の関係者を集めているのだから、信長と幹事は通じている可能性が高い。だとすると、信長――その生まれ変わりである誰か――は真広の前世を知っているということになる。知っていて案内状を送ったのなら、少なくとも信長は、真広の前世を恨んではいない、ということだ。多分。……そう思いたい。

普通は生まれ変わってまで、前世で憎んでいた人間に会いたいとは思わないだろう。

(あ、でも……明智光秀は出席してるんだっけ)

それに気づいた瞬間、せっかく立てた仮説の根拠がぐらぐらと揺れた。

復讐目的で同窓会に呼ぶなどということがありえるのか。大体、信長が幹事をしている同窓会に、明智光秀が出席するとも思えない。

参加者の中に明智光秀の生まれ変わりがいる、というのが帰蝶の思い込みであり、光秀は参加していない、ということも考えられる。

(うん、そうだ、正直に言っちゃえばいいんだ。バレるのを怖がるんじゃなくて、自分から)

ちょっと気まずい思いをすればそれで済むなら、もう、打ち明けてしまおう。

いきなり掲示板で全員に、というのはハードルが高いが、まずは一人か二人に――たとえば、ひなのか、緑川に。誰にも恨みを持っている様子のなかった、そして比較的話をしやすい彼らなら、冷静に聞いてくれそうだ。

メッセージ送信画面を開き、送信先リストにあがった名前を目でなぞる。

緑川は夜の散歩中だが、ひなのは食事を終えて部屋でくつろいでいるころだろう。彼女の名前を選択し、メッセージ作成画面を表示させる。

初めて使うメッセージ機能に緊張しながら、「突然すみません。相談したいことがあります」とメッセージを打ち込んだ。

送信ボタンを押す前に、少し考える。

どこか、邪魔の入らないところで話をしたいが、女の子を部屋に呼び出すのは問題がありそうだ。朝になってから庭で会うか、サロンに人のいない時間帯を選んで会うか……迷って、結局送信前のメッセージを保存せずに消去する。

改まって話があると呼び出すのも大げさな気がした。そのときの雰囲気や流れで、様子を見ながら切り出すことができればそれが理想なのだが。

ひなのの部屋はわからないが、緑川なら、部屋を訪ねることもできる。彼が帰ってくるのを待って、話をしに行こうか。しかし、予告もなく部屋を訪ねる、というのも、微妙にハードルが高い。

立ち上がって、窓から庭を見下ろした。

緑川が戻ってきたところをうまくつかまえられれば、偶然を装って話しかけることができるかもしれない。

パソコンを閉じ、部屋を出た。

緑川が戻ってくるまで、庭や近くをぶらぶらして時間を潰してもいい。食後の運動に、夜の散歩も悪くない。

階段を下り、ロビーに出る。

ホテルの受付には深夜でもいつでも人がいる印象があったが、こういった高級旅館ではどうなのだろう。今は里中がいて、受付の電話をとっている。

「……かしこまりました、神谷様。すぐにお持ちしてよろしいですか？」

受付の前を通るとき、彼女の話している声が聞こえた。

神谷が、ルームサービスを頼んだらしい。そういえば、部屋にメニュー表のようなものが置いてあった。高級旅館のルームサービスなんて自腹ではとても頼めないし、ルームリービスまで主催者負担だとしたらそれはそれで気が引けるしで、真広はメニューを手に取ることもしていなかった。

こういうところのルームサービスってどんなのなんだろう、などと思いながら通り過ぎ、庭へ出ようとしたところで、誰かがロビーへ入ってくる。見ると、柴垣だった。昼間に会ったときとは違い、ジャージとTシャツという服装で、首の周りにタオルをかけている。

彼のほうもこちらに気づいたらしく、あ、という顔をしたので、「こんばんは」と声をかけた。

こんばんは、と低く無愛想な声が返ってくる。愛想がないからといって、機嫌が悪いわけではないようだ。ただ、戸惑っているらしいのが伝わってきた。

「これから走りに行くんですか？」

「はい。毎日のことなので」

同窓会に来てまで欠かさないというのは徹底している。

「何かスポーツやってるんですか」

「剣道と、合気道を少し」

「あ、なるほど」

似合いすぎる。見るからに強そうだ。

前世で武将だったのなら、現世の大会では敵なしだろう。

「水野さんは」

「あ、僕はちょっと、散歩に」

そうですか、と言って、柴垣は目を逸らした。こうして近くで見ると、日焼けした肌には張りがあった。思っていたよりも若いのかもしれない。

二人して外へ出て、門を出たところで別れる。

柴垣は、もう一度だけ小さく会釈をすると、神社があるほうとは反対の方向へ走って行ってしまった。

それを見送ってから、さて、と真広も方向転換し、神社に向かって歩き出す。

緑川が出て行ってからは時間がたっているが、神社までは一本道だから、行き違いになることはないだろう。

のんびりと、石垣に沿って歩いた。

神社の境内に入ると、生温い空気の中に、緑の匂いが混じる。

大きな神社ではないが、入口に案内板があった。それによると、反対側にも出入り口がある。反対側のほうが表玄関で、今自分がいるところは裏口らしい。表には、もっと大きな鳥居と、社へ続く石段があるようだ。わかりやすい図が描いてある。宿へはこちらの出入り口のほうが近いが、もしも緑川が反対側の出口から出てぐるりと回って宿へ戻ってくるルートをとったら、入れ違いになってしまうかもしれない。

(でもここでじっと待ってるのもなあ)

最悪、入れ違いになったとしても、部屋はわかっている。向かいの部屋なら、何とでも理由をつけて、話しかけるチャンスは作れるだろう。

やはり、行ってみることにした。

案内板にあった道順通り、まっすぐに表の鳥居に向かって歩く。風で葉が鳴る音は聞こえるが、東京の夜とは比べ物にならないほど静かだった。砂利を踏む自分の足音に意識が行く。

不思議なくらい静かなのに、何故か怖さは感じなかった。空気が肌になじんで、安心する。

京都へ来たのはこれが初めてのはずだが、なんだか落ち着く気がした。

それも、前世が関係しているのだろうか。

「……!」

人の声が聞こえた気がして立ち止まる。話の内容どころか、どこから聞こえたのか、そもそも人の声だったのかもわからないほどかすかだったが、周囲を見回し、耳を澄ませた。

緑川だろうか。誰かと一緒にいるのか、と考えて、彼が最初から誰かと待ち合わせをしていた可能性に思い至る。

ただの散歩ではなく、誰かと会うために出てきたのなら、身なりをきちんと整えて宿を出たことも納得できた。

（あ、また）

先ほどより少しはっきりと、声が聞こえた。やはり、人の声だ。

（何か揉めてる？）

そんな印象を受ける声が耳に届いた、次の瞬間、どさっと鈍い音が続く。

どきりとした。

米や粉の入った袋を、投げ落としたような音だ。

音のしたほうへ走り出す。多分こっちだ、と思う方向へ。自分のスニーカーの足音に重なって、別の靴音が聞こえた気がしたが、気にしている余裕はなかった。

「緑川さんですか⁉　どこですか⁉」

声を張り上げる。周りが静かだから、大声を出せば届くはずだった。しかし返事はない。

「緑川さん！」

返事を聞き洩らさないよう、今度は足を止め、呼んでから数秒黙って待った。

かすかなうめき声が、彼の居場所を知らせる。急いで駆けつけ、石段の上から見下ろすと、倒れている緑川が見えた。

「緑川さん⁉　大丈夫ですかっ」

「だい……じょうぶ、です」

意識はあるようだ。

緑川は身体を起こそうとして顔をしかめた。無理をしないでと押しとどめる。

頭を打っていないようなのが不幸中の幸いだが、この石段から落ちたなら、骨折は免れないだろう。

「誰かと会ってたんですか？　まさか、その人に」

「違う……違うんです」

一度は身体を起こすのをあきらめたはずの緑川が、片手で真広の服をつかんで必死に首を振った。

その動作がどこかに響いたのか、痛みに堪えるように眉を寄せる。歯を食いしばり、痛みをやり過ごしているのだろう、短い沈黙の後、

「あの方ではない。これは事故です。それに」

絞り出すように言った。

「これは、当然の報いです」

その言葉の意味を問うことはできなかった。

緑川の顔色が悪いのが、夜目にもわかったからだ。額には汗が滲んでいる。

身体を起こそうとしたときに痛むなら、肋骨が折れているかもしれない。

「待っててください、救急車呼ばなきゃ……スマホ置いてきちゃったんです、すぐ戻ってきますから」

けが人を一人残していくのは気がかりだったが、ここでじっとしていても、すぐに人が通りかかることは見込めない。人を呼んで、緑川に治療を受けさせるのが最優先だ。

走り出しながら振り向くと、緑川は横になったまま目を閉じていた。

近江国領主・浅井長政の追憶

浅井長政には、守らなければならないものがあった。

父である久政《ひさまさ》を当主の座から退かせ、隠居させたのは、長政が十六のときだ。奪うような形で家督を継いだ。浅井の家を守るために必要なことだった。しかし、父は父だ。大切に思っていた。

長政が当主となってから、浅井の家は力を増した。父の代には臣従していた六角氏と戦い、浅井家はその支配から脱却した。

北近江の浅井長政の名は、その武勇とともに広まりつつあった。

日の出の勢いだった織田信長から、同盟の申し出があったのはそんなときだ。

当時信長が戦っていた美濃の斎藤家は、六角家とともに浅井領に侵攻してきたこともあり、長政にとっても敵方である。信長が斎藤を抑えてくれれば、長政は斎藤を気にせず六角と戦うことができる。織田家と協力して、斎藤・六角《ろっかく》両家を滅ぼすこともできるかもしれない。

信長の示した条件は、対等なものだった。むしろ、浅井側に有利と言ってもいい。

しかし、隠居した後も発言権を持ったままだった久政や、古くからの家臣たちは反対した。信長はただの成りあがり者、尾張の田舎大名に過ぎないと彼らは言った。

確かに、信長は尾張の一大名に過ぎなかったが、勢いがあった。成りあがり者、ということはつまり、成りあがれるだけの力がある、ということだ。

長政は、信長という男に興味があった。

そして、何より、信長との同盟には利しかないように思えた。

長政は考えた末、浅井家当主として、家中の反対の声を押し切り、信長の妹・市を妻に迎え、信長と同盟を結んだ。

信長は、本来浅井側が負担するはずの婚姻費用をすべて出し、婚姻による堅固な同盟の成立を喜んだ。

同盟は、信長にとって、美濃の斎藤との戦いのためだけでなく、上洛を見越してのことだ。それは長政にもわかっていた。上洛――京へ行くためには、美濃の隣国近江を通る必要がある。信長はすでに、美濃より先へ目を向けているということだ。

どんな男なのだろうか。純粋に、興味が湧いた。

同盟のために迎えた妻だったが、夫婦仲はよかった。市は美しく、聡明だった。義兄上殿はどのようなお方だ、と尋ねたとき、

「小袖の腰に獣の皮を巻いて城下を歩いていらっしゃるのをよく見ました」

市は少し考えてから、そう答えた。

傾奇者だという噂は聞いていたが、根も葉もない話ではなかったようだ。

そういうことを聞きたかったわけではないのだが、と思いながら長政がすぐに反応できずにいると、市はにこりと笑って、

「外を歩くとき、どこでも座れるように、と申しておりました」

と付け足す。

なるほど、奇抜に見える行動にも、理由があるということだ。一見変わり者のように見えて、その実、ごく合理的な男であるらしい。

会ってみたい、と思った。


長政との同盟からほどなくして、信長は斎藤家を破り、美濃を制圧した。そしてその翌年、永禄十一年（一五六八年）九月、先の将軍の弟である足利義昭《あしかがよしあき》を奉じて、信長は上洛を開始した。前将軍を弑《しい》した三好《みよし》氏を倒し、義昭を将軍に就任させるためだった。

それまでは越前《えちぜん》の大名である朝倉家に身を寄せていたものの、いっこうに上洛しようとしない朝倉義景に見切りをつけた義昭が、織田家を、信長を頼ったという形になる。

義昭は朝倉より、織田に見込みありと考えた――とまでは言い切れない。将軍にしてくれるのなら、誰でもかまわなかったのかもしれない。しかし、義昭を信長に引き合わせたのは、かつて斎藤道三に仕え、その後放浪の末に朝倉家の家臣となっていた明智光秀だった。少なくとも光秀は、朝倉よりも織田に将来性を見出したということだろう。

事実、信長は、同年七月の末に美濃で義昭と会見をし、それから二月もたたないうちに上洛を実現させた。

そして、京へ向かう前、信長は近江の佐和山城《さわやまじょう》へ立ち寄り、長政と会見をすることとなった。

市の輿入れの際も、信長とは直接顔を合わせてはいない。市との婚儀に先立って信長に挨拶をと申し入れたが、それには及ばないと、ごく丁重に辞退されてしまった。

それが、近江へ長政を訪ねてくるという。

長政の祖父の代からの朝倉との同盟関係を重視する反織田派の家臣たちからは、この機に騙し討ちにすべしとの進言があった。

浅井家は朝倉家とも同盟関係にあるので、反織田派の家臣も少なくない。義昭が朝倉から織田へ鞍替えしたこともあり、朝倉家と織田家は緊張関係にあった。

いつか戦うことになるのなら、今討っておくべきだという家臣たちの考えは、長政にも理解できた。互いの利のために一時は同盟を結んでも、利害が対立すれば、いつまた互いに矛を向けることになるか知れない。それが乱世だ。そして、まともに戦うには、信長はおそろしい相手だ。

これからますます力をつけるだろうことは、誰の目にも明らかだった。

長政は迷いながら、それを隠して信長を出迎えた。

信長は、予定通りごく少人数の供だけを連れている。

さすがに、市の言うように獣の皮を腰に巻いてはいなかったが、軽装だ。寝首をかかれることなど疑ってもいない様子で、数日の宿を借りることについて礼を述べ、宴の席では、毒見もさせずに長政の注いだ酒を飲んだ。

あまり酒が強くないようで、すぐに頬に血の気が差す。

同盟国とはいえ、他国の城で、油断するにもほどがある。長政のほうが心配になるほどだった。

長政は、少なくともこの場では、信長を討つわけにはいかないとあきらめた。これほどまでに自分を信頼している相手を騙し討ちにするなど、武士の名折れだ。

浅井家の家臣一同が挨拶を終え、退席した後は、信長と長政、それにわずかな腹心のみで、ゆっくりと酒を飲んだ。

そのころになると、酔いが回ったのか、どうぞお楽にと言った長政の言葉に応じたのか、信長の座る姿勢は崩れていた。それでも下品には見えなかった。

長政が改めて、婚儀の前に挨拶に行けなかったことを――信長に辞退されたからとはいえ――詫びると、信長はいや、と首を横に振る。

「同盟を申し込んだのはこちらだからな。まずはこちらから挨拶に出向くのが筋だ」

そう言って、手ずから長政の杯に酒を注いだ。長政はかしこまってそれを受ける。

そんな理由だったのか。同盟のための、形だけの婚姻だから、わざわざ顔を合わせることはないという意味ではなかったのだ。

信長は長政を、対等に見ている。

「それはそうと、長政殿には是非とも、岐阜へお越しいただきたい。縁者となったのだ、いつでも歓迎する」

その目には誠意があった。少なくとも長政はそう感じた。

胸に熱い何かが湧きあがる。誇らしさと、喜びと、使命感のようなものがないまぜとなって、長政を突き動かした。

この男の信頼に報いたい。

「――縁者となったからには、どうぞ、長政、とお呼びください。義兄上」

長政が心を開いたことが伝わったのだろう、信長は目を細め、嬉しそうに歯を見せて笑った。

長政も嬉しかった。

「上洛されて、その後は、どうされるのですか」

今度は長政から、信長の杯に酒を注ぎながら尋ねると、信長は、

「天下を統一する」

そしてこの乱世を終わらせるのだ、と言った。

「俺たちにとって、戦は当たり前のものだ。この場にいる誰も、戦のない世を知らない。俺も長政殿も、久政殿でさえもだ。生まれたときから戦の世だった。しかし、最初からそうだったわけじゃない」

戦のない世を作る。作れる。

迷いなくそう言い切って、信長は注がれた酒を呷った。

「他に誰もやらねえからな。俺がやる」

すっかり酔っていて、ごく親しい身内だけの席で夢でも語っているかのような口調だった。織田の家臣たちがいたら、たしなめたかもしれない。

しかし、だからこそ、偽りのない本心なのだとわかった。

長政は――酒器を持ったまま、動けなかった。

乱世が乱世であることを、疑ったことなどなかった。その中でどう生き抜くか、どうやって国を守るかを常に考えていた。

長政だけではない。誰もが自分の国のことしか考えていない。国を守ることが精いっぱいで、野心のある者も、せいぜい領土を広げようとするくらいだ。

信長は違う。国を一つにすることで、戦のない世を作ろうとしている。

朝倉との関係で揺れ、信長との同盟を受けるかどうか迷ったときも、信長を騙し討ちにするよう進言されたときも、結局、国を守ること、そのためにどうするかを考えて決めた。正しい選択だったと思うが、自分は、信長のようには動けない。

そこが、自分と信長の違いだ。

長政の中で、すっと何かが、収まるべきところに収まった。

力のある者はいる。しかし、力に加え、志がある者はそう多くない。

この男と同盟を結んだことは間違っていなかった。

選択を誤らなかったことに安堵するとともに、同盟相手として自分が選ばれたことが誇らしかった。

この人を決して裏切るまい、と長政は心の中で誓う。

そして、戦乱の世に生きる一人の人間として、この男を生かさなければならない。

友として。

信長はその後、長く浅井家を苦しめた六角家を攻め滅ぼした。長政と相談のうえ、何度か使者を立て、義昭を支持するよう交渉を試みたが、相手が翻意しないと悟ると、攻めに転じるまではあっというまだった。信長は迷わなかった。

六角を攻める際、信長配下の兵たちが、侵攻した先の住民たちに対して略奪や暴行を一切働かなかったことを、長政は、自軍を率いていた配下の武将たちから聞いた。

織田軍は軍紀が厳しく、侵攻先での盗みや住民への暴行は、即座に斬刑に処されるという。兵糧は侵攻先の村々から取り上げて調達するのが当たり前だったが、信長は銭を払って買い求め、決して奪わなかった。

信長の配下の武将によると、信長は「いずれは自分の治める国だからな」と言っていたそうだ。すべての国が、いずれ自分の治める国だと思えば、踏み荒らしていいとは思えない――それは間違いなく本心だろうが、それだけではないことを長政は知っている。

戦においては、情報がものをいう。そして、情報を持っているのは、その土地に住む者たちなのだ。その土地の民に嫌われれば、戦はやりにくくなる。苛烈な男だと思っていたが、信長は常に先のことを考えて動いていた。

京に二条城を建設する際は、何年もかかるだろう普請を、数か月で終わらせると宣言し、人足だけでは足りないと見るや、京に駐屯していた兵たちも動員して作業をさせた。浅井の兵もいた。長政はその者たちから、現場での信長の様子を聞いた。

信長は普請総奉行として現場を見回り、指示を出し、ときに自ら鍬をとって作業も行ったという。現場に信長がいるというだけで、人足たちは引き締まり、大名やその家臣たちも鍬をとって働いたと聞き、自分もその場にいたら、そうしていただろう、と長政は思う。

作業場で、信長は獣の皮を腰に巻いていたということだった。報告をした者がそれを不思議がっていたので、それはどこでも座れるようにだろう、と教えてやった。

信長が朝倉討伐のため、同盟者である徳川とともに兵を挙げたことを、長政は織田軍の軍使から知らされた。信長からは、事前に何の相談も受けていなかった。朝倉攻めにあたり、兵を出すようにとの陣触れを伝え、軍使はすぐに去った。

織田・徳川連合軍が越前に侵攻し、朝倉軍は天筒山城《てづつやまじょう》、金ヶ崎城《かながさきじょう》を放棄して退きつつあるとの報告を受け、浅井家の家中は騒然となる。

足利義昭を将軍に就任させた信長は、将軍の名のもと、上洛し参賀するようにと各地の大名たちに書状を送っていた。朝倉義景は、それに従わなかった。

義昭を擁しているとはいえ、尾張の一大名に過ぎない信長に従ういわれはない、という立場を、義景は貫いている。義景には、信長が力を持ち始めたことをおもしろく思わない足利義昭と密書を取り交わし、信長の追討を企てているという疑いもあった。言われるままに上洛すれば、織田軍に身柄を拘束されるおそれすらある。

そんな中、義景が上洛するはずはない。信長はそれを見越して、「将軍の上意に背いた」と朝倉を攻める理由とするためにわざわざ書状を送ったのだろう。

上洛しなかったという事実をもって、朝倉を討つ理由としたのだ。

「我らに何の断りもなく、朝倉を攻めるとは。我らと朝倉のつながりを知らぬわけではあるまいに、織田は我らを軽んじておる」

もともと反織田派だった浅井家の家臣たちは口々に信長を責め、朝倉へ援軍を出すべきだと主張した。

隠居中の父、久政も同じ意見だった。

「信長の越前侵攻は、浅井に対する裏切りぞ。やはり信長は信用ならん。捨て置けば、いつ浅井に対しても矛を向けるか」

「父上、信長殿が敦賀の城を攻めたのは将軍の、足利義昭様の命でしょう。越前の支配について、将軍と朝倉義景殿の間には対立がありました。将軍の命には従うしかない。信長殿がそうしたからといって、裏切ったとは言えますまい」

長政は信長をかばった。

何故一言言ってくれなかったのかとは思ったが、信長が自分に何も言わなかった理由もわかる気はした。あらかじめ告げられていたとしても、長政の立場からは、どうぞとは言えず、やめてくださいと言ったところで信長も出兵をやめるわけにはいかない。将軍の名のもとに発せられた命に背いた朝倉を放っておけば、ほかの大名たちにも影響が出る。結論が決まっているのに、長政に相談するのは無駄なことだと考えたのだろう。何もかもを迅速に行うのが信長のやり方だ。

しかし、朝倉に援軍を送るべきだという家中の声は強かった。

なんとか押さえ込み、自分から信長に問い合わせてみる、と長政が評議を終わらせようとしたそのとき、気づいた。この場には、浅井家の主だった武将が集まっている。重臣たちは皆そろっているはずだったが、何人か、見えない顔があった。

嫌な予感がする。

「磯野《いその》はどうした」

その場にいない家老の一人の名を挙げて長政が尋ねると、何人かが決まり悪げに目を逸らした。

長政に問われる前に、久政が口を開く。

「磯野はすでに敦賀へ向かっておる」

長政は愕然として、父を見た。

「私に断りもなく、兵を出したのですか」

「朝倉を見捨てるわけにはいかん。信長め、我らに黙って兵を挙げたということは、越前を掃討した後、この小谷へも攻め入るつもりに違いない」

久政は浅井の家中で、今も力を持っていた。それを取り上げず、評定の場にも呼んでいたのは長政だった。

「背後を突けば、我らと朝倉で、織田軍を挟み撃ちにできる。今こそが契機ぞ」

見回せば、家臣団の多くが、久政に同意している様子だ。織田を敵に回すべきではない、と言う者もいるにはいるが、その声は誰かの怒号にかき消される。

浅井に黙って信長が越前に侵攻したことについては、長政も、思うところがある。

しかし、ここで浅井が敦賀に兵を出すことは——出してしまったことは、織田に対する明白な裏切りだった。

言い逃れはできない。今から兵を戻すこともできまい。

決断しなければならなかった。信長のように、一刻も早く。浅井家の当主として。

長政は父を、妻を、子どもたちを、この近江国を守らなければならない。

長政は目を閉じ、深く息を吸って吐いた。

もう、信長とともには戦えない。その厳然たる事実を受け容れる。

長政が、朝倉へ援軍を送ったことを追認すると、久政は「それでこそ我が息子よ」と満足気に頷き、家臣団も歓声をあげた。

今は織田が優勢でも、越前と北近江から挟撃されれば、形勢は逆転するだろう。後方の補給路が断たれれば、織田軍は敗退するしかない。

しかし――信長を死なせるわけにはいかない。

「市。……義兄上へ使いを出せるか」

長政は評議の場を離れ、妻の部屋を訪ねた。

浅井家は織田家に反目する。いや、すでにしたのだ。もう止められない。しかし、この世のために、信長には生きてもらわなければならない。

天下を統一できるのは、信長だけだ。

それを成すとき、自分がともに在れないとしても。

「浅井は朝倉についた。このままでは、織田軍は挟み撃ちにされる」

ともにあることは望まない。

許されようとは思わない。

ただ、できることなら、忘れないでいてほしい。

第五章

真広は神社から宿へと走り、里中に事情を話して救急車を呼んでもらった。

現場へ戻って待っていると、救急車はすぐに到着した。救命士たちが手際よく緑川を車中へ運び込むのを、里中を含む従業員たちと見守る。

腕と肋骨が折れているかもしれないということだったが、命に別状はなさそうだと聞いて安心した。

救急車には宿の従業員が同乗したので、真広は里中と一緒に宿に戻る。

「他の参加者たちには、どう伝えましょうか」

真広以外の出席者は、緑川がけがをしたこと自体まだ知らないはずだ。――直前に緑川と会っていた誰か以外は。

そういえば足音を聞いた気がする。一瞬迷ったが、そのことは里中には言わないでおいた。

「幹事様に確認をして、皆様には私からお伝えします。それまで、このことはご内密にお願いします」

丁寧だが有無を言わせない口調でそう言うと、里中は頭を下げて姿を消してしまった。幹事に連絡をしにいったのだろう。

真広も、自室へ戻ることにする。サロンの前を通ったが、誰もいなかった。

自分が聞いたのは、緑川と会っていた誰かが現場から立ち去る足音だったのだろうか。彼が石段から落ちたときにそこにいたなら、その誰かは何故、その場から離れたのか。やはり、ただの事故だとは納得し難い。

一度は気のせいだったと結論づけて頭から追い出していた、不穏なあれこれ——首だけの花や落ちてきた鉢植えやコーヒーへの混入物——がまた戻ってくる。しかし、実際に被害に遭ったのは緑川だ。

自分が狙われていたわけではないのか。それとも、緑川が襲われたということは、自分も襲われる危険があると考えたほうがいいのか。

犯人が、最初は真広を前世での仇だと考えていたが、途中で、それは真広ではなく緑川だったと気づいた……という可能性もある。

警戒を強める必要があるかどうかはわからないが、ひとまず、他の参加者たちに、不用意に記憶がないと明かすのはやめたほうがよさそうだ。

少なくとも、前世の恨みを現世で晴らそうなんて誰も考えない——とは言えなくなってしまった。真広に記憶があろうがなかろうがかまわず、憎い相手の生まれ変わりならばと、危害を加えようとする人間がいないとも限らない。

緑川が、まるで犯人をかばうようなことを言っていたのが気になった。誰かに階段から落とされたのだとしても、それを受け容れているかのようだった。

自室の引き戸に手をかけたところで、後ろを振り返る。

向かいにあるのは、今は主のいない、緑川の部屋だ。

身体の向きを変え、そっと引き戸に手をかけて引くと、鍵はかかっていなかった。

本人のいないときに、しかもけがに乗じて部屋に入るなんて、という思いはもちろんある。プライバシーの侵害も甚だしい。さすがに躊躇したが、またとないチャンスなのは確かだった。今なら、緑川のパソコンを見ることができる。

緑川が誰かに呼び出され、けがをしたという経緯を知っているのは、参加者の中で自分だけだ。もし他の参加者にも危険が及ぶおそれがあるなら、放っておくわけにはいかない。もちろん、自衛のためにもだ。緑川が誰と会っていたかがわからなければ、安心できないどころか、警戒のしようもない――そう理由をつけて、自分の良心と折り合いをつける。

緑川のパソコンを見れば、彼の前世ＩＤを確認できるし、彼が何故「事故」にあったかもわかるかもしれない。そして、緑川のパソコンからなら、前世ＩＤを取得している出席者たちの名前が表示された送信先リストを見ることができるという事実も、正直に言って、かなり魅惑的だった。

仮説の上に仮説を立てるしかなかった推理ゲームが、一気に進展する。

罪悪感で迷いが生じたのは一瞬だった。

里中が病院に届けるために緑川の荷物を取りに来るかもしれないし、そうでなくても、無人の部屋にはそのうち鍵をかけられてしまうだろう。ぐずぐずしている暇はない。

誰にも見られずに緑川の部屋へ滑り込み、引き戸を閉めた。

小声でお邪魔します、と呟き、靴を脱いであがりこむ。

パソコンは机の上にはなく、もともと置いてあった位置に置かれたままだった。

あまり他人の部屋の物を動かすのは気が引けたので、そこまで行って畳の上に膝をつき、パソコンを立ち上げる。

同窓会サイトのメッセージ作成画面を開くと、二つのＩＤを選択できるようになっていた。一つは、「緑川」と、現世の苗字だけの現世ＩＤ。これは、真広のパソコンの送信先リストにも表示されていた。そしてもう一つのＩＤは、「浅井長政」だ。

信長の妹お市の、最初の夫で、信長に倒された武将。

これで、緑川の前世はわかった。

メッセージの受信ボックスを開くと、一つだけメッセージが届いている。差出人名は「織田信長」になっていた。

他人宛のメッセージを盗み見ることへの罪悪感はあったが、ここまで来たら見るしかない。

開いてみたメッセージは、簡潔だった。

『浅井長政殿

話がしたい。向かいの神社で、九時に待つ

信長』

送信済ボックスのほうも開けてみると、緑川も信長宛に、「必ず参ります」という返事を送っている。緑川が今夜神社で会っていた相手は、信長の生まれ変わりで間違いなさそうだ。

ということは、緑川の言っていた「あの方」というのも、信長のことか。しかし、信長と長政は、前世では敵対関係にあったはずだ。信長に討たれた浅井長政が、信長を「あの方」などと呼ぶものだろうか。

首をひねりながら、次は送信先リストを見る。八人分の現世ＩＤとは別に、前世の名前が並んでいた。

織田信長、帰蝶、滝川一益、豊臣秀吉、森成利（蘭丸）。

（五人分？）

緑川の前世、浅井長政を入れても、六人分の前世ＩＤしかない。つまり、真広以外にもう一人、前世ＩＤを取得していない出席者がいるということになる。

（明智光秀の名前も、お市の名前もない……）

緑川がメッセージを交わしていたのは信長とだけ、それも呼び出しとそれに応じる一通ずつしかない。彼のパソコンからは、これ以上の情報を得られそうになかった。

そうとなれば、長居は無用だ。混乱していたが、考えるのは部屋へ戻ってからでいい。パソコンの電源を落として立ち上がり、入ってきたときと同じように、誰にも見られずに緑川の部屋を出て、向かいの自分の部屋へ入り、引き戸を閉めた。

送信先リストさえ見られたら、後は、前世と現世の紐づけだけだと思っていた。しかし、そう簡単にはいかないようだ。

緑川の前世については色々と考えていたが、浅井長政だったとは想像もしていなかった。他の出席者についても、自分の推理は的外れかもしれない。

（「あの方」が「信長」なら……緑川さんが会いたかった人っていうのも、裏切ったっていうのも、「信長」のことだよな）

インターネットの検索サイトからでは、得られる情報に限りがある。一時期同盟を結んでいたが決裂し、最後は敵対関係になり、長い戦争の末、長政が敗れた。そんな表面的な情報からでは、緑川と浅井長政をつなげることはできなかった。

自分に前世の記憶があれば、出席者たちの言葉や行動から、すぐに誰の生まれ変わりかわかったのだろうか。

そういえば、緑川の前世が秀吉ではなかったのなら、猿のモチーフに親近感があると言っていたのは何だったのだろう。ふと思い出して、パソコンに「浅井長政　猿」と打ち込んで検索してみる。

答えはあっさり出た。浅井長政の幼名、つまり子どもの頃の名前が「猿夜叉丸《さるやしゃまる》」だったらしい。

これも、歴史に詳しい人間なら、当然知っていることなのだろうか。

情報の大切さを痛感した。

正しい情報がそろっていなければ、土台のないところに木材を組むようなものだ。そうするしかないからそうしていたが、無駄が多すぎる。

真広の場合、記憶だけでなく、知識まで不足しているのだ。

しかしとにかく、緑川のパソコンを覗いたおかげで情報は増えた。

メッセージの送信先リストに、明智光秀の名前はなかった。

真広のほかにも一人、前世IDを取得していない出席者がいる。おそらくその人物が、明智光秀の生まれ変わりなのではないか。大謀反人である「光秀」が前世IDを取得しない気持ちはわからないではない。だったら何故出席したのかというのも気になるが、それは置いておくとして

――いずれにしろ、「光秀」が前世IDを取得していないのでは、個別メッセージは送れない。

これで、「帰蝶」がメッセージではなく、掲示板で彼に呼びかけた理由がわかった。

しかし、そもそも何故「帰蝶」は、光秀の生まれ変わりが出席していると思ったのだろうか。

彼女のあの口ぶりは、光秀が出席していると確信を持っているようだった。

彼女の思い込みでないのなら、真広が森蘭丸宛の案内状を偶然目にしたように、帰蝶の生まれ変わりも、明智光秀の宛名が書かれた案内状を見たのかもしれない――そう思い当たって、はっとした。

そうだ、案内状がある。前世IDを取得していなくても、回収された案内状を見れば、誰の生まれ変わりが出席しているのかははっきりする。それに、もしも回収されたままの状態で置いてあるのなら、そこから得られる情報は他にもあるはずだ。

自分の部屋に入り、三和土に立ってまだ靴も脱いでいなかった。

ちょうどいい。

そのまま廊下へ引き返し、階段を下りた。

＊＊＊

自分宛の案内状に、友達の電話番号をメモしたかもしれない、と言って、案内状を見せてほしいと頼むと、里中はほんの一瞬、戸惑ったような顔をした。宿泊客の希望をかなえることと、個人情報についての配慮の間で揺れているのかもしれない。

しかし結局は、見せてもらえることになった。案内状自体には、流出して困るような個人情報は記載されていないと判断したのだろう。

里中が持ってきてくれた文箱を、受付のテーブルに置き、蓋を開けた。

思った通り、案内状は、来場した順に重ねてあるようだ。一番上にあったものの宛名は「浅井長政」だった。つまり、最後に受付を済ませたのは、緑川だということだ。

横で見ている里中に怪しまれないよう、ぱらぱらっと手早くカードをめくって、宛名のない一枚を探す、ふりをする。

名前の流れた真広の案内状は、上から四番目にあった。もう一枚めくると、その下に「森成利」宛の案内状があったから間違いない。

すべての案内状の宛名を順番に確認していくと、下から三番目にもう一枚——「森成利」と「帰蝶」宛の案内状に挟まれて——宛名のないものがあった。

（宛名のない案内状が、二通）

あまり長く見ていると不審に思われそうなので、八枚すべてを確認して、すぐに文箱の蓋を閉めた。

「すみません、勘違いだったみたいです」

礼を言って文箱を返し、頭を下げる。里中は、いいえと微笑んで受け取った。

歩き出そうとして、ふと思いつき、足を止める。

「……あの」

文箱を持ってどこかへ行こうとしていた里中は、「はい？」と振り向いて真広を見た。

「同窓会の受付は全員分、里中さんがしたんですか？」

里中は文箱を両手で持ったまま、身体ごときちんと真広に向き直って頷く。

「はい、私が確認させていただきました」

「これ、誰がどの案内状を持ってきたかって、覚えてらっしゃいますか？」

里中が、質問の意図をすぐには飲み込めずにいるようだったので、慌てて言葉を重ねた。

「つまり、……たとえばこれ、この『織田信長』って宛名の案内状を持ってきたのはあの中の誰だったか、とか……」

ああ、と彼女は頷いて、微笑みながら眉を下げる。

「どなたがどの案内状を持っていらしたかは、お答えできません。お役に立てなくて、申し訳ありませんが」

幹事から聞いていることしか答えられないと言っていたから、里中はこの同窓会がどういう集まりなのか、詳しいことは知らないはずだ。おそらく、互いの前世を当てるという設定のゲームか何かだと思っているのだろう。もしかしたら、幹事からそう聞かされているのかもしれない。

前世名だけが記載された案内状を見せることはできても、それを参加者と紐づけるような情報は洩らせないということだ。

ですよね、と笑ってごまかすと、里中も微笑んでくれた。

「すみません」

「いいえ」

文箱を持って歩いて行く後ろ姿を見送り、自分も歩き出す。

あっさり答えを教えてもらえるとは期待していなかったから、落胆はない。案内状を見られただけでも、大きな収穫だった。得られた情報は、大きな手がかりになる。

受付をしたときも目にした、森成利と宛名が書かれた一枚。その上にあったのが名前のない案内状、つまり真広の案内状だ。そしてその上にあった案内状は三枚。上から、浅井長政、豊臣秀吉、滝川一益。

（あのサロンに、僕より後に入ってきたのは四人だ。でも颯さんは、僕より先に受付を済ませていたはずだから……）

真広より後に到着したのは、夏梨奈と加藤と、緑川の三人だ。緑川の前世が長政であることは確認済だから、夏梨奈と加藤の二人の前世は、豊臣秀吉か滝川一益かのどちらかということになる。あの二人はほぼ同時にサロンに入ってきたが、そこまで絞れれば、あとは簡単だ。彼らの言動を思い返せば、どちらがどちらの生まれ変わりかは明らかだった。

加藤は、「秀吉には会って謝った」と言っていた。

つまり、夏梨奈が「秀吉」で、加藤が「一益」だ。

いかにも今どきの女の子といった外見の夏梨奈と、テレビの時代劇で観る豊臣秀吉のイメージとはかけ離れていたが、彼女が秀吉の生まれ変わりであることは間違いない。現世での姿に惑わされてはいけないと改めて実感する。

滝川一益という名前は知らなかったが、おそらく信長の配下の武将なのだろう。

部屋に戻って情報を検索してみよう、と考えながら階段を上がる。

八枚すべての名前と、順番を確認できたのは大きな収穫だった。

案内状の重ねてあった順番は、下から順に、「織田信長」、「帰蝶」、次が名前のない一枚、「森成利」、また名前のない一枚——これは真広のものだ——、「滝川一益」、「豊臣秀吉」、一番上が「浅井長政」だった。

一番下にあったものが、最初に来場した参加者のもので、手続きを済ませた順に重ねられているはずだ。

つまり、来場順（受付手続きをした順）は、以下のとおりになる。

①織田信長
②帰蝶
③名無し（X）
④森蘭丸
⑤名無し（真広）
⑥滝川一益
⑦豊臣秀吉
⑧浅井長政

現時点で特定できているのは、緑川が「浅井長政」、夏梨奈が「豊臣秀吉」、加藤が「滝川一益」だというところまでだが、後は真広よりも先に会場に到着していた四名を「信長」「帰蝶」「蘭丸」「名無しのX」に当てはめればいいのだから、大分前進した感がある。

信長の生まれ変わりが誰かも、絞れてきた。加藤や夏梨奈が偕楽の間で「信長」と会っていたとき、もう二人分の靴があの部屋の入り口にあり、そのうち一足は神谷のものだった。神谷かもう一足の靴の持ち主のどちらかが信長ということになるが、緑川が「信長」に呼び出されて神社にいた時間帯に神谷はフロントに電話をかけてルームサービスを頼んでいるから、神谷は「信長」ではない。神谷は「信長」と近しい誰か、おそらくは帰蝶か蘭丸の生まれ変わりで、側近の立場として偕楽の間での会合に同席したのだろう。

「信長」の靴は男物だったから、颯か柴垣のどちらかだ。特定は時間の問題だった。

気になるのは、もう一枚の、名前のない案内状だ。

自分以外の参加者の中に、一人だけ、前世の名前の記載のない案内状を持参した誰かがいる。

それが、何より心に引っ掛かった。

もちろん、ただの偶然という可能性もある。真広と居住エリアが近い参加者宛てに、同じ日に配達されたものなら、真広の案内状と同じで雨に濡れたのかもしれない。むしろそう考えるのが素直なのかもしれない。

しかし、雨が降り込んでしまうような甘い造りの郵便受けがあるアパートに住んでいて、台風の日に郵便物を取り忘れるようなうっかりした人間が、そうそう何人もいるものだろうか。

（もしかして、わざと消した？）

誰かに見られては困る名前が書いてあったのかもしれない。たとえば、命を狙われてもおかしくないほどの恨みを買っているような人間なら、万一のことを恐れてわざと名前を消した案内状を持参したとしてもおかしくはない。

それこそ、信長を裏切り本能寺の変を起こした、明智光秀なら。

（僕がもし「光秀」だったら、そもそも「信長」を囲む同窓会には来ないけど……）

案内状の中に光秀宛と書かれたものはなく、明智光秀の名前で前世ＩＤを取得した出席者はいない以上、そもそも「光秀」が同窓会に出席していることを示す証拠は一つもない。しかし「帰蝶」は、「光秀」の出席を疑いもしていないようだった。

案内状の宛名が、回収された時点で消えていたのなら、「帰蝶」はどうして「光秀」の出席を知ることができたのか、それは謎のままだ。

全部「帰蝶」の思い込みという可能性もないわけではないが、事実、明智光秀の生まれ変わりが出席しているのであれば、名前のない二通の案内状のどちらかが光秀宛ということになる。

ということは、真広の前世が光秀である可能性もあるわけだ。

確率は二分の一、決して低い可能性ではなかった。

たとえば「帰蝶」が主催者側の人間で、出席者全員の前世を知っているとしたら、真広自身も知らない真広の前世をも知っているということだ。真広が「光秀」だとしたら、「帰蝶」にしてみれば、出席していることはわかっているのに何故ＩＤも取得せず掲示板の書き込みも無視しているのかと腹も立つだろう。

（わざとじゃないし悪気はないのに……っていうか記憶もないんだから、前世のことを責められたってどうしようもないのに）

自分でも知らないうちに、自分が他の出席者全員から袋叩きにされかねない状況にいるかもしれないなんて、考えただけで青ざめる。

とはいえ、やはり、「帰蝶」の書き込みだけを根拠にして、光秀の生まれ変わりが出席しているということを前提事実として考えていいのかは微妙なところだ。

常識的に考えれば、自分を殺した謀反人に、同窓会の案内を送るとは考えにくい。

（まあでも信長様だしな……）

彼ならやりかねない気もする。

常識的に、という前提自体が、信長の考えることに対しては当てはまらないと気づいて苦笑した。

（あれ、今僕）

階段を上がる、足を止める。

（ナチュラルに、「信長様ってそういうとこあるよな」って、思ってた）

前世の記憶などないはずなのに、信長を主君のように、そして、よく知る相手のように考えていた。当たり前のように。

覚えていないと思っても、自分の中に、自分でも知らないうちに、刻みこまれた何かがあるのだろうか。前世のことなど考えもしなかった頃から、戦国ものの時代劇を観たり本を読んだりしたときにはどこか懐かしいような気持ちになっていたように、前世でかかわりがあった人間に対する感情も、残っているのだろうか？

それとも、ひなのや加藤たちと話しているうちになんとなく、信長という男を知ったようなつもりになっていただけか。

不思議な現象だと思ったが、考えても答えは出ないだろう。今は前世当てが先だと割り切って、思考を戻した。

信長がそういう、特殊な行動をとりうる男だとしても、「光秀」のほうに前世の記憶があったら、絶対に「信長」の来る同窓会になんて出席しないだろう。少なくとも自分ならしない。

主催者側が、真広に記憶がないことまで知っていて、のこのこやってきたのをいいことに前世の恨みを晴らすつもりだったとしても、それならもうそろそろ何らかの接触があっていいはずだ。

しかしけがをしたのは「長政」の緑川だけで、真広は誰ともろくに前世の話すらしないまま、今日は終わろうとしている。

それを考えれば、やはり、真広が「光秀」だという可能性は高くない。

(それに、何か、前世の僕、織田信長のことを好きだった気がするんだよな)

記憶がないにもかかわらず、自分の中には信長に対する好意のようなものがある。

それはきっと、前世から続く感情だ。

自分が前世で信長を裏切り、殺したとはどうしても思えなかった。

考えながら歩いているうちに、部屋の前まで戻ってきた。

向かいの、緑川の部屋の扉を見る。まだ、旅館の人が緑川の荷物を取りにくる様子はなかった。

他の出席者たちは、誰も気づいていない。緑川が階段から落ちたとき、一緒にいた誰か以外は。

自分の部屋に入り、扉を閉めた。

靴を脱いであがり、ほっと息をつく。

一晩与えられただけの客室なのに、安全な場所へ戻ってきた、というような感覚があった。自分で思っているよりも緊張していたのかもしれない。

目の前の謎に意識を集中させ、考えないようにしてきたが、人一人が救急車で運ばれる大けがをしたというのは明らかに非常事態だ。

今さらのように、どきどきと鼓動が速くなってきた。

事故だ、と緑川は言っていた。しかし、真広は転落の直前、言い争うような声を聞いている。相手が「信長」だったにしても、同席していた別の誰かだったにしても、緑川がそのとき一人ではなかったことは間違いない。このまま放っておいていいのか。

緑川が「信長」に呼び出されたことを知っているのは自分だけだ。

幹事が全員の個別メッセージを見ることができるなら、幹事は知っているはずだ。しかし、幹事は「信長」本人か、そうでなくても「信長」サイドの誰かである可能性が高い。「信長」に不利になるような情報は流さないだろう。

本当にただの事故だったなら、その場にいた誰かが目撃者として名乗り出るくらいしてもいいはずなのに、現場から逃げたのは、やはりおかしい。無関係とは思えなかった。

もしも「信長」が緑川を突き落とした犯人なのだとしたら、自分が事故でないことを知っていると悟られるわけにはいかない。

人を石段から突き落とすような相手なら、真広の身も危険だ。

(やっぱり、動機は前世の恨み……なんだろうな)

緑川の前世である長政は、信長と敵対していた。それが理由で突き落とされたなら、他の出席者も安全とは言い切れない。前世で信長の恨みを買っている人間、それこそ、「光秀」などはいつ襲われてもおかしくなかった。

皆に警告したほうがいいのか、迷う。何かあってからでは遅い。しかし、「信長」が緑川を突き落としたという確証もないまま、犯人扱いするようなことはできない。もし間違いだったら――いや、間違いでなくても、そのせいで自分が狙われることだってありうる。たとえ前世が光秀でなかったとしてもだ。

動いても動かなくても、次の事件に発展する可能性がある。

そう思うとどんどん動悸が激しくなった。

パニックに陥りかけていることに気づき、慌てて頭を振る。

胸に手をあて、深呼吸をした。

（落ち着こう）

きっと大丈夫だ。

考えてみれば、緑川が、直前まで一緒にいただろう誰かをかばうような発言をしたのは、その誰かが危険な人物ではないからこそだろう。他の出席者にも危険が及ぶようなことがあるなら、事実を伏せるようなことをするわけがない。

彼の言うように、きっと、事故だったのだ。

犯人探しは必要ない。

疑問はあっても、今はそう結論付けて割り切るしかなかった。

それより、当初の目的通り、誰が誰の生まれ変わりか――自分自身を含めて――を考えるほうに集中すべきだ。

深呼吸を繰り返し、頭を切り替える。

パソコンの前に座って、電源を入れた。

参加者の前世のうち、大部分はわかっていて、誰が誰の生まれ変わりかも、三人までは特定できている。もうあと一歩だ。

加藤たち、前世がわかっている面々の、他の出席者に対する言動を観察するだけでも、かなり絞れるだろう。そのためにはまず、前世での人間関係を把握しておく必要がある。彼らの人間関係を書き出してみようと、旅館の便箋とペンをパソコンの横に用意して、検索サイトを開いた。

(緒方さんの前世……豊臣秀吉は信長の家臣で、本能寺の変の後、明智光秀を倒して、信長の仇を討った)

秀吉は信長とは主従関係で、光秀とは元同僚の敵同士ということだ。確かに夏梨奈は信長を「信長様」と呼んでいた。

加藤の前世、滝川一益は、今回初めて聞いた名前だったが、割と有名な武将らしく、検索すると目を通しきれないほどのページがヒットした。

検索結果の一番上に表示されたインターネット百科事典の概要には、「滝川一益　織田家の家臣。織田四天王の一人」とある。要するに、信長配下の武将、それもかなり重要なポストにいた信頼の厚い家臣だったようだ。

元は甲賀の忍だっただの、信長の少年時代から仕えていただの、インターネット上の情報にどこまで信憑性があるのかはわからないが、彼が信長に忠義を尽くしていたことは間違いないようだった。

本能寺の変が起きたとき、一益は関東平定のため上野《こうずけ》にいて、本能寺のある京からは遠く離れていた。彼は信長の死に乗じて上野へ侵攻してきた北条《ほうじょう》軍と不利な状況で戦うことになったが、家臣たちを集めて信長の死について明かし、不利を承知で主君の仇を討つため京に発とうとしていた、と書いてある。

しかし結局、北条と戦っていた彼は信長の弔い合戦には間に合わず、信長の仇を討ったのは秀吉だった。

一益は、信長亡き後の織田家の後継者選びに関して、豊臣秀吉と柴田勝家が対立した際、勝家側につき秀吉と戦ったが、勝家の戦死後降伏して領土を没収され、隠居している。

（ということは、滝川一益は信長には忠実で、信長を殺した光秀を憎んでいて、自分の領土を没収した秀吉には恨みがある……？）

とはいえ、現世では、「一益」の加藤と「秀吉」の夏梨奈は和解したようだった。

「信長」が間を取り持ったのだろうか。

「信長」は配下の武将を一人ずつ呼んで、偕楽の間で話をした。その場で具体的にどんな話がされたのかはわからないが、前世の恨みを引きずるなとでも諭されたのかもしれない。

（もしそうなら、前世で恨みを買っているかもなんて怖がる必要はなくなるんだけど……）

「秀吉」である夏梨奈、「一益」である加藤がそれぞれ「信長」と面談したとき、その場にはもう一人、同席者がいたはずだ。

真広と緑川を除けば、残る参加者は「帰蝶」と「蘭丸」、それから、名前のない案内状の持ち主の三人だ。

信長に近しい関係の人間、といえば、やはり妻や妹が最初に頭に浮かぶ。

あのとき、室内から「いち」と呼びかける声がしたから、同席していたのはお市の生まれ変わりだろう。もう一枚の白紙の案内状には、本来お市の名前が書いてあったということだ。

加藤が偕楽の間にいるとき、室内には他に二人の人間がいて、そのうちの一人が神谷であることは靴からわかっている。そして、神谷は、緑川が今夜「信長」と会っている時間帯に部屋にいて、ルームサービスを注文していたと確認がとれているから、彼は「信長」ではない——つまり、「信長」と加藤・夏梨奈との面談に同席していたのは神谷であり、彼はお市の生まれ変わり、ということか。

お市は絶世の美女だったという。神谷の、自分の美貌に慣れきった様子を思い出し、ありそうだな、と思った。

前世と現世で、性別が違うこともあるということは、夏梨奈の例でわかっている。まだ仮説の段階だが、それなりに信憑性がある。

偕楽の間にあった靴から考えて、女性のひなのは「信長」候補から外していいだろう。ということは、緑川を呼び出した「信長」は颯か柴垣……と考えかけて、先ほど走りに行くという柴垣とロビーで会ったことを思い出す。

あのとき柴垣は、真広とは反対方向に向かって走って行った。反対側の入り口から神社に入って、真広が到着するよりも早く緑川を階段から落とすことは可能だろうか？　緑川と顔を合わせた次の瞬間にいきなり突き落としたのでない限り、時間的には無理がある気がする。

事件か事故は置いておくとしても、緑川は、「信長」に会ってすぐに転落したわけではないはずだ。待ち合わせの時刻は九時だと、メッセージにも書いてあった。どちらも遅れずに到着したのなら、転落までは少し時間が空いている。

ということは、「信長」は柴垣ではなく、颯のほうだ。

ここまでわかれば、これから、どこを狙って探りを入れていけばいいのかもはっきりする。

便せんに前世の名前を箇条書きにし、その下に、それぞれ、現世の名前も書きこんでいく。神谷や颯の名前は、確定ではないので「?」をつけた。

豊臣秀吉＝夏梨奈
→← 元同僚・後に敵対
滝川一益＝加藤
X（お市?）＝神谷?
浅井長政＝緑川
→← 同盟関係から敵対、後に信長が勝利
織田信長＝颯?

森蘭丸＝?

帰蝶＝?


まだ「?」マークも多いが、大分情報を整理できた気がする。

ずっとフル回転で頭を働かせ続けていたから、気持ちが緩むとふっと疲れを感じた。

座ったまま伸びをして、ごろんと後ろに倒れる。

他の出席者のパソコンを見るというズルをしたとはいえ、たった一日で得られた成果にしては上出来だ。

最初にサロンでルールを説明されたときは、自分ひとり手持ちのカードがない状態でどうしようかと思ったが、我ながら、大きく前進できたと思える。

しかし、今ある情報から、考えてわかるのはここまでだ。ここから先は、誰かに会って話を聞かなければならない。

全員の前世を当てるのもあと一歩というところまでゴールに近づき、ゲームのようで楽しくなっていたが、一番知りたいのは自分の前世だ。これについてはヒントがなく、推理のしようがないので、これまで考えの外に置いていた。

幹事と通じていると思われる「信長」なら、間違いなく知っている。誰が「信長」かが確定したら、思い切って、記憶がないことを打ち明けて教えてもらうのが、多分一番早い。もはや、それしかないような気もする。

緑川の転落のこともあるから慎重に、と思っていたが、そもそも案内状を送った時点で「信長」は真広の前世を知っているのだろうから、真広の前世に恨みがあるなら、記憶のあるなしに関係なく、いつ何をされてもおかしくない状態だった。

今のところ何もされていないから安心だとも言い切れないが、少なくとも、記憶がないと知られても危険の度合いには影響はない、はずだ。

（でも、よりにもよって颯さんって、一番話しかけにくい相手かも……いきなり呼び出すのはハードル高いなあ）

推定「信長」である颯と親しい誰かに口添えでもしてもらえれば、大分話しやすくなる。

問題は、誰に声をかけるかだ。前世が判明しているのは三人。緑川はいないから、今は加藤か夏梨奈だ。

仰向けになったまま手を伸ばし、座卓の上の便せんをとって顔の上にかざした。

「とよとみ、ひでよし……たきがわ、かず…ます？　あさい……」

「いちます、です」

後ろから声が聞こえて飛び起きる。

振り向くと、開いた襖の前、三和土にひなのが立ってこちらを見ていた。

「すみません、戸が開いていましたので勝手に入ってしまって……でも、滝川様のお名前は、『かずます』ではなくて、『いちます』です」

信長直臣・滝川一益の追憶

滝川一益は三十一歳で故郷の甲賀を出奔し、仕官先を探していたところ、従兄弟である池田恒興によって信長に引き合わされた。弘治《こうじ》元年（一五五五年）、まだ、信長が地方の一大名に過ぎず、その名もさほど知られていなかったころだ。

「鉄砲を使うそうだな」

信長は、一益に鉄砲を手渡し、撃ってみろ、と言った。

その場で射撃の検分をされるとは思っていなかったので面食らったが、人となりについては恒興から聞いてわかっている、後は腕を見せろ、ということだろう。無駄がなくていい。

複数の的に向けて、百発撃った。命中したのは、七十二発だった。

信長は満足そうに頷き、一言、織田へ来い、と言った。それだけだった。それで決まった。

一益は鉄砲にも、戦にも、才があった。それはこの乱世で生き抜くためにはとても役立った。

実力主義の織田家臣団の中でもすぐに認められ、仕官して五年後の桶狭間では先駆けを務め、その後は松平元康（徳川家康）のもとへ使者として送られて同盟を成立させた。

その後も、いくつもの戦場で手柄を立て、戦上手と呼ばれた。

一益は、戦が得意なだけで、好きなわけではなかったが、信長が戦のない世を作ろうとしていることは知っていたから、先にあるもののことを思えば、虚しさを感じることはなかった。

「戦のない世が訪れたら、滝川殿の活躍の場がなくなってしまうな」

戦が終わり、いつものように戦功を讃えられた後、家臣団の一人に冗談まじりにそんなことを言われた。

一益は、「楽しみにございまする」と答えた。信長は笑っていた。

一益はすぐに織田家の重臣の一人になった。信長は力のある者を、身分や経歴にかかわりなく重用したので、元は一介の地侍だろうと、新参者だろうと、力を見せればすぐに取り立てられた。明智光秀もその一人だ。身一つで信長に仕官したところも、戦上手を評価されたところも、鉄砲をよく使うというところも、一益と同じだった。

本人は、落ち着いた物腰の、武将というより、どこかの文官のような雰囲気の男だった。教養があり、政務を任されることもあった。信長には、そこも重宝されていた。

出世が早かったこともあり、ほかの武将から疎まれることもあるようだったが、本人はどこ吹く風だった。

一益は光秀を、食えないところのある男だと感じていたが、信長の考えに感銘を受け、信長個人に魅せられて家臣となったという一点だけで、仲間意識を持っていた。

もっとも、それは光秀に限ったことではない。信長のまわりには、そんな武将たちがいくらでもいた。信長の祖父ほどの年齢の武将から、まだ年端のいかない森可成の息子たちすら、目を輝かせて信長を見ていたし、もっと言えば、配下の武将やその身内に限ったことでもなかった。

同盟相手となった他国の領主たち、たとえば三河の松平元康は、一益とは比べ物にならないほど戦を嫌っていたが、信長とともに泰平の世を作るためならばと同盟に応じた。

信長の妹、市を娶った近江の浅井長政もそうだ。

天下統一などという、夢物語のように聞こえることも、信長ならば成し遂げられる、と信じて賭けた者たちだった。

信長も、彼らには特別に心を許していた。

まるで、血のつながった身内に対するようだと感じたことがある。長政については、妹姫を嫁がせたのだから、正しく義弟であるのだが、幼少期を知っているという元康のこともまた、信長は弟として遇することがあった。ほとんど供もつけずに訪ねたり、饗応の宴に出された膳を、毒見もせずに口にしたり、相手と二人きりで酒を酌み交わしたりしたこともあった。

親兄弟同士であっても裏切り、殺し合う乱世だ。家臣としては、信長が彼らに気を許しすぎているように思え、気を揉んだが、進言しても無意味だろうとわかっていた。

信長は、一度信じると決めた相手のことは疑わなかった。

幼いころから実母との折り合いが悪く、かつて身内に命を狙われたことすらあったという信長は、己のみを頼りに生きてきた。だからこそ、何か、手放しで信じられるものを持ちたかったのかもしれない。

それは信長の弱さなのだろうが、鬼でも神でもない、人らしいところだと、一益は思っていた。

どれだけ信長の信頼が厚くとも、配下はあくまで配下であって、対等の関係ではない。

信長が頼ったり、心を許したりできる相手になれないことは、少し残念だったが、一益は信長と対等になりたいわけではなかった。配下には配下の役割がある。

信長の下で、一益は、戦い、戦い、戦った。各地を巡り、敵対勢力を叩き、信長の望む世に近づく一歩一歩のために、ひたすら道を切り開いた。

光秀をはじめとする、ほかの織田の武将たちも、同じ志で動いているのを感じていた。遠かったはずの天下に、確実に近づいているという実感があり、士気は常に高かった。

いつごろからか、草履とりだった木下藤吉郎が台頭し、羽柴《はしば》秀吉と名前を変え、一益や光秀と肩を並べるまでになった。

一益や光秀以上に、低いところから拾われ、取り立てられた、という意識が強かったのだろう秀吉は、誰の目から見ても明らかに信長に心酔していた。

信長や織田家の重臣たちに媚びる様子があからさますぎて品がない、不愉快だという声も家中からはあがったが、信長は愉快そうにしていた。大げさなほどにへりくだった言葉も態度も、意味のあるものだと気づいていたのだろう。

一益に対しても、秀吉はへりくだった態度だったが、心底から自分を敬っているわけではないのはわかっていたから、あまりいい気はしなかった。見え透いた世辞を聞かされるのはむしろ不愉快だった。

しかし、秀吉は、信長に対してだけは、いつも本気だった。一益にもそれは伝わり、だから一益は、秀吉を嫌いにはなれなかった。

秀吉は実力を見せる機会を逃さなかった。着実に信長の信頼を得、家中の者たちにも認められていった。

そして元亀元年（一五七〇年）、浅井長政が信長を裏切り、越前の朝倉の城へ向け進軍していた織田・徳川軍の背後から攻めてきたとき、秀吉は光秀や家康らとともにしんがりを務め、信長の退却を助けた。この撤退戦での功を認められ、光秀と秀吉はそれぞれ、城や多額の金を褒賞として賜っている。金以上に、命をかける覚悟を見せて信長の信頼を得たことが、秀吉にとっては大きかっただろう。

一益は越前攻めには参加していなかった。浅井離反の報せを聞いたときは、もうだめかと思い、信長が秀吉たちの尽力で逃げのびたと知って胸を撫でおろした。弟とも思っていた相手からの裏切りに、どれほど打ちひしがれていることかと思いきや、京へ入った信長は、京の人々に弱った姿を見せることなく、悠々と都を視察するなどして、すみやかに態勢を立て直すと、十日後には岐阜城へと出立した。そこから、浅井・朝倉との、三年間にわたる戦いが始まった。

浅井・朝倉との戦いにおいて、秀吉の活躍はめざましかった。敵方の家臣を調略して味方につけ、ついには重要な城攻めを任されるまでになっていた。信長は秀吉にますます期待をかけ、秀吉は常にそれに応えた。

天正元年（一五七三年）、敵対していた武将の一人、武田信玄が急死したことがきっかけで、織田軍は勢いづく。信長は、浅井長政の居城、小谷城を素通りして越前の朝倉を攻め、朝倉を滅ぼし——味方をなくし孤立した小谷城を包囲すると、長政に降伏を勧めた。

一度や二度ではない。何度も何度も使者を立て、交渉を試みた。

主に、使者に立ったのは秀吉だ。

しかし、長政は最後まで降伏に応じなかった。信長は、とうとうあきらめて小谷城を攻め、その年の九月一日、浅井長政は自害した。

このとき織田軍の指揮を執ったのも秀吉だった。

関東の敵対勢力への対応や尾張の守備を任されていた一益は、浅井・朝倉との戦いにおいて、織田軍の本隊には従軍していなかった。

しかし、秀吉の活躍を含め、戦の顛末は、一益の耳にも届いていた。

一益は、熱のこもった目で、戦のない世を作るという信長の話を聞いていた長政のことを覚えていた。あの男が何故、変わってしまったのか。それとも、一益や信長の知るあの長政が、はじめから偽りだったのか。

できることなら、本人を問い詰めたかった。

ついに、直接戦場で相まみえることはないままだった。

浅井・朝倉を滅ぼした後も、戦いは続いた。

石山本願寺との戦い、北伊勢での長島一向一揆の鎮圧、三河国長篠の合戦、天王寺合戦、紀州攻め。一益は遊軍として、各地を転戦した。

天正十年（一五八二年）の甲州征伐の際、一益は武田信玄の息子、勝頼を討つという手柄をあげ、武田の遺領の一部を拝領し、関東一帯の御取次役に任ぜられた。三月のことだ。

信長からは、一益の活躍を讃え、労う言葉があった。

しかしこのころから、信長の様子が変わった。

いや――一益が気づいたのが、このころだっただけだ。転戦に次ぐ転戦で、信長のもとを離れていることの多かった一益には、それが正確に、いつからのことだったのかはわからない。一年ほど前に、信長は妻の帰蝶を病で亡くしていた。あるいは、それがきっかけだったのかもしれないし、もしかしたら、もっと、何年も前から、それは始まっていたのかもしれない。

機嫌のいいときと悪いときの落差が激しく、しかも、突然、晴れた空から雷が落ちるかのように急激に気分が変わる。ついさっきまで笑っていたのが、何かのきっかけで激怒する。

特に、光秀への当たりが強くなったように感じた。

普段は安土を離れていて、信長とも光秀とも、たまに顔を合わせるだけの一益でもそう感じたのだ。信長による光秀の扱いについては、すでに家中で噂になっていた。

人前で罵ったり、冷たくあしらったりすることが増え、失言に激怒して折檻したというような具体的な話も聞こえてくるようになった。たまたま、一益が見かけたときに特別信長の虫の居所が悪かったというわけではなかったらしい。

しかし、にわかには信じがたかった。信長はときに苛烈だが、理不尽な男ではない。

信長の内面に何か変化があったとしたら、きっかけには心あたりがある。長政が裏切り、そして、和解の手をはねつけて死んだことだ。十年ほども前のことだが、その喪失が時間をかけて信長を蝕んだとしても不思議はない。

しかし、光秀に当たる理由はわからなかった。

あの頭のいい、信長の信頼も厚かったはずの男が、何か、よほど信長の機嫌を損ねるようなことでもしたのだろうか。

一益はそのころ、上野国にいて、安土での出来事は遅れて聞こえてきた。

安土城を訪れた徳川家康をもてなす饗応役を任されていた光秀が、失態を犯してその任を解かれたらしい、という報せが届いたのも、それが起きてから十日ほど経ってからだった。

信長は光秀に、高松城を攻めている秀吉の下につけと命じたらしい。毛利との戦の援軍として出ろ、という指示自体におかしなところはない。しかし、秀吉の下に、という一言が加わると、光秀にとっては屈辱だろう。

いよいよ、信長の一時のかんしゃくではなさそうだ。

あれだけ重用していた光秀を何故、と一益は首をひねった。

もしや、光秀の心を試しているのだろうか。

そうでなければ、光秀に対して、ある種の甘えのようなものがあるのかもしれない。

次に光秀と顔を合わせたら、話をしてみよう。そう思っていた。

遠く離れた安土や京で、何が起きているか、一益は知らなかった。

何もわかっていなかった。

天正十年（一五八二年）六月七日——五月三十日に信長が京の本能寺に入ってから八日後、すべてが終わったその後に、一益のもとへその報せは届いた。

「織田信長公が、京都本能寺にて——お討ち死にあそばされました」

第六章

申し訳なさそうに、「メッセージをお送りしたんですけど」と言われ、慌ててパソコンに向き直った。同窓会サイトを開くと、受信ボックスに、「今お部屋にいらっしゃいますか？」とひなのからのメッセージが届いていた。真広の返事がないので、直接確認しに来たらしい。

「すみません、見ていなくって」

「お邪魔してもいいですか？」

「ど、どうぞ」

女の子がこんな時間に男の部屋に、とどぎまぎしたが、それを指摘するのも自意識過剰な気がする。

ひなのが靴を脱ぎ、そろえている間に、慌ててパソコンの画面を切り替えた。

同窓会サイトのメッセージボックスを見られたら、前世ＩＤを取得していないことを知られてしまう。

パソコンを閉じ、テーブルの脇へ寄せて、ひなののためにスペースを作った。

ひなのは慣れた仕草でスカートの裾をさばき、きちんと膝をそろえて座る。座った姿勢がきれいで、お茶かお花でも習っているのかな、と感心してから、彼女には戦国時代で生まれ育った記憶があるのだと思い出した。

ひなのは笑顔で真広を見る。

「ついでに、浅井様は、あさいではなくて、あざい、です」

「あ、はは、そうだったね」

そうだったのか。

内心冷や汗をかきながら、真広も笑顔を作った。

「浅井様が、どうかしたんですか？」

「いや、よく出席したなって思って。今さら敵味方もないのかもしれないけど、やっぱり、ああいう終わり方をした関係だったから……」

独り言を聞かれていたというだけでかなりばつが悪いが、さらにその内容が内容だ。ネット検索までして全員の前世当てをしようとしていたことを知られたら、何かたくらんでいるのではないかと警戒されてしまう。

何より、一益《いちます》を「かずます」、浅井《あざい》を「あさい」と読み違えていたことについて、彼女は変に思わなかっただろうか。

「案内状を誰に送るかって、信長様が決めたのかな。思い切ったことするよね。長政……殿が出席したっていうのにも驚いたけど」

どう言えばごまかされてくれるだろうと思案しながら、さりげなくさっき推理を記した便箋を裏返し、二つ折りにして座布団の下に差し込んだ。

「まあ、あんな時代だったから、それを言ったら、お互いに全く恨んでも恨まれてもいない人を探すほうが難しいか。最初は味方同士だったけど後で敵対するとか、日常茶飯事だったわけだしね。そうじゃなきゃ、わざわざ同窓会を開いておいて前世を隠すって形になんかしないよね」

つい早口になっているのに気づいて、意識してテンポを落とす。

これでは話を逸らそうとしているのが見え見えだ。

「滝川・豊臣の二人が、同時に招かれてるくらいだから……」

真広のこの言葉に、ひなのはまた首を傾げる。

「あら、でも、滝川様は後の、小牧・長久手の戦いの際は豊臣方として戦っていますよ？　呼び戻されて、家臣団に加わって」

「え、そうなの？」

思わず素で聞き返してしまった。

しまった、と思ったがもう遅い。

うふふ、とひなのは笑って、真広に人差し指を突きつけた。

「ご存じないということは、さては水野さんの前世は、小牧・長久手の戦い以前に亡くなった武将ですか？」

前世で生きてきたはずの時代の歴史を知らないのはおかしいと、怪しまれても仕方ないところだったが、勝手に誤解してくれているようだ。

あはは……と曖昧に笑ってごまかす。

（滝川一益は秀吉の部下だった時期もある……一度は敵対したけど、その後和解したってことか。でも、何となく、「一益」の加藤さんは秀吉にはいい印象を持ってなかったみたいだったな）

最終的には秀吉に仕えることになっても、最後までわだかまりは残ったままだったということか。同窓会で「信長」に仲裁されて仲直りする程度なら、それほど深い遺恨でもなかったということだろうが。

それにしても、「信長」の影響力は、転生後も変わらず強いようだ。

顔合わせのときの様子からして、加藤が、秀吉はともかく光秀のことを、許し難く思っていたのは間違いない。目の前に本人がいれば、殴りかかるくらいのことはしそうな剣幕だった。それをたった半日で、「もういい」と言わしめた。

「信長」が加藤や夏梨奈を呼び出して何を言ったのかわかればいいのだが、彼らに訊いても教えてくれるとは思えない。

「でも確かに、そういう意味では、戦国の世は辛いですね。昨日まで笑いあっていたような人たち同士でも、敵になってしまったり……長政様と信長様だって、あんなに仲が良かったのに」

「……そ、そうだね」

（そうなんだ）

一時は同盟を結んだが後に決裂し、敵同士になった、としか知らなかった。

ぼろを出さないようにと緊張しながら相槌を打つ。

「お市様とも、とてもお似合いでしたのに。まさか敵対することになるなんて……。信長様は長政様を、本当の兄弟のように思っていたと思います」

そんなに仲がよかったのか。

それでは、最終的に敵対したときは、信長にも長政にも、単なる戦の上での有利不利以上の葛藤があっただろう。

　長政の生まれ変わりである緑川が、信長を「あの方」と呼んでも、恨まれているのを承知で同窓会への出席を決めても、おかしくないということだ。

「でもこうして同窓会でまた会えて、よかったよね。長政殿を呼んだってことは、信長様も会いたいと思ってたんだろうし、長政殿も、出席したってことは応える気持ちがあったんだろうし」

「そうですね。信長様と長政様、お話しできたんでしょうか」

　信長は長政と親しかった。しかし長政は信長を裏切り、緑川は生まれ変わってからも、それを悔いていた。「信長」はそんな緑川を神社へと呼び出し、緑川は、自分が恨まれているだろうことを知りながらそれに応じ――石段から落ちて、大けがをした。

（「信長」はどうして緑川さんを……「長政」を同窓会に呼んで、さらには神社に呼び出したんだ。復讐のため？　前世の恨みを引きずっていた加藤さんのことは、たしなめるようなことをしているのに）

　信長が突き落としたとは限らない。緑川を突き落とす動機なら、信長に限らず、信長を崇拝する武将たち全員にあったといえる。

　緑川の一件は事故で、犯人探しは不要だと、自分で結論を出したはずなのに、つい考えてしまう。

　今はそれよりも、出席者の情報集めを優先すべきだ。しかし、緑川の転落については置いておくとしても、誰が誰に悪感情を持っているかは、できるだけ把握しておきたい。自分の身の安全にもかかわることだ。

真広はひなのに目を向けた。

「二人に限らず、皆、この機会に腹を割って話せていたらいいよね。前世で因縁があった相手と、生まれ変わって仲直りするチャンスがもらえるなんてすごいことなんだから。ああいう時代だから、同じ陣営にいる者同士だって、色々あったわけだし……誰とも因縁らしい因縁がなかったのは、帰蝶様とか、森成利殿くらいかな？　信長様の敵のことは、二人も、敵だと思っていただろうけど」

探りを入れてみる。ちょっとあからさまだったか、と思ったが、

「若くして信長様に取り立てられた武将ですから、森様にも色々とあったと思いますけど……そうですね、帰蝶様は、そういう争いの外にいらっしゃった印象ですよね」

ひなのは気にした風もなく応じた。

「だから、信長様も安心して、帰蝶様には何でも話せたのだと思います。帰蝶様が亡くなったことは、信長様だけでなく、まわりの方々にとっても大きな喪失で……転換点でした。本能寺の変も、帰蝶様が生きていらしたら、起こらなかったかもしれません」

期待した以上のことを話してくれる。史実として残っていない、本人たちしかわからない話を聞けるのはありがたい。しかし、あまり深い話をするとぼろが出てしまう。

情報を引き出そうと話を振ったのはこちらだが、これ以上話題を発展させないほうがよさそうだ。とりあえず、神妙な顔で「そうだね」と頷くだけにしておいた。

「そういえば、吉永さんはどうして訪ねてきてくれたの？　僕に何か用事？」

「用事というほどでもないんですけど」

ひなのは少し首を傾けて言った。

「よかったら、サロンでお茶でもご一緒しないかと思ったんです。さっき下りてみたんですけど、どなたもいらっしゃらなかったので」

「あ、うん。いいね、是非是非」

せっかく同窓会に参加したのだから、誰かと話がしたいと思っていた。それに、お誘いは純粋に嬉しい。

行こう、と立ち上がりかけて、真広は、ひなのが、テーブルの上のお茶セットに目を向けているのに気がついた。彼女は、湯呑から出してお盆の上に置いた青紫色の花を見て、「桔梗《ききょう》」と呟く。

「あ、それ。湯呑の中に入ってて」

「季節の花を飾るのは、素敵なおもてなしですね」

「そのままお湯入れて飲むのかな？　って一瞬思っちゃったよ。でも飾りだよね、普通に考えて」

笑って言った。ひなのも笑うものと思っていたら、

「そのまま飲まなくてよかったです。桔梗には毒がありますから」

いきなり不穏なことを言われた。

えっ、と思わず声をあげる。

「毒？」

「はい。花にも葉や茎にも、全部に毒があったはずです。お茶には向きませんね」

さほど深刻な口調ではないが、ふざけている様子でもない。ブラックジョークではないらしい。

「そう、なんだ……飲まなくてよかった。危なかったあ」

「危機一髪でしたね」

冗談めかした口調でそう言われ、真広は、あはは、と乾いた笑い声を返した。しかし、笑っていい話なのかどうかわからない。

部屋を出る前に振り返り、床の間に飾られた花を見る。湯呑の中にあったのと同じ花だ。

「吉永さんの部屋にも、飾ってあった？」

「私の部屋には、違う花が活けてありました。ピンク色の撫子です」

自分の部屋に飾られていたのが、たまたま毒性のある花だった。そこに意味はないのだろうか。

旅館の人間が、毒性のある花と知らずに活けただけかもしれないし、湯呑に花を入れたのも、もてなしの一環で他意はないのかもしれない。しかし、一瞬とはいえ口に入れようか迷ったものが毒だったというのは、いい気はしない――なんとなく不吉だった。

偶然に意味を見出そうとしても仕方がない、と意識して頭から追い払う。

ひなのと二人で一階のサロンへ行くと、彼女の言っていたとおり、誰もいなかった。

貸し切りだね、そうですね、と言い合いながら、サーバーでそれぞれ飲み物を用意する。ひなのはコーヒーにミルクをたっぷり入れ、砂糖はほんの少しだけ入れていた。

カップになみなみ注ぎすぎたコーヒーがこぼれないよう気をつけて、八人用のテーブル席に、ひなのと向かい合って座る。

腰を下ろすなり、ひなのが口を開いた。

「水野さんは、参加者たち全員の前世を当てようとしてるんですか？」

真広が持ったカップのふちから、コーヒーがこぼれる。

「大丈夫ですか？」

「うん、だっ大丈夫」

ひなのがテーブルに用意されていた紙ナプキンをとってテーブルを拭き、真広にも一枚渡してくれる。礼を言って受け取り、カップを拭いた。

やはり、あからさまだったか。あれだけ探りを入れるようなことをしたのだから、気づかれて当然だ。スルーしてもらえたかな、と思ったが、甘かったようだ。

コーヒー色に染まった紙ナプキンをサーバーコーナーのゴミ箱に捨て、席へ戻るまでの間に心を落ち着かせる。

つい動揺してしまったが、やましいことはないのだ。

「うん、えっと……実はそうなんだ。別に、誰かの前世を暴いて何かしよう、なんて企んでるわけじゃないよ。ただ、前世の僕をよく思ってない人がいるかもしれないから、誰が誰の生まれ変わりなのか知っておいた方がいいと思って」

ひなのはまた首を傾けた。

「そういう人を避けて、話したい人にだけメッセージを送って交流をすればいいのでは？」

責めるとか追及するのではなく、心底不思議そうに、言う。

至極もっともな指摘だった。本来、そのために前世ＩＤのシステムがあるのだ。

うん、まあそうなんだけどね、と笑ってごまかしながら言い訳を考えていると、

「前世ＩＤを取得していない参加者がいるなと思っていたんですけど……水野さんですね？」

いきなり核心を突かれてしまった。

真広が態勢を立て直せずにいるうちに、ひなのはさらに斬り込んでくる。

「もしかして、ご自分の前世、覚えていなかったりします？」

「……なんで」

「なんとなくですけど、当たりみたいですね」

おっとりしているようで、意外と鋭い。

ひなのは、真広に前世の記憶がないとわかっても豹変するというようなことはなく、口調や表情は穏やかなまま変わらなかった。そのことに少し安心した。

「……うん、そうなんだ。覚えてない」

観念して白状する。

もともと、誰かに打ち明けようとは思っていたのだ。ひなのはその筆頭候補だった。

「案内状には前世の名前が書いてあったんだろうけど、届いたのがこの間の台風の日で、インクが流れちゃって。本文は読めたんだけど、宛名のとこだけ手書きだったから」

そうだったんですか、とひなのは相槌を打った。

「うん。だから、この同窓会も、最初は半信半疑っていうか、ゲームイベントみたいなものかと思ってたんだけど……これが本物ならいいなみたいな、もしかして本物かも、みたいな気持ちも出てきて」

「本物ですよ」

「わかってる。自分だけ覚えてないっていうの、何か居心地悪いっていうか、不安になるし、知らないうちに恨まれてるかもしれないと思うと怖いし、思い出せないことに罪悪感もあるよ」

素直に言った。

前世の自分とかかわりがあって、会いたいと思ってここへ来てくれている人がいるかもしれないと思うと心苦しい気持ちもある。

思い出したいとは思っているのだ。この同窓会が本物であることは、もうとっくに理解していた。

「僕も、全く覚えてないってわけじゃなくて、何か懐かしいような気持ちとか、この人のことは好きだった気がする、みたいな感覚はあるんだ。夢で戦国時代っぽい風景を見たこともあるし。目が覚めると、あんまりはっきり思い出せないんだけど」

そうなんですね、とだけ、ひなのが言った。

彼女自身の意見や感想が介在しない、ニュートラルな相槌にほっとする。うん、そうなんだ、と自然に返すことができた。

「こうして考えたり皆と話したりしてると、ちょっと何か思い出しかけるときもあるんだけど……急に記憶が戻るってことはなさそう。信長様の生まれ変わりが誰かわかったら、僕の前世を教えてもらいたいって思ってるんだ。教えてもらえるかわからないけど」

主催者サイドにいるだろう「信長」は、真広の前世を知っている。そのうえで、現時点で真広を害していないということは、真広の前世が何であれ、「信長」に害意はないということだった。記憶がないことを伝えても安全なはずだ。

「そのために、参加者の前世を調べていたんですね」

「うん。ここまで来たら全員分知りたいっていうのもあるけどね。正直に言うと、ゲームを始めたからにはクリアしたいと思う気持ちに似てるよ」

ようやくコーヒーに口をつける。

打ち明け話のおかげで、気分が軽くなっていた。コーヒーまで、前に飲んだものよりもおいしく感じる。——前に飲んだものには、舌が痺れるほど砂糖が入っていたわけだから、比べるものでもないか。

「吉永さんは……僕以外の参加者とも交流してるの？」

もっと何気なく訊けばよかった、と口に出してから後悔する。またしても、あからさまに探るような調子になってしまった。

「皆さんと、というわけにはいきませんが……それなりに、でしょうか」

ひなのは、少し考えるそぶりを見せ、そう答えてから、

「私は、ほぼ全員の前世を正確に把握しています。信長様の生まれ変わりが誰なのかもわかっています。でも、それを私が水野さんに教えるのは、フェアではないので」

教えません、と笑顔で付け足す。

「やっぱりそうだよね……」

そう簡単に教えてもらえないだろうとは思っていたが、少しも期待しなかったと言えば嘘になる。答え合わせは、自力でするしかなさそうだ。

うなだれかけた真広に、

「でも、私自身の前世についてだけなら……」

ひなのが言う。真広は、がばっと顔をあげた。

「え、教えてくれるの？」

「ヒントくらいなら」

ひなのは笑顔のまま、右手の人差し指を立てた。

「一度だけ、どんな質問にでもイエスかノーで答えます。水野さんは真剣に考えてらっしゃるようですから、応援したくなりました」

一つだけですよ、と念を押す。

真広は前のめりになって頷いた。わずかな手がかりでもほしかったところだ。ここで参加者の一人であるひなのについて、前世を確定させることができれば、ぐっとゴールに近づく。

問題は、何を訊くかだ。

質問は、イエスかノーで答えられる問いに限定される。

質問の数を限定するのは当然だ。でなければ、あなたの前世はこの人ですか？　ノー、ではこの人ですか？　ノー、と順番に質問していけば、答えにたどり着けてしまう。とはいえ、一つだけとなると——。

テーブルの上に用意してあった旅館のロゴ入りの便せんと、備えつけのペンを手にとった。

罫線が引かれただけのシンプルな便せんに、案内状で確認した参加者たちの前世の名前を改めて書き出していく。

織田信長、浅井長政、森蘭丸、滝川一益、豊臣秀吉、帰蝶。そこに、「参加しているのではないか」とあたりをつけた名前、明智光秀とお市を足した。「長政」と「一益」と「秀吉」はそれぞれ、緑川、加藤、夏梨奈だと確定しているから、除いてもよかったが、一応書いておく。

「じゃあ、質問」

便せんをひなのの前に掲げ、八つの名前を見せる。

「……吉永さんの前世は、このリストの中にはない。この中の誰でもない」

ひなのは、にっこりした。

「イエス、です」

やった。

便せんを持っていないほうの手でガッツポーズをする。

ひなのは、リストにある名前の全員に、「帰蝶様」「森様」「お市様」と敬称をつけて呼んでいた。それで、あれっと思ったのだ。あえて自分の前世に敬称をつけて真広をかく乱しているのか、と考えることもできたが、ここは素直に信じて正解だった。

今思えば、彼女はヒントをくれていたのかもしれない。

つまり、彼女がもう一枚の無記名の案内状の持ち主だ。

「私の前世が誰かとか、どうして隠しているかは言いませんよ。質問は一つだけですから。でも、これで前世当ては大分楽になるのでは？」

「うん、おかげさまで大きく前進できそう」

真広とひなのの前世についてはとりあえず横に置いて、残り六人を、六つの前世に当てはめればいいのだ。そのうち、緑川、加藤、夏梨奈については確定しているから、残り三人。

颯、神谷、柴垣の三人が、信長、蘭丸、帰蝶の誰か。ぐっとシンプルになった。

「あれ、でも……そっか、お市の方は参加者の中にいないのか」

真広が呟くと、ひなのは不思議そうに首をかしげる。

「そういえば、お市様のことを気にされていましたね。どうしてです？」

「だって、」

偕楽の間で――と言いかけて、口に出す前に、あ、と思った。

「そうか」

「何かに気がついたみたいですね？」

ひなのが言うのに頷く。

「『信長』が偕楽の間に他の参加者を呼んで面談をしたとき、『いち』って呼びかけるみたいな声が聞こえたんだ。呼ばれたほうは、『との』って答えてた。だから、参加者の中にお市の方の生まれ変わりがいるんじゃないかって思ったんだけど……あれって」

それを聞いただけで、ひなのは「いち」が誰を指すのかわかったのだろう。真広が今ごろ気づいたことも察したようで、「ああ」と楽しげに両眉をあげた。

「滝川様は、信長様がお若いころからの直臣ですから。信長様は、親しげに『いち』と呼ぶこともおありでした」

滝川一益の名前を、「かずます」だと思っていたから思い当たらなかったのだ。

「そうかあ～……勘違い、っていうか思い込み……いやでも、すっきりした」

真広は便せんに書かれた、「光秀」「お市」の名前に線を引いて消し、六つの名前を改めて眺める。

残る前世当ては、三人分。ここからをどう絞っていくかだ。

真広は、頭の中で、一覧を作り直した。

緑川＝長政
加藤＝一益
夏梨奈＝秀吉
柴垣＝帰蝶か蘭丸？
神谷＝帰蝶か蘭丸？
颯＝信長？

偕楽の間にあった靴と、緑川が神社で「信長」と会っていた時間に神谷がルームサービスを頼んでいたことから消去法で颯が「信長」だとすると、不確定なのは神谷と柴垣の二人だけだ。二択なら、二人のうちどちらかに「帰蝶様ですよね」などとかまをかけてみれば、はっきりするかもしれない。

ここまで、確定とは言えないまでも、矛盾はないはずだ。ゴールが見えたと言っていいところまで来た。

しかし、何故か、手ごたえを感じなかった。何か違和感がある。しっくりこないのだ。

現世における本人と前世の武将とのイメージは合わないせいかもしれないが、前世と現世のイメージなど、合致していなくて当然だろう。

たとえば、神谷は「帰蝶」というより「蘭丸」っぽい、と真広は思っているが、それは自分の先入観、思い込みのせいだろうと自覚していた。本能寺の変が起きたとき、森蘭丸はまだ十代の若さだったらしく、ドラマでも、若い役者が演じていた。そのイメージが強すぎて、引っ張られているのだ。

前世で死んだときの年齢と現世での年齢は関係がないのだから、あまり現世での外見や年齢にとらわれないようにしなければいけない――。

そこまで考えて、ふと、何かがひっかかった。

年齢。

同窓会と銘打っていても、出席者の年齢はばらばらだ。前世の同窓会なのだから、出席者が現世においては同年代でなくても当たり前だと思っていたが、そもそも、同じ時代に生きて死んだ人間たちが生まれ変わって、世代がばらばらというのはどういうことなのか。今まで、そこは考えなかった。

（世代、年齢の違い……に、意味がある？）

神谷と夏梨奈は同年代だ。ひなのも、大学生ということは、彼らとせいぜい二つ三つ違うくらいだろう。真広も同じだ。十代半ばから後半の世代が一番多い。加藤は二十三だと言っていた。颯は、もう少し上かもしれないが、二十代ではあるだろう。

出席者の中では、緑川と柴垣が年長組ということになるだろうか。柴垣は、ロビーで話したとき、近くで見ると肌が若々しかったから、思っていたよりも若いかもしれない。おそらく、見たところ、三十代後半の緑川が一番年長だ。

人の年齢は見た目ではわからないこともあるから、自己申告のなかった参加者たちについては、あくまで見た感じからの推測であるということを忘れてはならないが――年齢順に並べると、おそらく、夏梨奈・神谷＜ひなの・真広＜加藤＜颯＜柴垣＜緑川、の順だ。柴垣は老け顔――貫禄がある風貌なだけで、実際は颯や加藤より年下という可能性もあるが、だいたいはこんなところで、大きく間違ってはいないと思う。

（緑川さんの前世、浅井長政は、信長に討たれて死んだ……ということは、信長や秀吉や、その他すべての出席者より、間違いなく先に死んだってこと）

つまり、生まれ変わったのも早いということではないのか、と思い至った。

早く生まれ変われば、その分、現世においての年齢も上になる。

「ちょっとごめん」

ひなのに断ってスマホをとり出した。

ひとまず、前世が確定している二人で検証する。加藤と夏梨奈なら、明らかに加藤のほうが年上だ。この仮説が正しければ、一益は秀吉よりも先に死んでいるはずだ。

滝川一益と豊臣秀吉の没年を検索してみると、滝川一益・一五八六年没、豊臣秀吉・一五九八年没、と出た。

思った通り、秀吉のほうが一益よりも長く生きている。

決定的とまでは言えないが、仮説と矛盾はしない。

そのままブックマークしておいた同窓会サイトを開き、掲示板のボタンをタップする。

ひなのが興味深そうに見ているが、どうせ参加者全員が閲覧可能な掲示板だ。かまわずに書き込んだ。

『幹事様
参加者の年齢と、前世で亡くなった時期の関係についてですが、没年の早さイコール生まれ変わる順番の早さと考えていいですか？』

こんな書き込みをしたら、他の参加者たちにも、真広が何か探っていることはわかってしまうが、幹事に接触するにはこの掲示板に書き込むしかないのだから仕方がない。

同窓会は明日には終わる。真広が全員の前世を割り出そうとしていることが、誰かの反感を買ったとしても、具体的に危険があるとは考えにくい。いや、むしろ、これを見て誰かが接触してきてくれるのなら好都合だ。

しばらく待って掲示板を更新すると、

『よく気がつきましたね！　その通りです。それが偶然か必然かはわかりませんが、結果的に、前世においてより早く亡くなった人が、この同窓会においては年長ということになっています。ただ、没年に五年の差があっても、現世で五歳分年の差があるとは限らないようですのでご注意を』

幹事からの返信が表示される。

思いつきの仮説だったが、当たりだったようだ。

『また、ご自分から前世を明かしていない方の前世を推測するにあたっては、個人のプライバシーへのご配慮をお願いします』

続くポストで釘を刺されてしまったが、元より他の参加者たちに言いふらしたりするつもりはない。自分一人で考える分には問題はないはずだ。

しかし——そうすると……。

改めて思考の海に沈みかけたとき、感心したように「なるほど」と呟く声がすぐ近くで聞こえ、真広はひなのの存在を思い出した。

「あっ、ごめん、何か、ほったらかしちゃって」

いいえ、とひなのは小さく首を横に振った。

「そんな法則？　があったなんて、考えていませんでした。でも、言われてみれば納得ですね」

機嫌を損ねた様子はないのでほっとする。

「でも、前世での没年の開きと現世での年齢の開きの年数は同じじゃないんだね」

「亡くなってすぐ生まれ変わるとは限らないでしょうし、何度か転生を繰り返している人もいるかもしれませんしね」

今度は真広がなるほど、と頷いた。

生まれ変わるタイミングのことなんて、これまで考えたことはなかった。しかし、言われてみれば、死んでから生まれ変わるまでの早さには個体差があるほうが自然だろう。

参加者たちの正確な年齢まではわからなくても、大体の年の順はわかる。

前世での没年の早さと、現世での年齢が反比例しているかどうかを照らし合わせることで、ある程度、真広の解答の答え合わせができる。

前世での没年の一覧表を作ってみよう、と再びペンを手にとったとき、ジャージ姿の柴垣がサロンの前を通るのが見えた。ロードワークから帰ってきたところらしい。

「柴垣さん。おかえりなさい」

真広が立ち上がって声をかけると、柴垣はこちらを見て会釈をしたが、サロンには入ってこず、そのまま行ってしまった。

今帰ってきたということは、一時間以上走っていたのか。真広だったら、十分も走ればへとへとになるところだ。

近くで見たときの肌の感じといい、やはり、仮に設定していた柴垣の年齢を下方修正したほうがいいのかもしれないと思ったが、鍛えている人間は三十代でも四十代でも体力があるだろう。体力のあるなしでは判断できない。

真広の仮説では、彼は「蘭丸」か「帰蝶」のはずだ。

ついさっきインターネットで仕入れたばかりの情報では、森蘭丸は信長とともに本能寺の変で死んだとされていて、信長が本能寺で光秀に討たれた後、秀吉が光秀を討ち、信長の配下だった一益たちと対立したり和解したりしながら天下人になった、というのが歴史の流れだ。つまり、同窓会に参加していることが確実な武将たちのうち、長政の次に死んだのは信長と蘭丸で、彼らは現世においては、「長政」の次に年長であるはずだった。

(あ――帰蝶は、本能寺の変の前に死んだって、吉永さんが言ってた)

ということは、死んだ順は、長政が最初で、次に帰蝶、その後に蘭丸と信長、の順だ。

となると、緑川の次に年かさと思われる柴垣は、「帰蝶」ということになる。年長者グループに入る颯が「信長」というのも、矛盾しない。

（えーと、次に年長っぽいのが、加藤さんで……滝川一益の没年は確か……！）

口の中でぶつぶつと呟いて、さらに思考を深めようとしたとき、ふと視線を感じた。そちらを向くと、ひなのと目が合い、はっとする。

また彼女をほったらかしにして考え込んでしまっていた。

「あっ、あの、ごめ」

「書き出してみたらどうですか？」

真広が謝る前に、ひなのが言う。

幸い、気を悪くした様子はない。さっき真広が一度置いたペンをとって、「どうぞ」と渡してくれる。

「情報を目に見えるようにすると、考えがまとまりやすくなるんじゃないかと思って」

彼女にはもう、全員の前世当てを試みていることは知られてしまっている。今さら隠すこともない。

そうだね、と言って真広がペンを受け取ると、ひなのはにっこりして言った。

「これ以上ヒントはあげられませんが、応援だけしますね」

余裕の笑みだ。ひなのは正解を知っている。

真広は「頑張ります」と苦笑してみせたが、彼女に推理を聞いてもらえるのはありがたかった。自分の考えが正しいのかどうか、彼女の反応から手がかりを得られるかもしれない。

よし、とペンを握り直し、便せんに参加者の名前を年長者（に見える）順に書き出していく。

①緑川　三十代半ばから四十代前半？
②柴垣　三十代？
③颯　二十代半ば？
④加藤　二十三歳
⑤水野　十九歳
⑥吉永　十八歳
⑦神谷　十六～十七歳
⑧緒方　十六～十七歳

緑川、柴垣、颯についてはあくまで見た感じの年齢順だが、だいたいこんなところだろう。書いている途中、ひなのに年齢を聞いたら教えてくれたので、彼女と真広と、加藤の年齢だけが正確だ。高校二年生だと言っていた神谷も、留年しているのでなければ、十六歳か十七歳なのは間違いない。

次に、参加者たちの前世の名前を史実に基づいて、没年が早い順に並べる。

浅井長政　一五七三年（九月）没
帰蝶　没年不明（信長より前）
織田信長　一五八二年（六月）没
森蘭丸　一五八二年（六月）没

明智光秀　　一五八二年（六月）没
滝川一益　　一五八六年（九月）没
豊臣秀吉　　一五九八年（八月）没

帰蝶の没年が不明だが、そこはひなのの発言を信じることにする。それ以外はネット上に情報があった。

「光秀」の参加は不確定だし、ひなのや自分の前世についてはひとまず置いておくことにしたが、ついでに調べたら出てきたのと、重要人物なので一応書いておく。

確定情報と不確定情報を、一人ずつ順番に整理することにした。

①緑川＝長政
これは彼のPCを見て確認済みだ。没年からも、一番年長で間違いない。
②柴垣＝帰蝶
帰蝶は長政の次、信長と蘭丸より前に死んだそうだから、柴垣はここに入るはずだ。
③颯＝信長
本能寺で死んだ信長と蘭丸の生まれ変わりは、「帰蝶」の次に年長のはずだ。颯＝信長説は史実によって補強されたと言っていいだろう。
④加藤＝一益
その次に年長と思われる加藤が「一益」であることは確定している。一益は前世で、長政や信

長や蘭丸より後に死んでいるから、これも矛盾しない。
しかし――
⑤水野＝？
⑥吉永＝？
情報の乏しい自分とひなののことはいったん置いておくとして、
⑦神谷＝蘭丸
ここに明らかな矛盾があった。

柴垣が「帰蝶」なら、消去法で神谷は「蘭丸」ということになるはずなのだが――蘭丸の没年は信長と同じ、一五八二年となっている。

これに対して、一益の没年は一五八六年だ。蘭丸のほうが先に死んでいる。つまり、先に生まれ変わっているはずだが、神谷はどう見ても加藤よりも若い。本人たちの自己申告でも、神谷は十代、加藤は二十代だ。

加藤が「一益」であることは、案内状や本人の言動から確定しているから――神谷が「蘭丸」であるという仮説が間違っているということだ。

では、二択で迷っていた「帰蝶」が神谷か？　と考えても、帰蝶は蘭丸よりも先に死んでいるのだから、やはり、帰蝶の生まれ変わりなら、一益の生まれ変わりである加藤より年上になるはずだ。おかしい。

真広は両手で自分の頭を抱えた。

（ここに来て……いや、でも、間違っているのがそこだけなら、大幅な軌道修正は必要ないは

ず）
⑧緒方＝秀吉
神谷と並んで最年少と思われる夏梨奈が、前世で最も長生きした「秀吉」であることは史実と一致する。加藤の言動などからも、ここは合っているはずだ。

改めて、自分のメモを見返した。

①緑川＝長政
②柴垣＝帰蝶？
③颯＝信長？
④加藤＝一益
~~⑦神谷＝蘭丸~~
⑧緒方＝秀吉

「⑦神谷＝蘭丸」と書いたところを線で消し、「②柴垣＝帰蝶」と「③颯＝信長」の後ろに「？」を書き込んだ。

それ以外の三人については確定のはずだが、神谷が「帰蝶」としても「蘭丸」だとしても、「信長」だとしても、年齢的に矛盾が出る。ということは、確定だと思っていた、①④⑧が間違っているということか？

でなければ、推理の前提とした情報のほうか。

ひなのが嘘をついているとは思えないし、その理由も思いつかないが、帰蝶の没年や、彼女の前世がリストの中にないということが嘘だとしたら、推理は、①④⑧だけが確定したところからやり直しだ。

（もしくは……僕が、参加者たちの年齢を見誤っているか）

しかし、全員の実年齢を確かめることは難しい。

掲示板に書き込んでしまったから、年齢が前世のヒントになることは今や皆に伝わっている。

前世を隠している他の参加者たちが、簡単に年齢を教えてくれるとは思えなかった。

公開の掲示板に書き込んでしまったのは早まった、と真広は頭を抱える。

とはいえ、確かめられたところで、神谷が颯より年上だとか、緑川が加藤より若いとか、極端な読み違えがあるとは思えないから、それで大きく推理の結果が変わることはなさそうだが――。

「……何やってるの」

呆れたような声が降ってきて、真広は顔をあげた。

いつのまにサロンへ入ってきたのか、神谷が立っている。

「神谷さん。こんにちは」

ひなのの挨拶に、うん、とだけ返して、神谷は真広の手元をのぞきこんだ。

「あっ、えーとこれは」

慌てて便せんを手で隠したが、もう遅い。神谷は「ふーん」とさして興味なさそうに言った。

「そういえば何か書き込んでたね、さっき」

「いや、まあ、あはは……」

「全員の前世を、推理で突き止めようとか考えてる？」

鋭い。ひなのにも見抜かれたわけだから、彼らが鋭いというより、自分がわかりやすすぎるのかもしれない。ダメージを受けつつ反省する。

誰かと交流する目的なら、前世ＩＤで直接連絡をとればいいのにそうしない、という時点で、真広が前世ＩＤを取得していないことは気づかれてしまっているだろう。

「前世を知っても、悪用するつもりはないから……」

「自分の前世は伏せたまま、他人の前世だけ暴こうとしてるのにそれは、ちょっと信用できない」

どうにかひねり出した言い訳は、容赦なく斬り捨てられてしまった。

真広は、「だよねえ」と肩を落とす。逆の立場なら、真広も相手を信用しなかっただろう。

ひなのは何故かにこにこと、微笑ましげに見守っている。

「もういいんじゃない？　メッセージの機能があるんだから、会いたかった相手とは皆、それぞれ話ができたでしょ。全員の前世を知らなきゃいけないってこともないんじゃないの」

誰が誰の生まれ変わりでも別にいいでしょ、と神谷は冷めた口調で言った。

「そう、なんだけど……」

真広はうつむいて口ごもる。

冷たい目を向けられても仕方がない。トラブル防止のために、全員の前世を明らかにしないシステムになっているのに、わざわざ知ろうとしている自分は、彼らにとって和を乱す存在だろう。

緑川の転落は事故だったと、本人が言っている以上、犯人探しは大義名分にならない。

自分が狙われているという根拠もないのに、安全のためだと言って理解を得られるとも思えない。

何より真広自身も、今や、自分の身の安全のためだけに参加者たちの前世を知ろうとしているわけではなかった。

「でも、知りたいんだ。それで、話がしたい。前世ＩＤは……その、理由があって取得してないんだけど」

前世の記憶がないことを、ひなのはともかく神谷にまで話していいものかどうかわからず、奥歯にものが挟まったような話し方になる。

真広は何より、自分の前世を思い出したい。前世の自分を恨んでいる者がいるかもしれないのに、誰彼構わず話しかけるわけにはいかないが、他の参加者たちとの交流は、そのきっかけになると思うのだ。

そのために、全員の前世を知りたい。

「この同窓会が終わったら、もう会うこともないのに」

「そうだけど。だからこそ、なのかも……」

会っておかなければいけない人がいるような気がしている。

自分でも、何故そう思うのか、はっきりしないところがあって、言葉にするのは難しかった。

しかし確かに、真広の中にも、前世から続く何かがある。それが真広を突き動かそうとしている。

「このまま別れたら、もう二度とチャンスはないかもしれないから」

神谷はまた、ふーん、と言った。

「じゃあ、まあ、頑張れば」

別にどうでもいいけど、といった様子だ。

ここまでの会話で、真広に前世の記憶がないことを察したかもしれないが、それについては触れなかった。

「推理だけじゃ限界があると思うけどね」

「う、確かに……もうちょっと情報もらえたら助かるんだけど。年齢だって、訊けば答えてくれる人ばっかりじゃなさそうだしね」

ひなのや神谷は答えてくれたが、というニュアンスを真広の言葉に感じとったのか、

「嘘かもしれないよ」

神谷はさらりと言った。

「僕が高校生だとか、そういうのも全部自己申告なんだから」

からかうような口調なら冗談だとわかる。しかし、表情も口調も変わらないので、神谷の心中はまったく読みとれない。

「……森蘭丸じゃないって言ったことも？」

「どうだろうね」

そこで初めて、神谷は口元に少しだけ笑みを浮かべた。

「皆が本当のこと言っているとは限らないし、思い込みもあるかもしれない」

その表情に、一瞬胸が騒いだ。

何かを思い出しかけた気がしたが、それはつかむ前にすり抜けるように消えてしまう。

「混乱させないでよ」

なんとか笑みを浮かべてみせた。しかし、引きつっているのが自分でもわかる。

神谷は追従して笑ったりはしなかった。

「教えてあげただけだよ」

そう応じて、もう飽きた、とばかりに真広に背を向ける。

「前提が間違ってたら、どんなに考えても正しい答えにはたどり着けないってこと」

そんな一言を残して、彼はサロンを出ていった。

謀反人・明智光秀の追憶

光秀、と名を呼ばれ、顔をあげた。

視線の先、一段高いところに座した信長は、片手で茶碗を弄《もてあそ》んでいる。何か考えごとをしている表情だ。

呼んでおいて、光秀を見てはいなかった。しかし、意識はこちらへ向いているのがわかる。光秀は、「は」と返事をした。

信長はつい先ほどまで、安土城の天主から城下を見下ろしていた。

そのときも、何か考えているようだった。光秀は傍らに控えてその様子を見ていた。

城下の繁栄を眺めて悦に入っているのだと、信長をよく知らない者ならば思ったかもしれない。光秀はそうではなかった。信長の目はただ静かだった。誇らしげでも、満足げでも、天下を目前にして高揚しているようでもなかった。

正妻の帰蝶を病で亡くし、一年が過ぎていた。そのころから、信長はときどき、こうして物思いにふけるようになった。

帰蝶が信長にとって、妻であると同時に、心を許せる友人でもあったことを、光秀は知っている。彼女の死は、光秀にとっても大きな喪失だった。

帰蝶が生きていれば彼女に話せただろうことを、信長はこの一年の間、ひとりで抱えていた。自分でよければ話してほしい、などと言える立場ではない。帰蝶の代わりになどなれるわけがない。

だからといって、自分が信頼されていないなどとは思っていない。信長が何も言わないなら、言う必要がないことか、まだそのときではないということだ。そう考えることにして、光秀は黙って待った。

さまざまな意味で、信長の話し相手になれる者は多くない。しかし自分は——帰蝶には遠く及ばないものの——配下の武将たちの中では、比較的、近い位置にいると自負している。

信長はようやく手の中の茶碗から目をあげ、短く尋ねた。

「おぬし、天下がほしいか」

一瞬、冗談かと思ったが、信長は笑っていない。

叛意を問われたのかと早合点して、滅相もございませんと大慌てしてもおかしくないところだ。しかし、幸い光秀は、信長の目が静かで落ち着いていることに気づくことができた。

器ではありません、と答える。

主におもねったわけではない。正直な気持ちだった。

これまで、信長を天下をとるにふさわしい男だと信じてついてきた。彼にはそれができると思ったからだ。

天下を統一することで世を平らかにできるのであれば、誰でもよかったが、信長が一番、その場所に近かった。

事実、あと一歩のところまで来ているのだ。まだ各地で戦は続いているが、織田軍が負けることはないだろう。遅かれ早かれ、天下は統一される。

信長の作る世を見ることが楽しみだった。

自分が天下をとりたいと思ったことはない。

「そうでもないと思うが……」

信長はそう言って首をひねった。

やめてください、私だからいいものの、本気にしたらどうするのですか——と、声には出さなかったが、表情で伝わったようだ。信長は光秀を見て、少し笑った。

「まあ、ほしい奴がとるのがいいか」

なら、秀吉か、元康……今は家康か。あのあたりか、と呟く。

どうやら跡目のことを言っているようだが、秀吉も家康も、織田の者ではない。養子にでもするつもりなのか。まさか。

第一、信長はすでに、息子の信忠《のぶただ》に織田家の家督を譲っている。

「ご子息に……信忠様に継がせるおつもりではないのですか」

「まあ、しばらくはそういうことになるか。ここまでお膳立てしてあれば、信忠にもやれるだろうな。しかし、俺から代が替われば、秀吉や家康の力は今より強くなるだろうし、いずれは、あいつらがとるだろう。別に、織田がとらなければならないものでもない」

信忠にも話しておかなければな、と独り言ちた。何をだろうか。いずれは秀吉か家康が天下をとるということをか。

話についていけず、光秀は必死になって信長の意図を探る。

「信忠自身は、天下人となることは望んでいないようだが……儂《わし》がいなくなれば、それも変わるか。どうも、儂に対する遠慮と甘えがある」

信長は、自分の代わりが信忠に務まるか、と懸念しているようだ。

信忠はまだ若く、信長ほどの圧倒的な才覚はないが、充分に戦上手で、経験も積んでいる。これまで数多くの戦に出陣して戦功をあげ、今では父親に代わって、織田軍の総帥として指揮をとるまでになっていた。光秀が指摘するまでもなく、信長もそれを認めているはずだ。

しかし、信忠では足りないと言う。

「天下をおさめる者は、戦嫌いがいい。ただ、戦下手ではそこまで行けないのが厄介なところだ」

まあ、家康だろうな、と顎をさすりながら言った。

「帰蝶には、戦のない世を見せてやると約束したが、かなわなかった。人は儚いものだな」

光秀は思わず目を伏せる。信長が、帰蝶の名を出したのが意外だった。彼が死んだ者について語ることは滅多にない。

感傷的な口調というわけではなかったが、彼女の死が信長に少なからず影響を与えたことは間違いないだろう。

「俺もそろそろ、自分のしたいことをしてもいいか、と思い始めた」

儂、ではなく俺、になっている。

久しぶりに聞いた。

この場には信長と光秀のほかに誰もいない。

昔の信長に戻ったようだ、と感じた。今も昔も変わらないと思っていたはずなのに、そう感じたということは、知らず知らずのうちに、変わってはいたのだろう。あっというまだったが、思えば、長く生きた。信長も光秀も。

信長がこんなことを言い出した理由も、わからないでもない——と光秀が思った矢先、

「これから先は、俺でなくともいい」

信長が、決定的なことを口にする。

決定的——だと、光秀は思った。だからどうする、とはっきり言ったわけではないが、そう感じた。

こうして自分だけを呼び出して告げたことに、意味があるとわかっていた。

「それは……」

隠居する、という意味か。今だって信長は、当主の座も総大将の座も退いてはいる。しかし依然として、配下の武将たちも、現当主である信忠も、信長を仰ぎ見ている。未だ敵対している者たちも、敵方の総大将を信忠であるとは思っていないはずだ。

名目上はどうであれ、信長がいる限り、織田家の頂点にいるのは信長だった。

信長自身が何と言おうと、それは変わらないように思えた。たとえ出家し寺院に入ったところで、在る場所が城から寺に変わるだけだろう。

「光秀。茶番につきあえ」

信長は言った。

命令というには軽い。断ってもかまわない、というような——そう光秀に思わせるために、あえて軽くしているという印象を受けた。その一方で、光秀が断らないことを、信長はわかっているだろうとも感じた。

「あらゆるものを謀《たばか》る茶番だ。何の大義もなく、ただ俺のわがままのために——やるか、光秀」

自分ひとりが今日、この場へ呼ばれたのはこのためだったのだと悟る。

茶番とは何か、と光秀は尋ねなかった。

今さらためらうことなどない。

とうの昔に——比叡山延暦寺を焼いたときから、心は決まっている。

は、と答えて頭を下げた。

信長は満足げに頷いた。

「ことを起こすのは、皆が京を離れて各地に散っている今がいい。家康には話を通しておきたいが、どこかから漏れても困る。終わってからにするか。一益は少し遠いな。秀吉あたりには、早めに戻ってもらわなければならんが……毛利に手こずっているようだ。まあ和睦が落としどころだろうが……もうしばらくかかりそうだな」

信長の中では、すでに「茶番」の枠組みは出来上がっているらしい。ある程度、手はずもとのっているかもしれない。

つきあえと言っておいて、肝心の中身についてはろくに語らないまま、自分ひとりで先へ先へと考えを巡らせている。勝手と言えば勝手だが、いつものことで腹も立たなかった。

光秀が断るわけがないと、わかっていて言ったのは間違いないだろう。それでも——思ったとおりの結果であっても――断られなかったことに、信長は少し安堵したのかもしれない。饒舌さの理由をそんなところに見出して、光秀は、彼の言う「茶番」の内容に思いを巡らせた。

「秀吉は、近いうちに増援を求めてくるだろう。そのときは増援部隊の兵糧や馬草を調達するだろうから……備蓄が充分となったころあいに仕掛ける。京で何か起きたら、飛んで帰ってこられるようにな」

「何か、とは？」

光秀の問いに、たとえば――と、信長は笑みを浮かべる。

「たとえば、謀反が起きて、俺がおぬしに討たれたら」

第七章

一夜明け、部屋で朝食を食べた後、一階へ下りて庭に出た。

朝食を運んできてくれた仲居から、食べ終えたらサロンに集まるようにと言われていたが、覗いてみたサロンにはまだ誰もいなかったので、最後にもう一度、庭を見ておこうと思ったのだ。誰かに会えないかという、かすかな期待もあった。

もうあと一時間ほどで、同窓会はお開きになってしまうというのに、まだ、颯や柴垣や夏梨奈とは、まともに話すらできていない。前世を伏せたうえでの同窓会というシステム上、はじめから全員と交流することは想定されていないとわかってはいるものの、なんだか不完全燃焼だった。

どうやら、無傷で生還するという最低限かつ最大の目標は達成できそうだが、参加者の前世当てはまだ一部が埋まっていないし、結局、自分の前世はわからずじまいだ。

サロンのほうに人が集まってきたら戻るつもりで歩き始めてすぐに、飛び石の上に立っている夏梨奈の後ろ姿を見つけた。

「緒方さん。おはよう」

声をかけた瞬間、びくっと夏梨奈の肩が跳ね、手に持っていたスマホが落ちる。

「あっ、ごめん！」

真広は慌てて屈みこみ、落ちたスマホを拾いあげた。

幸い、固い石の上ではなく土の上だったのと、ケースをつけていたので、本体にダメージはなさそうだ。待ち受け画面には、制服姿で友達と並んで写った、高校生らしい写真が表示されている。髪型も見た目の感じも今と同じで、最近撮ったもののようだから、彼女が高校生であるという自己申告は嘘ではなさそうだ。

「急に声かけてごめんね。えっと……どうぞ」

「……どうも」

土埃を払って差し出すと、夏梨奈は素直に受け取った。

不愛想だが、昨日より態度が軟化している気がする。話をするなら今がチャンスだ。

とはいえ、いきなり「緒方さんの前世って秀吉だよね」などと斬り込むわけにはいかず、真広は会話のとっかかりを探した。

「同窓会、もうおしまいだね。緒方さんは、会いたかった人に会えた？　話せた？」

結局、ごくあたりまえの質問に落ち着く。

あんたに関係ないでしょ、くらいのことは言われるかもしれないと覚悟していたが、

「……まあ。会いたい人には会えたし、来てよかったと思う……けど」

夏梨奈は言葉を濁しながらも答えてくれた。

「けど」が気になる。その一方で、悔いもあるということだろうか。

どうも歯切れが悪い。単純に、元気がないように見えた。

「あんたは？　話せたの？」

社交辞令なのか何なのか、質問を返されて真広は口ごもる。

今では、自分も、誰かに会いにきたような気はしている。しかし、それが誰なのかはわからない。

どうだろうね、とごまかし笑いをしたら、不愉快そうな表情をされてしまった。

せっかく話ができそうな雰囲気だったのに、失敗した。

そのまま二人きりでいるのも気まずいので、サロンへと移動する。サロンには、すでにひなのと柴垣がいた。真広たちが庭へ出ている間に来ていたようだ。それからすぐに残りの参加者たちも到着する。

まだ同窓会の終了する午前十一時までは少し間があるが、全員が集まったのを見はからったかのように里中が現れ、予定よりも早く会合が始まった。

正確には、そろっているのは、緑川を除く全員だ。

一人足りないことを誰かが指摘する前に、緑川は体調不良で昨夜のうちに宿を出たと、里中から報告があった。

彼の身に何が起きたのか、本当のことを知っているのは、緑川を発見した真広と、宿のスタッフたちだけだ。幹事には当然連絡がいっただろうから、幹事と通じている一部の参加者にも伝わっているかもしれない。

暫定「信長」であり、事故の直前に緑川と会っていたはずの颯は表情を変えない。神谷も同様だった。

対照的に、反応したのは夏梨奈と加藤だ。夏梨奈は動揺した様子で、口を開きかけて、やめる。

「大丈夫なのか」と訊こうとしたのかもしれない。

代わりに加藤が、「体調不良って、持病の発作とか？」と里中に訊いた。

「いえ。ですが、感染症の類ではありませんし、緑川様も命に別状はないとのことですからご安心ください」

里中の口ぶりから、これ以上詳しいことは教えてもらえなさそうだと踏んだのか、加藤は多少不満げではあったものの、引き下がる。

ひなのも柴垣も驚いた表情だったが、特に何も言わなかった。

――颯や神谷が反応しなかったのは、興味がないからか、それとも、すでに事故のことを知っていたからだろうか。

「同窓会は十一時までとうかがっています。十一時を過ぎたら、お帰りになっていただいて結構ですが、こちらのサロンのご利用は十一時半まで可能です。お飲み物や軽食も、ご自由に召し上がってください。お車をご利用の方は、手配しますので、お申しつけください」

このたびは、「さかいや」をご利用いただき、ありがとうございました――そう言って丁寧に頭を下げ、里中はサロンを出ていく。

彼女を目で追うと、サロンの外の、受付カウンターの中に入るのが見えた。参加者たちが全員帰るまでは、そこで待機してくれるようだ。

真広はドリンクコーナーへ行き、カップを手にとった。

参加者たちがそろうのは、おそらく、これで最後だ。何気ない風を装って室内を見回し、観察する。

夏梨奈と加藤は、壁際で何か話している。元気のない夏梨奈を、加藤が気遣っているようだ。初対面ではあれだけ険悪な雰囲気だったのに、一日で随分と関係が改善されたらしい。

カップを手にしたひなのはテーブル席にいる。柴垣に何やら話しかけている。一方的に見えたが、よく見ると、柴垣もときどき頷いたり、相槌を打ったりはしているようだ。

ドリンクコーナーでは、颯が、二人分の飲み物を用意していた。一つは、カウンターにもたれて立っている、神谷の分だろう。

和やかな雰囲気だった。

もう、これで同窓会はお開きになるというのに、焦った様子の参加者は一人もいない。思い残すことはないといった風だ。皆、参加した目的を果たして、満足しているのだろうか。だとしたら、真広だけが蚊帳の外だ。

昨夜も遅くまで考えてはいたが、前世当ては、あと一歩のところで止まっていた。どこからだ。どこから違う。どこで間違えている？

この目でＰＣを確認したのだから、緑川が「長政」であることは間違いない。加藤と夏梨奈が「一益」と「秀吉」であることも固いはずだが、これは彼らの言動からの推測だから、百パーセントとまでは言えない。考え難いが、彼らが最初から演技をしていたということも、ありえなくはない。

それより考えられるのは、ひなのから聞いた、帰蝶が信長たちより先に死んだということや、ひなのの前世がリストの中のどれでもないという情報が嘘だったということだ。

疑い出すと、もはや何を信じて推理を組み立てればいいかわからなくなる。

（吉永さんは、嘘をついているようには見えなかったけど――その理由もないし）

そう見せているだけ、ということはあるだろうか。もしそうだとしたら、理由はきっと、彼女が前世ＩＤを取得せず正体を隠していることと同じだ。

ひなのにただ前世の記憶がないだけなら、たまたま案内状の文字が消えてしまい、前世ＩＤを取得するすべもない、真広とまったく同じ立場ということになる。しかし、記憶があるのに、あえて隠しているのだとしたら、そこには理由があるはずだ。

前世を知られると困る理由――シンプルに考えれば、誰かに恨まれている自覚がある、ということだろう。

正体を伏せる理由を考えれば、最初に頭に浮かぶのはやはり、明智光秀だ。

しかし、光秀の没年は、長政・帰蝶・信長・蘭丸よりは後で、一益・秀吉よりは先なので、「光秀」は、「一益」である加藤より現世での年齢が上でないとおかしい。ひなのも、ついでに言えば真広も、当てはまらない。

そもそも、「光秀」が参加しているかどうかは、ＩＤでは確認できていない。「帰蝶」の発言や、幹事が前世ＩＤなどというシステムを構築していることから、なんとなく、参加しているのではないかと思っていただけだ。

「一益」＝加藤より年上の参加者が三人しかおらず、前世で彼よりも早く死んだ「長政」「信長」「蘭丸」の参加が確定している以上、同じく一益よりも早く死んだ光秀の生まれ変わりは、この同窓会にはいないと結論づけるしかない。

信長の関係者の中で最大の裏切り者である光秀の生まれ変わりでないのなら、ひなのが前世を隠す理由はわからない。

（何か理由があるんだろうけど――そうだとしても、前世の記憶がない僕にまで隠すことはない気がするし。用心深いだけかな）

事実、論理的であるはずの真広の推理には矛盾が出ている。前提とした情報に誤りがあると言うことは間違いない。そして、ひなのの発言だけが根拠である情報について、彼女が嘘をついている可能性を排除することはできない。

しかし、どうしても、彼女が嘘をついているとは思えなかった。

ひなのは真広に前世の記憶がないことも、全員の前世当てをしようと試みていることも知っていて、そのうえで、自分は全員の前世を把握しているとも言っていた。「知っているが教えない」と言っていた彼女が、そのほかの細かい部分で嘘をついたり、わざわざ誤解を招くような言動をとったりするだろうか。

真広は、カップにコーヒーを注ぎ、ソーサーにのせてドリンクコーナーを離れた。

仮に、ひなのがくれた情報のうち、帰蝶の没年だけが嘘だとしたらどうか。

そうすると、帰蝶の生まれ変わりである参加者の年齢は、「信長」や「蘭丸」よりも年上である、という要件はなくなる。そうなると、暫定「信長」である颯よりも若い神谷が「帰蝶」で、残る柴垣が「蘭丸」――そう考えれば、辻褄は合う。

緑川＝浅井長政
柴垣＝森蘭丸

颯＝織田信長
加藤＝滝川一益
神谷＝帰蝶
緒方＝豊臣秀吉

こうだ。

これでやっと、全員の前世が矛盾なく埋まった。

(うーん……筋は通ってるんだけど)

もやもやとしたものが残る。

ひなのがくれた情報のうち、帰蝶の没年だけが嘘だったというのは、どうもしっくりこない。嘘だとしたら、何のための嘘なのか。そこだけ嘘をつく意味がないように思える。

しかし、彼女が嘘をついていないとしたら、推理は成り立たなくなってしまうのだ。


「何ぼーっとしてるのよ」

コーヒーカップを持ったまま突っ立っていたら、声をかけられた。

顔をあげると、アイスティーのグラスを持った夏梨奈が、目の前に立っている。

通行の邪魔になっていたようだ。謝って脇へ退こうとして、チャンスだと気がついた。

夏梨奈は高確率で「秀吉」で、「帰蝶」本人である可能性は薄い。彼女から、情報の裏をとれるかもしれない。

「き、帰蝶様のこと、考えてて」

「帰蝶様？」

何突然、と夏梨奈は眉根を寄せる。声にも表情にも相変わらず険があるが、昨日までよりは随分ましだ。

「本能寺の変のとき、帰蝶様が……その」

どういう訊き方をすればいいのか、迷って視線が泳いだ。帰蝶様はまだ生きてたっけ？　と、ストレートに訊くのはさすがに不自然だ。本能寺の変のとき、帰蝶様はどこにいたんだっけ？はどうだろう。

しかし、真広が迷っているうちに、

「帰蝶様が、もし生きてたら？」

夏梨奈のほうから、あっさりと答えが提示される。

「……うん。うん、そう。何か、変わったのかなって……思って」

夏梨奈は、片手にグラスを持ったまま器用に腕を組んだ。

「帰蝶様が生きてたら、本能寺の変は起きなかったかもってこと？　知らないわよそんなこと」

「そうだよね。ごめん、変なこと訊いて」

「そんなこと、私だって前世で何度も考えたんだから。帰蝶様は、光秀とも結構仲がよかったし……でも、意味ないでしょ」

「そうだね」

帰蝶は、やはり、本能寺の変が起きる前に死んでいた。ひなのは嘘をついていなかった。

ほっとする一方で、混乱する。それでは、何故、推理に矛盾が生じたのか――。

早々に話を切り上げようとする真広を不審に思ったのか、夏梨奈は、物言いたげにこちらを見ている。

「なんで急に、……」

彼女は何か言いかけて、やめた。

そのまま、不本意そうに目を逸らす。

「……いいけど、別に。……前世のこと、あんまり引きずらないほうがいいんじゃない。私が言うのも何だけど」

優しくされた、のだろうか。

突き放されたようにも感じる。

真意を確かめる間もなく、夏梨奈は颯と神谷のいるほうへ歩いていってしまった。

ひなのと夏梨奈が二人して嘘をついているのでなければ、帰蝶が死んだのは、信長より先だ。

つまり、現世において、「帰蝶」は「信長」をはじめ、「一益」や「秀吉」よりも年上のはずだ。

神谷＝「帰蝶」説は消える。

そして、見るからに加藤より若い彼は、「信長」でも「蘭丸」でもおかしいのだ。「一益」は本能寺の変以降も生きていたことが確実で、記録も残っている。本能寺の変で死んだ信長や蘭丸の生まれ変わりは、加藤より年上でなければおかしい。

（実は、高校生って自己申告は嘘で、若く見えるだけとか？　本人も、嘘かもしれないって言ってたし……）

参加者の発言だけが根拠の情報は、すべて不確定だ。神谷は十代半ばに見えるが、それを利用して年齢を偽ったという可能性もある。

神谷は、緑川が転落する直前、客室からルームサービスの電話をかけているから、緑川と会う約束をしていた「信長」ではないはずだ。

その時間帯、ロードワークに出ていた柴垣も、「信長」候補からは除外してもいいだろう。ロードワークの途中に会って、ごく短時間緑川と話し、緑川が転落した後走り去って残りのロードワークを終え、平然と宿へ戻ってくる……というのは、物理的に不可能とまでは言えないが、考えにくい。

アリバイ作りのためにロードワークに出て、計画的に緑川を突き落としたということならあり得るが、緑川自身が、転落は事故だと言っていたし、柴垣がロビーで真広と顔を合わせたのも偶然だ。やはり、柴垣は「信長」ではない、とみてよさそうだ。

とすると、やはり颯が「信長」で——柴垣は颯よりも年上であり、帰蝶の生まれ変わり。神谷は、颯と柴垣よりは年下だが、加藤よりは年上で、蘭丸の生まれ変わり、とすれば、辻褄が合う。

神谷が年齢を低く偽っているか、もしくは、加藤のほうが年齢を高く偽っている、という可能性もある。

そうすると、参加者それぞれの前世はこうだ。

緑川＝浅井長政
柴垣＝帰蝶

颯＝織田信長
神谷＝森蘭丸
加藤＝滝川一益
緒方＝豊臣秀吉

一応理屈はつく。しかし、どうしても、無理やり筋を通したという印象が否めない。

（神谷くんはやっぱり十代に見えるし、加藤さんが嘘をつく理由もない……）

しかし、ほかには考えられない。誤りがあるのが、ひなのからの情報ではないとしたら、後は参加者の実年齢くらいしか思いつかない。

こうなれば、誰かに前世の名前で呼びかけてみて、反応を見るか、と考える。

前世が確定している相手にそれをしても仕方がないから、たとえば、颯に「信長様」と呼びかけてみる――いや、だめだ。よりにもよって「信長」を間違えるというのは、彼の取り巻きばかりが集められたこの場では――相手の本当の前世が誰であっても関係なく――不敬も不敬、特大の地雷を踏むことになりかねない。

身の安全を第一に考えるなら、このままお開きにしてしまうのが一番いいのだ。それはわかっている。しかし、ここまできて、もやもやしたまま終わりでいいのか、とも思う。

せめてこの三十分の間に、誰かと話ができないか。

コーヒーカップを手にうろうろと、カウンターの前を行ったり来たりしていると、カウンターの上に、スマホが置いてあるのが目に入った。そのとたん、液晶画面が明るくなって電話番号が表示される。

マナーモードになっているらしく音は鳴らなかったが、画面が光ったのが見えたのだろう。神谷にコーヒーを運んで戻ってきた颯が、カウンターからスマホを取り上げた。

着信画面を確認して、

「仕事の電話。ちょっと出てくる」

神谷に一声かけてサロンを出ていく。

彼が目の前を通り過ぎるとき、足元を見た。スマートな黒の革靴だ。

偕楽の間にあった靴だった。

やはり颯が「信長」で、「蘭丸」である神谷を同席させて、加藤や夏梨奈といった、かつて配下だった武将たちと面談をしていたということだ。

柴垣に、「帰蝶様ですよね」と、あるいは神谷に「森殿ですね」と、声をかけてみるか？　しかし、「そうだけど」と言われたところで、そこから先の会話が続かない。真広には前世の記憶がないのだ。

そして、もし否定されたら——仮に推理が正しくても、相手が素直にそれを認めるとは限らない。

決心がつかなかった。

神谷と柴垣を見比べていると、視線を行ったり来たりさせている過程で、柴垣の隣にいたひなのと目が合った。

ひなのはにっこり笑って立ち上がる。これをきっかけに二人に話しかけようかと思ったが、彼女のほうから、真広のいるほうへ近づいてきた。

「もうおしまいなんて、さびしいですね」

「うん、あっというまだったね」

ひなのは笑顔だ。口には出さないが、どうですか、皆の前世はわかりましたかと、その目が言っている。

他の参加者たちの前で、「あと少しなんだけどね」と話すわけにはいかない。まだ、完全に安全というわけではない。

しかし、はっきりしないまま終わらせるのも嫌だった。

真広は手の汗を自分の服で拭って、ポケットの中のスマホを握りしめた。

「吉永さん、よかったら……連絡先、教えてもらえないかな」

口の中がからからだ。女の子に、連絡先を訊くなんて初めてだった。

「……いいですよ」

三秒ほどの間があったので、どきどきしたが、ひなのがにっこりして頷いたのでほっとする。

ひなのはスマホを取り出して、真広も使っているメッセージアプリを開いた。

「私、こういう操作って詳しくなくて。えっと、どうするんでしたっけ」

「あ、じゃあ僕が」

二つのスマホを操作して連絡先を交換する。

そうこうしているうちに、十一時を過ぎていた。

皆、時間と同時に出ていくかと思っていたが、意外にもまだ全員がサロンにとどまっている。

しかし十一時半までには、出ていかなければならない。残された時間はわずかだった。

とりあえず自分自身は無事に同窓会を終えることができそうだが、緑川のことも、誰が何のために同窓会を開いたのかということも、はっきりしないままだ。

連絡先を交換できたのはひなのだけで、ほかの参加者たちにはこれから先、接触する機会があるかもわからない。

誰が誰の生まれ変わりなのか、自分なりの解答が正しいか、確かめるなら今しかないのに、確証が持てず、動けないでいる。

電話をしに外へ出ていた颯が戻ってきて、ゲームをしていた神谷が顔をあげた。

携帯ゲーム機をしまい、彼はサロンの出口へ向かって歩き出す。もう行ってしまうつもりのようだ。

「じゃあね」

こちらから声をかける前に、ちらっとこちらを見た彼と目が合って、一言、短い挨拶を投げかけられた。

あ、うん、と間抜けな返事しかできずにいるうちに、神谷は真広の前を通りすぎる。

何か言わなければいけない気がした。けれど、何を言えばいいのかもわからず、真広はただ見送った。

颯と神谷が出ていったのを皮切りに、他の参加者たちも、「そろそろ……」という雰囲気になる。

まず夏梨奈が出口に向かった。目で追っていると、最後にこちらを振り向いたものの、真広のことは無視していってしまう。

彼女のすぐ後ろに続こうとしていた加藤が、真広を見て、気にするなよ、というように笑った。

「じゃあな。あんたも元気でな」

昨日の朝の様子から考えると信じられないほど友好的な態度だ。しかし、真広はその挨拶から、もう会うこともないだろうが、というニュアンスを感じとる。

加藤は晴れ晴れとした表情だ。うらやましく思うとともに、わけのわからないさびしさにかられた。

自分ひとりが置いていかれるような、奇妙な感覚だった。

同窓会が無事に終わってほっとする気持ちより、その焦燥のほうがずっと大きい。

自分には、やり残したことがある。それどころか、何もできていない。

そんな思いが強くなる。

テーブル席に残っていた柴垣も、おもむろに立ち上がり、真広とひなのに目礼をして去った。

彼まで、何か、もの言いたげな目をしているように思える。

まるで、あなたはまだ思い出さないのですかと言われているような気がした。

皆が出ていって、最後にサロンに残ったのは、真広とひなのだった。

「私たちもそろそろ行きましょうか」

お名残惜しいですけど、とひなのが言う。

一緒にサロンを出て、里中に会釈をしてから、旅館の門をくぐった。ひなのは笑顔で真広を見ている。

彼女の「にっこり」は、もしかしたら、見た目通りの他意のないものではないのかもしれないと、今さら気づいた。

その笑顔が、よくできました、と言っているようにも、そこまでですか？　と言っているようにも見えた。

「じゃあ、また。水野さん」

「うん。……またね」

ひなのが歩き出しても、真広はその場にとどまったままでいた。駅のほうへと歩き出した彼女が見えなくなるまで見送る。

同窓会が二日目の午前中に終わるのは、その後京都観光ができるようにという配慮によるものだろう。参加者たちの何人かは、これから、実際に京都の町を観光するのかもしれない。昨日までは、真広もそのつもりだった。けれど今は、別の目的ができた。

今になって――いや、むしろ、この期に及んで、やる気になっていた。

このまま終わりにはできない。

旅館の中へ引き返すと、幸い、里中はまだ受付にいた。

「あの、里中さん」

思い切って声をかける。

「緑川さんの入院先の病院、教えてもらえますか」

＊＊＊

半袖の制服を着た高校生たちが、次々と校門から出てくる。

真広は、狭い車道を挟んだ向こう側、生徒たちの出入りがよく見える位置に立って、それを眺めている。

日を浴びてきらきらしている小麦色の腕を眺めて、若さが眩しいなあ、と呟いた。

自分が高校生だったのは、そう昔のことでもないのに、記憶はすでに遠い気がする。

真広は童顔だから、顔だけを見れば、あの中に交じっても、それほど悪目立ちせずに溶け込めそうだ。しかし、制服を着ていないだけで、ここでは異物だ。不審がられないよう、スマホをいじるふりをして、下校中の生徒たちを観察した。

見慣れない制服姿の群れの中から、見知った顔を探そうと目をこらす。

たった二日足らず一緒に過ごしただけだが、彼らの顔はしっかり覚えていた。一目でわかるはずだ。

（あ。――あ、れ？）

最初に見つかった見知った顔は、意外なものだった。

校門の脇で誰かを待っている様子の、男子生徒――だが、予想していた顔とは違う。見間違いかと目をこすったが、間違いではなかった。

（ああ、でも、そうか）

自分の推測が正しければ、彼がここにいてもおかしいことは何もないのだ、と気がつく。ただ、彼の登場までは予想していなかったから、少し動揺した。

その彼が、何かを見つけた様子で動き出す。

待ち合わせの相手を見つけたようだ。

彼の視線の先を見ると、野暮ったい眼鏡をかけて前髪を長く伸ばした少年が校門から出てくるところだった。神谷藍だ。こちらは、発見できるはずだと予想していた。

神谷は明るい茶色の髪をした少女と一緒にいる。緒方夏梨奈だった。

二人を見て、自分の推測が間違っていなかったことを確信する。

校門を出たところで合流した三人は、並んで歩き出した。真広も、距離をとってついていく。

彼らが角を曲がり、まわりにほかの生徒たちがいなくなるのを待ってから、後ろから駆け寄って一気に距離をつめた。

「織田信長！」

大上段に腕を振りかぶって、名前を呼ぶ。

最初に振り向いたのは神谷だった。

夏梨奈が、とっさに神谷をかばうように、彼と真広との間に入る。

それと同時に、真広の腕は何者かにつかまれ、くるりと反転させられていた。

何かの技をかけられたのか、気持ちいいほど簡単に身体が回転する。

手加減されたのだろう、不自然な体勢にはなったものの、真広の身体は技をかけた本人の膝に支えられるような形になり、地面には叩きつけられずに済んだ。

つかまれたままの腕は、びくとも動かない。強くつかまれているせいで多少痛い。

「おけがはありませんか」

「うん」

真広をひっくり返した彼の言葉に、神谷が応じる。突然襲いかかられたのに、動じる様子もない。

自分を押さえ込んでいる相手を――制服姿の柴垣を、真広は間抜けな体勢で見上げた。

そして、やっぱり武人だったなあ、とのんきなことを思った。

「何、あんた……同窓会にいた」

勇ましく神谷を背に守る形で立った夏梨奈が、暴漢の正体に気づいた様子で怪訝な表情を浮かべる。

「……いい、放せ」

神谷が言うと、柴垣はすぐに真広から離れた。

解放されたものの、支えを失う形になって、真広はその場に尻もちをつきそうになる。かろうじて体勢をととのえ、立ち上がった。

「あ、はは……やっぱり」

つかまれていた腕をさすりながら、目の前に立つ神谷を見る。

彼は腕を組んで仁王立ちになっている夏梨奈と、いつでも動けるように片側に重心をかけて真広から目を離さずにいる柴垣とを、左右に従えて立っている。

自然と笑みがこぼれていた。

「やっぱり君だったね」

神谷くんが、「信長様」だ。

真広の指摘に、神谷は軽く目を細めた。

「遅い」と言うように。

第八章

四人でカラオケボックスに移動した。ここなら周囲の目を気にせず話せるし、邪魔が入る心配もない。

夏梨奈が入室の手続きをして、部屋に入った。神谷はどこかに電話をかけている。

その間、真広は広めの部屋の中に、夏梨奈と柴垣と三人で残された。

夏梨奈は、腕と脚を組んで座り、ずっと真広を睨みつけている。逃げないよう見張っているのか、それとも、先ほど、神谷に殴りかかるふりをしたのを根に持っているのか。あくまでふりだったのだが。

気まずくて彼女から目を逸らすと、必然的に、柴垣のほうを向く形になった。

同窓会でも思ったが、改めて見ても、がっしりとした体格で、やたらと姿勢がいい。無口で無表情なのもあいまって、ますます武人然として見える。カラオケボックスが似合わない、と思ったが、もちろん口には出さなかった。

柴垣は、神谷たちと同じブレザーの制服を着ている。つまり、高校生なのだ。

三十代くらいだろうとか、老け顔なだけでもう少しは若いかもとか、勝手に考えていたことは、申し訳なくて、こちらもとても口に出せない。

「柴垣さんは、誰の生まれ変わりなんですか」

「森成利です」

尋ねると、あっさり教えてくれた。同窓会を経て、真広が無害だとわかっているということだろうか。森成利、つまり森蘭丸だ。

「何よ、知らなかったわけ？」

夏梨奈が腕組みをしたまま言った。

「うん、……えっと、そうかなとは思ってたんだけど、確信はなかったっていうか」

神谷が「信長」なら、前世が確定しないのは颯と柴垣の二人だけだ。柴垣の前世は、帰蝶か蘭丸かの二択しかない。そこまで絞れてはいたのだが、「信長」の正体に行きあたったところで興奮して、あまりきちんと考えていなかった。

「神谷くんと柴垣さん……くん？　は、二人とも高校生なんだよね。ってことは、前世で、信長と蘭丸は同時期に、その……死んだってことになるのかな」

柴垣は無言だった。表情も変わらない。代わりに夏梨奈が何か言おうとしたようだったが、口を開きかけたときにドアが開いて神谷が入ってきた。

「颯とひなのと信也に連絡した。信也は東京で仕事があって、今日中には来られそうにない。颯は仕事が終わり次第合流する予定だけど、もうしばらくかかりそうだ。ひなのは今向かってる」

言いながら、彼らへの連絡に使ったのだろうスマホをしまう。

信也、と聞いて、一瞬誰のことかと思ったが、すぐに加藤の名前だと思い出した。今日は都合がついたりつかなかったりのようだが、皆、呼べば来られるくらいの距離に住んでいるということか。

柴垣が「飲み物をとってきます」と立ち上がる。

「何にしますか」

「炭酸で甘いやつ」

神谷が答えた。世話を焼かれ慣れている。

柴垣が夏梨奈を見、夏梨奈は、「甘くないのなら何でもいい」と言った。

「あんたは水でいいでしょ？」

「お、おかまいなく……」

彼女はソファから立ち上がろうとしない。神谷と真広を密室に二人きりにするまいと思っているのだろう。

彼女の視線から逃れて、真広は今度は、自分と直角になる位置に腰を下ろした神谷を見る。

「み、皆近くに住んでるんだね」

「水野さんも岐阜だから近くといえば近くでしょ」

住所は知られているようだ。同窓会の案内が送られてきたのだから、それはそうか。

「僕とひなのはもともと同じ市内に住んでたんだ。颯とか夏梨奈は、記憶が戻ってから集まってきた。信也はそれほど近くってわけじゃないけど、全国を飛び回ってるみたいだから、こっちに来ることも結構あるって言ってた」

話しながら、神谷は鞄から携帯ゲーム機を取り出した。同窓会でも持っていた、あのゲーム機だ。ひなのたちが着くまでゲームをして待つつもりなのかと思っていたら、ちらりと見えた画面はゲームではなさそうだ。

「それ……」

「ああ、これ、ネットにもつなげるから。同窓会で、幹事とのやりとりは、これでしてた」

画面に映っているのは、ブラウザ版のチャット用ツールの画面だ。

神谷は慣れた様子でチャット画面に何やら打ち込み、何度か相手とやりとりをした後、今度はスマホを出して操作し始める。

「今からリモートでつなぐ。こっちだと音声の通話はできないから、今日はスマホを使うけど」

「つなぐって……え、同窓会の幹事さんと?」

「そう。後で本人から自己紹介させるよ。つながった」

神谷はスマホを、机の上に立てて置いた。

オンライン会議用のフレームが表示されているが、その中に、通話相手の姿はない。代わりに、「アオイ」という名前と、どこかで見たような、葉っぱが三つつながった形のアイコンが表示されていた。

ああ、葵の葉。葵の紋か。時代劇でよく見るやつだ、と思い当たる。名前に合わせて洒落で選んだにしても、アイコンのチョイスが渋い。

「ちょっと今、向こうからは話せないんだけど、こっちの話は聞いてるから。そのうちカメラとマイクもオンになると思う。先に進めよう」

神谷が同窓会でずっとゲーム機を見ていたのは、ゲームをしていたわけではなく、幹事との情報共有に使っていたらしい。

神谷はゲーム機も、スマホの横に置いた。移動中なのか人のいる屋内にいるのか、どうやら発言ができない状態らしい幹事から、ゲーム機のチャットツールのほうに連絡がきたときのためだろう。

トレイに四人分のドリンクをのせた柴垣が戻ってきて——真広のぶんは水ではなく烏龍茶だった——端の席に座ると、神谷は「さて」というように口を開いた。

「で。どこまでわかってるの？　どうやってわかったかも一緒に説明して」

世話を焼かれ慣れているだけでなく、命令もし慣れている。ひなのたちを待たずに、先に始めるらしい。

真広は柴垣が差し出してくれたグラスを礼を言って受け取り、「何から説明したらいいのかな」と頭を掻いた。

「参加者の誰が誰の生まれ変わりなのかについては、大体わかってると思う。あくまで大体だし、全部自力でわかったわけじゃないんだけど」

どうやってわかったかについては、大分回り道をしたから、一から説明すると長くなる。

「神谷くんが『織田信長』、緒方さんが『豊臣秀吉』で、加藤さんは『滝川一益』だよね。柴垣さんは今教えてもらって、『森蘭丸』……じゃなくて、『森成利』、が正しいんだっけ。となると……颯さんが『帰蝶』」

言いながら三人を見回した。反論がないということは、正解なのだろうと判断して続ける。

「神谷くんが『信長』だってわかったのは、緑川さんのお見舞いにいって、かまをかけたからなんだけど……でも、それがわかると、他の色んな事もつながった。緑川さんが神社の石段から転落したことは、皆知ってるよね？」

三人とも、何も言わなかったが、否定もしなかった。柴垣だけが、わずかに頷いている。

事件直後は知らなかったとしても、幹事と連絡を取り合っていた神谷は当然知っているだろうし、その取り巻きの参加者たちにも伝わっているはずだと思っていた。

「緑川さんは、浅井長政の生まれ変わりだった。緑川さんは、『信長』に――神谷くんに呼び出されて神社に行ったけど、転落直前に緑川さんと会っていたのは、緒方さんだよね」

夏梨奈は相変わらず、挑むような目でこちらを見ている。真広に名前を呼ばれたとき、さらに眉の角度がきつくなった気がしたが、見なかったことにした。

「僕は、緑川さんが転落したとき、誰かと言い争うような声を聞いたんだ。緑川さんは、自分のことを裏切り者だって言ってた。だから、前世で信長様に近かった誰かと言い争いになったんだろうと思った――その時点では、それが誰かまではわかっていなかったけど」

翌朝の様子からおそらく、夏梨奈だろうとは思っていたが、それを言うとまた怒らせそうなので触れないでおく。

「緑川さんは、誰と会っていたのか言わなかったけど、お見舞いに行ったとき、もう知ってるってふりでかまをかけてみたら、あの場に緒方さんがいたことを否定しなかった。その上で、あれは事故だった、って教えてくれたよ」

同窓会の後、真広は里中から緑川の入院先を聞き、「さかいや」を出たその足で彼を見舞った。彼は患者衣を着てベッドにいて、真広が顔を出すと、驚いていた。同窓会ではきっちりとセットしていた髪が下ろされていて、砕けた雰囲気だ。

手や顔や色んなところに包帯を巻かれたりばんそうこうを貼られたりしていたが、思っていたより元気そうだった。

頭を打っていないかの検査のために入院しただけで、今日明日中に退院できる見込みだという。

「退院前に会えてよかったです。あ、もちろん、けがが軽かったことも」

真広が言うと、緑川は、お騒がせしました、と頭を下げた。

真広は、見舞客用らしい椅子を引き寄せ、腰を下ろした。図々しいかなと思ったが、彼には聞きたいことがある。

「緑川さんは、体調不良で先に帰ったことになっています。加藤さんとか、びっくりしてました」

「そうしてほしいと、私から、里中さんを通して幹事にお願いしたんです。大事にしたくなかったので……水野さんには、見られてしまいましたが」

真広だけでなく、ほぼ間違いなく幹事とつながっている「信長」には伝わっているはずだ。「信長」から、さらに他の参加者にも伝わっているかもしれない。そうすると、緑川の事故のことを知らない参加者のほうが少ないくらいだろう。反応を見た限り、加藤や柴垣は知らなかったようだったが、演技でないとも言い切れない。

真広が勝手にベッドの脇に座り、長話をする態勢になっても、緑川は咎めなかった。

昨夜、何があったのか、「第一発見者」である真広には話さないわけにいかないと考えているのかもしれない。これ幸いと、真広は質問を投げかける。

「昨日の夜、神社の階段から落ちる前、緑川さんは『信長様』と会っていたんですよね」

緑川は否定しなかった。真広がどこまで知っているかわからない以上、嘘をつくのは得策ではないと考えているのかもしれない。

「私が落ちたのは、彼とは関係がありません」

「わかっています」

まるで、信長の正体も会合の目的も、すべて知っているかのように話を合わせた。

「でも、一人で足を滑らせたわけでもない。そうでしょう?」

思わせぶりな言い方をして、緑川の反応を見る。

昨夜、緑川が転落する直前、争うような声と、足音を聞いた。だから、あの場にもう一人いたはずだということは知っている。しかし、真広が知っているのはそれだけだった。

さも、言い争いの相手が誰だったかも知っているかのように話すことで、あわよくば緑川が相手の名前を漏らしてくれないか、と思ったのだが、彼は引っかからなかった。

仕方なく、真広は次のカードを切る。

「――緒方さんとの間に、何があったんですか」

確証はなかったが、おそらく間違ってはいないはずだ。

根拠は推理でも何でもない。緑川が体調不良で宿を出たと里中に告げられたとき、神谷と颯は、自分で突き落としたにしては冷静すぎたし、加藤と柴垣は何も知らないように見えた。それで、彼女だろうと当たりをつけた。

生まれ変わった今でも信長に心酔している様子の夏梨奈には、前世で信長を裏切った浅井長政を、そしてその生まれ変わりである緑川を恨む理由がある。

緑川は小さく息を吐いた。

当たりだったようだ。

「私が信長様と話をして、別れた後、彼女が現れて……言い争いになったんです」

緑川が、観念したように話し出す。

やった、と思ったが、表情に出さないよう気をつけて頷いた。

「何故信長様を裏切ったのかと、問い詰められました。本当は、前世でその問いをぶつけたかったのでしょうね。私の……長政の裏切りがどれだけ信長様を傷つけたのか、わかっているのかと。信長様が私を許している様子なのも、納得がいかなかったのでしょう」

緑川は言葉を切り、真広を見る。

「彼女の前世は……秀吉殿ですか？」

夏梨奈は、自分からは緑川に前世を明かさなかったらしい。ただ、信長を慕っていた者であることはすぐにわかっただろうし、「信長」から、ある程度は事前にヒントがあったのかもしれない。

真広が頷いてみせると、緑川は、やはり、というように頷き返した。

「緒方さんと加藤さんは、最初の顔合わせのときから、前世で信長様を裏切った人たちに敵意を持っていましたけど……『信長様』は、前世で自分の配下だった参加者たちと個別に会って、前世での恨みは忘れろという趣旨のことを言ったみたいです。それで、加藤さんは、矛をおさめた感じでした。でも、緒方さんは……」

「納得できなくて当然です」

彼女を責めるつもりはない、と示す意図なのか、きっぱりと言って緑川は首を振る。

「私が階段から落ちたのも、本当に事故なんです。言い争いになった後、彼女を呼びとめようとして、振り払われて、私が勝手に体勢を崩した。それだけのことでした。彼女のせいではないし、まして、信長様には関係がない。でも、私が信長様と会っていたことは、メッセージの送受信記録でわかってしまいますから……あの方に迷惑をかけないかだけが気がかりでした」

それで、駆けつけた真広に、信長ではないと真っ先に言ったのだ。結果的に、命に別状のあるようなけがは負わずに済み、意識もあったので、自分で病院に「事故だ」と伝えることができたようだが、あのときは緑川も必死だったのだろう。

生まれ変わってもなお信長を慕っているのは、彼も同じなのだ。

「『信長様』と、何を話したんですか。言える範囲でいいので、教えてください」

椅子を引いて、少し緑川のベッドへの距離を詰めて言った。

「緑川さんは、浅井長政の生まれ変わりですよね」

そうつけ足したのは、「ここまでは知っている」と伝えておかないと、それこそ「信長」に迷惑をかけることを気にして彼が口をつぐんでしまうと思ったからだ。

「信長様とは、最後、敵対した。それなのに、緑川さんはこの同窓会に参加して、『信長様』からの呼び出しにも応じた……それは何故ですか」

前世で戦い、勝利したのは信長だ。とはいえ、長政は信長との同盟を破棄し、一度は、あわやというところまで信長を追い込んだ。長政に裏切られることを全く予想していなかった信長は完全に不意を突かれた形になり、秀吉たちの活躍がなければ、金ヶ崎で死んでいたとしてもおかしくなかったと、インターネット上の歴史をまとめたサイトに書いてあった。

緑川も、「長政」として自分が「信長」や彼の信奉者たちに恨まれているだろうという自覚はあったはずだ。

そう考えると、この同窓会に参加したことはもとより、夜に、人気のない神社への呼び出しに応じることは、無防備すぎるように思えた。

「もう一度会いたいと思ったからです。それに、謝りたかった」

緑川が、ベッドの上で目を伏せて答える。

「私が前世で何故、信長様を裏切ったか、そんなことを説明するつもりはありませんでした。何を言っても言い訳にしかなりません。意味がない。裏切ったのは間違いがないのですから。わかってほしい、許してほしいなどと考えること自体が傲慢です。それでも、一言謝りたかったんです。実の兄弟のように信頼してくれたのに、私もそれに報いようと誓ったのに、私は」

言葉を詰まらせ、一度口を閉じた。

真広は黙って待つ。前世で長政が何故信長を裏切ったのか、真広は知らないが、彼がそれを悔いていることはわかった。その理由を問うのも、彼の言うとおり、意味のないことだ。

「――今さら謝ったところで、何にもならないとわかっていましたが、信頼を裏切って、罵られることもないままで、一度も顔を合わせず別れることになってしまったことが、悔やまれてなりませんでした。私の裏切りにあって、その後も戦い続けたあの方が、本能寺で、また……あれほど信頼していた相手に裏切られて死んだのだと思うと、胸が張り裂けそうで」

しばらくして、再び口を開いた緑川の声は落ち着いていた。

「でも、彼自身が、そうではないと教えてくれました。後悔と罪悪感で押しつぶされそうだった私のために、伝えてくれたんだと思います。あんな同窓会を開いたのも、きっと……本当のことを知らずに、前世の憎しみや後悔を捨てられずにいる人たちのためで」

本当のこと、の意を問いただしたいのを我慢して真広は頷く。

緑川が、今、そうと知らずに話そうとしているのは、おそらく、真広だけが知らされていない事実だ。

緊張を表に出さないよう、そっと手のひらを握り込んだ。

「本能寺の変の真相がどうであれ、前世の私が……浅井長政が信長様を裏切ったことには変わりありません。でも、信長様は、気に病むことはないと言ってくれました。その後自分がどう生きたのか話してくれて、恨みも未練もないと。それで私の罪が消えたわけではありませんが」

救われました、と言って、彼は真広を見る。穏やかな表情だった。

「驚きました。それまで自分が信じていた歴史がひっくり返ってしまったので……」

来た、と思いつつ、「そうですよね」と真広が微笑んでみせると、緑川は、気が緩んだのか、笑い返してくる。共感を得たと思っているのだろう。自分が、他人に警戒されにくい、のんきで無害そうな外見をしているという自覚はある。舐められやすいせいで普段苦労している分、こういうときくらい活用することにする。

「前世での自分が死んだ後、そんなことが起きていたなんて。あの方らしいといえばあの方らしくて、納得はしましたが」

「信長様ですからね」

「ええ、本当に」

同志のように笑い合い、これまでになく和やかな雰囲気になった。偽りの連帯感で、多少の罪悪感があったが、ぎすぎすしているよりずっといい。

「でも、よかった。信長様が、光秀殿に裏切られたのでなくて。信長様が、信長様らしく最後まで生きられたとわかって――それだけで、同窓会に参加した甲斐がありました」

笑顔を作って聞いている真広の心臓の鼓動が速くなる。

思いもかけないことだった。

緑川は、本能寺の変の真相をほのめかしている。

それがどれだけ重大なことかは、歴史に疎い真広にもわかった。

そして、同窓会における前世当てにおいても、これはとても重要な情報だ。

しかし、緑川は、それ以上のことは言わなかった。どうにか詳細を引き出したいが、動揺を抑え込むのに精いっぱいで、うまくやれる気がしない。

転落直前に会っていた相手が夏梨奈だと指摘したときのように、颯が「信長」だと決め打ちして話を振り、緑川の反応を見ようかとも一瞬考えたが、ここでもし間違えたら、話はここで終わってしまう。リスクが高すぎる。かといって探るような話し方をするのが得策だとも思えなかった。不審に思ったら、緑川はすぐに会話を打ち切るだろう。話題は慎重に選ぶ必要がある。

「彼が信長様の生まれ変わりだと……呼び出される前から、緑川さんはわかっていましたか？」

あくまで軽く、世間話のような風を装って訊いた。

緑川は、「いいえ」と首を振る。

「最初はわからなかったんです。でも、一度目が合って、見つめられて、そのときに、あっと思いました。何か、自分の奥にあったものが呼び起こされるような感覚があって。もちろん、確信したのは、神社で会ったときですが」

そして――まさか真広が「信長」の正体を知らないとは思ってもいない様子で――「でも」と苦笑しながら続けた。

「驚きました。あの頃と違う姿なのは当たり前なんですが、予想していなかったので――まさか、高校生だとは」

＊＊＊

「同窓会の夜、僕が忍《しのぶ》を呼び出したのは、前世のことは気にするなって言うためだった。恨んでなんかいないって」

神谷が、サイダーのグラスを手にとって言った。

その場の全員に注目された状態で、一方的に話すのはちょっとやりにくい。真広がそう思ったのを察したのか、偶然そのタイミングだったのかはわからない。

忍？　と訊き返そうとして、緑川のことだと気がついた。全員のフルネームを含む個人情報を、神谷はすでに把握しているらしい。

「生まれ変わって別の人間になったのに、まだ気にしているみたいだったから。長政にも立場があっただろうし、前世の僕――信長も、ちょっと言葉が足りていなかったからね。最初に北近江を発った浅井軍の中に、長政本人はいなかったたって、後で聞いて知っていたし、浅井家の中で何があったかは、なんとなく想像はついたよ」

神谷は、緑川を許したのだ。前世を引きずることはないという意味だと思っていたが、この口ぶりだと、前世での信長も、とっくに長政を許していたのかもしれない。いずれにしろ、緑川は救われただろう。転落して骨折までしたことを差し引いてもお釣りがくるほどだったに違いない。

だから彼は、駆け寄った真広に、何より先に、「あの方ではない」と言ったのだ。

「ついでに、同窓会を開いた理由とか、歴史として知られていることの裏側で何があったのかとかもちょっと話して、別れて……その後、一人になった忍に、夏梨奈が食ってかかった、らしい。そう聞いてる」

神谷は、目だけ動かして、視線を夏梨奈へ向ける。促されるように、今度は夏梨奈が口を開いた。

「窓から外を見ていたら、あいつが外に出ていくのが見えたの。そのまま見ていたら、信長さ……藍くんも出てきたから、気になって、追いかけた」

そして、二人が話しているのを立ち聞きして、神谷が立ち去った後、緑川と言い争いになった――というか、彼女が一方的に緑川に怒りをぶつけたのだろう。

「緒方さんは、緑川さんが『長政』だって知ってたの？」

「教えられたわけじゃないけど、わかってた。送信先リストに名前があったから、消去法。それに、猿のモチーフがどうのって話してるのを聞いたし」

サロンで真広が緑川に刺繍入りのハンカチを渡したとき、夏梨奈がこちらを睨んでいたのを思い出した。あれは、真広ではなく、緑川に向けた目だったのだ。

「忍が階段から転落してしまった経緯については、直後に夏梨奈から報告を受けていた。幹事宛に宿のスタッフからも連絡があったけど、その前にね。命に別状はないらしいとわかったから、翌日病院に見舞いに行った。夏梨奈が忍に謝罪するのに、僕たちが立ち会ったような形かな」

親切にも、神谷は真広のほうを見て「僕たちっていうのは、僕と颯と大海《ひろみ》だよ」と付け足す。

ひろみ、とおうむ返しに呟いた真広に、柴垣を目で示した。柴垣の名前は大海というらしい。

「信長」と「帰蝶」と「蘭丸」で立ち会って、配下の武将たち二人のいざこざを手打ちにした、という図になるわけだ。

転落の翌日ということは、真広が病院を訪ねたのと同日だ。入れ違いになったのだろう。神谷たちが先に緑川と話していたら、「信長」の正体について、彼が真広に口を滑らせることはなかったかもしれない。

「緑川さん、僕にも言ってました。あれは事故だったし、緒方さんを恨む気持ちはないって」

夏梨奈は腕と脚を組んだままだったが、どこか居心地悪そうにしている。

「私たちの学校まで、どうやって調べたのよ」

彼女はスカートのプリーツを気にするそぶりを見せながら、座る位置をわずかにずらして尋ねた。

「同窓会の最終日、サロンに集合したとき、緒方さんのスマホの待ち受けが見えて、制服を覚えてたから……」

「は⁉　女子の制服見て学校がわかったわけ？　気持ち悪い！」

「ち、違、……それは最後の確認のためで！　緒方さんはフルネームがわかってたから、まず検索して、そしたらチアリーディング部の活動報告で名前があったから……！　ネットで学校の紹介ページを見たら制服も同じだったから、それで所属してる学校がわかって」

嫌悪感をあらわにされ、慌てて弁明する。夏梨奈の表情が完全に不審者を見るそれだ。焦って早口になり、説明の順序もとっちらかった。

神谷と柴垣の視線に気づき、態勢を立て直す。

「それで、えっと……学校がわかって、だから、電話してみたんだ。親切にしてもらった生徒の落とし物を拾ったから、学校宛に送っていいかって。そしたら、夏休み明けに転校したって言われて。その転校先が名古屋の学校だったから、きっと神谷くんのいる学校に移ったんだ、ってピンときた」

神谷もフルネームがわかっていたので、検索した。夏梨奈のときほど簡単ではなかったが、あるはずだ、と思って探せば、情報は見つかった。夏梨奈の転校先の高校に通う生徒の個人のSNSに、神谷の名前と、彼が写った写真が――加工されていたが――一枚だけあげられていた。

それを見て、夏梨奈が、同窓会をきっかけに、「信長」である神谷のいる学校へ転校したのだと確信した。それで、直接話をするため――自分の推測が正しいのかを確かめ、わかっていない部分を埋めるために、下校時刻に合わせて校門の見えるところで待ち伏せしていた、というわけだ。

柴垣まで同じ学校にいるとは思わなかったが、結果的に、こうして三人と会うことができた。

ほかの参加者たちも、神谷の近くに集まっているかもしれないとは思っていたので、想定外とまでは言えないが、どうやら颯やひなのともこれから合流できそうで、思った以上の収穫だった。

「何で名古屋だと僕なの？」

グラスを手にした神谷が訊く。名古屋の学校と聞いて何故自分を連想したのか、という質問だろう。

「颯さんの職場も名古屋の美容院だったから。神谷くんの近くに皆集まってるんだろうなって思った」

真広も烏龍茶のグラスを手にとった。口の中が乾いている。ごくごくと二口飲んで息を吐き、グラスを置いた。

「颯さんの名字って、神谷っていうんだね」

神谷を見て言う。

「これも、電話で確かめたんだ。あ、電話番号は、颯さんの携帯に電話がかかってきたとき表示された番号を見たんだよ。検索してみたら、名古屋にある美容院の番号だった。電話をかけて、颯さんはいますかって言ったら、神谷でしたら週明けまでお休みをいただいておりますって言われて、フルネームがわかった」

神谷が、へえ、というように瞬きをした。

「スマホの画面を見ただけなのによく番号を覚えていたね」

「ちらっとでも、一度見たら覚えるよ。特技なんだ」

子どものころから将棋をやっていたからだろう。数少ない特技だ。「さかいや」で、案内状を確認したときにも役立った。

颯が勤務先の電話番号を登録していたら、番号は表示されなかっただろうから、その点は運がよかった。

颯の名字もまた神谷だとわかって、そのとき、真広の中で一つ謎が解けた。

緑川が転落する前に里中が内線電話で話していた相手――ルームサービスを頼んでいた「神谷様」は、藍ではなくて颯だったのだ。神谷藍は、そのとき、神社で緑川と会っていた。

神谷が「信長」であることを否定する要素は、それですべてなくなった。

「やっぱり、血縁関係があったりする？」

「従兄弟だよ」

またしてもあっさりと教えてくれる。

親しげに「藍ちゃん」と呼んでいた理由がわかった。

「記憶が戻ったのは颯が先だ。たぶん、僕たちの中では一番早かったんじゃないかな。僕が思い出さなかったら、何も言わないつもりだったらしい」

しかし、やがて神谷は前世の記憶を思い出した。そして、同窓会を経て、颯だけでなく、夏梨奈や柴垣も、彼のもとへ集うこととなったわけだ。

神谷は多くを語らなかったが、そのあたりにも色々ドラマがありそうだ。

「前世を引きずる必要はない、自由に生きろと言ったんだけど」

「これが私の自由意思よ」

神谷の言葉に、間髪を容れずに夏梨奈が言う。柴垣も無言でうなずいた。

まあ好きにすればいいけど、と言って、神谷はまんざらでもなさそうに笑っている。

「大海は、もともと同じ高校だったんだ。というか、今年入学してきたんだけど。示し合わせたわけじゃないし、そのころはまだお互いの前世もわかってなかったから、もしかしたら前世でかかわりがあった者同士は引き合うのかもね。その割に、偶然近くに住んでたのは大海だけだけど」

柴垣を見ながら言った。

「颯は最初は横浜に住んでいたんだ。血縁者だけど、年に何度か会うくらいだったんだよ。こっちへ来たのは、僕の記憶が戻ってから」

「そうなんだ」

皆の記憶がいつ、どういうタイミングで戻ったのか。何故戻ったのか。ほかの参加者たちが前世で自分とかかわりのあった者たちだと、何故わかったのか。そして、どうして同窓会を開いたのか――。

他にも色々、聞きたいことは山ほどある。ありすぎて、何から聞いたらいいのかわからないほどだ。

「聞きたいことが多すぎてまとまらない……」

「まだ時間はあるし、ゆっくりまとめなよ」

神谷はサイダーをもう一口飲んで言った。真広よりも格段に落ち着いていて、余裕がある。相手は高校生なのに、と思うと情けない気もするが、彼に「信長」としての記憶があることを考えると仕方のないことだと言えた。

実年齢プラス五十年分の人生経験があるのだ。

しかし、年齢の割に大人びているにしても、神谷がそこまで老成しているようにも見えない。夏梨奈もそうだ。前世の記憶があるというのは、どういう感覚なのだろう。

これについても後で訊こう、と頭の中の質問リストに加えておく。

「こっちもまだ聞きたいことはあるよ。どうやって僕たちの前世がわかったのか、まだ説明を聞いてない」

サイダーのグラスを片手で持って、リラックスした姿勢で座った神谷が言った。まだ、おまえが答えるターンは終わっていないぞ、と釘を刺されてしまった。

真広は、「そうだったね」と応えながら、あーやっぱり言わなきゃダメか、と肩を落としたくなるのを我慢する。

胸を張って話せるような経緯でもない。かといって、お茶を濁すのは無理そうだった。

「その、……大部分は推理じゃないんだ。さっきも言ったとおり、最終的に誰が『信長』かは、緑川さんにかまをかけてわかったんだけど、その前の段階も」

視線を泳がせたが、夏梨奈も柴垣も自分を見ている。

観念して続けた。

「参加者の中に誰の生まれ変わりがいるかは、まず案内状を見て……それから、緑川さんの部屋のパソコンを盗み見て」

「ズルじゃない」

「すみません……」

夏梨奈にずばりと言われてうなだれた。

別にルールがあったわけではないので逸脱行為も何もないのだが、緑川のパソコンを見たことについては後ろめたさがあったので、反論できない。

夏梨奈のこれまでの反応からして、もっと罵られるかと思ったのだが、彼女はそれ以上真広を責めることはなく、

「ほんとに、前世の記憶がないいんだ」

ぽつりと呟いた。

誰から伝わったのか——誰に聞かなくても、ここまでくれば推察できることではある。

「うん。なんとなく、信長様への気持ちというか……前世の自分の感情なんだろうな、みたいなのを感じることはあるし、前世っぽい風景を夢で見たことはあるけど。案内状の宛名が雨で流れちゃって、それで……わからないまま参加したんだ」

同窓会の中で何度か、何かを思い出しかけた。しかし結局、それは真広の手をすり抜けるように消えてしまった。

今は、なんとなくの感覚で、自分もかつて彼らと同じ時代に生きたのだろうとは思っている。しかし、そこから先のことはわからない。自分の前世が誰なのか、真広は今もまだ知らない。

「そうだ、案内状を見たとき、もうひとり、名前がない案内状があったんだけど。あれって、吉永さんだよね」

一つ思い出して訊いた。

神谷が頷く。

「そう。もうすぐ到着するだろうから本人に訊けばいいよ」

ひなのの言うことを信じていなかったわけではないが、これではっきりした。

参加者たちの前世当ては——自分の前世が不明なこと以外は——すべて合っていたと確認できた。自分でも間違いないだろうとは思っていたが、何度かひっくり返されているから、改めて肯定されると安心した。

「幹事さんに、前世で死んだ時期と現世での年齢の関係を確認するまで、僕、結構的外れなこと考えてて。『光秀』が参加してるはずだとか、『お市の方』が参加してるはずだとか、仮説の前提にしたところがまず違ってたから」

「お市が?」

何故そこでその名前が出てくるのだ、と神谷は不思議そうにしている。夏梨奈や柴垣も同様で、怪訝な表情だ。

自分に歴史の知識がなかった故の間違いを、改めて話すのは恥ずかしかったが、一益の名前の読みを勘違いしていたこと、そのため、偕楽の間で聞こえた「いち」という呼びかけから、それがお市の方のことだと思い込んだことを打ち明けた。

「記憶がない上、歴史にも疎いの?」

夏梨奈が、呆れ七・蔑み三くらいの割合の視線を向けてくる。

「ネットにも『かずます』って書いてあったんだよ」

「名前の読み方は、後世では混乱していることもままありますから」

珍しく柴垣が口を開いたと思ったら、フォローされた。その目に哀れみを感じていたたまれない。

「吉永さんにヒントをもらって、参加者にお市の方の生まれ変わりはいないってわかった。吉永さんと僕を除いた六人の前世を、送信先にあった六つの前世に紐づければよくなったわけだけど、幹事さんに、前世での没年と現世での年齢の関係を聞いて……そうなると、矛盾が出てきた。緑川さん、加藤さん、緒方さんの前世については間違いないと思ったけど、それ以外の三人については、誰が誰でも、前世での没年を考えると、年齢が合わなくて。誰かが嘘をついてるのかもと思ったけど、どう考えても、しっくりこなくて」

烏龍茶で喉を潤して続ける。

「緑川さんのお見舞いに行って、神谷くんが『信長』だってわかった。そう言われると、不思議と、しっくりくる気がした。納得できたっていうか」

様をつけなさいよ、と夏梨奈に睨まれた。睨まれっぱなしだ。

別にいいよと神谷は言ったが、ここはおとなしく夏梨奈に従うことにする。

「でも、神谷くんが『信長様』だとすると、おかしいんだ。本能寺の変があったのは一五八二年。滝川一益が死んだのは、その四年後の一五八六年。前世で先に死んだほうが、現世では年上になるって、幹事さんが断言してくれたのに……信長様の生まれ変わりは、後に死んだ一益の生まれ変わりより、現世では年上のはずなのに、神谷くんはどう見ても、加藤さんより若い」

加藤が「一益」であることも、神谷が「信長」であることも、真実だとしたら――幹事の言葉を信じるなら、考えられることは一つだった。

「矛盾がある。ということは、前提が違うんだ。僕はそのことに思いが至らなくて、勝手に混乱してた。疑ってもみなかったから、緑川さんと話さなかったら、今も気づけないままだったかもしれない」

彼の一言でようやく、矛盾の生じていた理由を悟った。

「僕が――というか、現代に生きてる僕たちが信じている歴史のほうが、間違っているんだって」

神谷は、黙って聞いている。じっと真広を見つめている。

真広はまっすぐに神谷を見つめ返して言った。

「織田信長と森蘭丸は、本能寺の変では死んでいないんだ」

これこそまさに、確認したかったことだ。

それが事実であることには疑いを持っていない。しかし、詳細はわからない。

歴史の裏側で実際には何があったのか、それは、信長たちの生まれ変わりである彼らしか知らないことだった。

夏梨奈はもう真広を睨んでいない。ただ、神谷を見ていた。柴垣もだ。

真相について真広に話すかどうかは、神谷の判断に委ねられているということだろう。

室内の緊張した空気をものともせず、

「あ、幹事が通話可能になったみたいだ」

テーブルに置いたゲーム機にちらりと目をやった後、今度はスマホの画面を見て、神谷が呟いた。

タイミングがよかった、などと言いながら、立てかけてあったスマホに手を伸ばす。

「説明はするよ。複雑な話でもない。同窓会を開いた理由にも関係するし。そっちはさらに単純な話だけど」

何やら操作をして、すぐにまたスマホを横向きに、スタンドを使って立てて置いた。画面には先ほどと同じ葉っぱのアイコンが表示されているだけだが、よく見ると、マイクがオンになっている。ごそごそと、その向こうで何かが動いているような音も聞こえてきた。

「その前に、準備ができたみたいだから、幹事を紹介するよ。もうそろそろ、ひなのたちも来るだろうし。今、颯からも連絡があって、もう着くって。途中でひなのと一緒になったみたいで」

本能寺の話は、全員が——加藤はいないが——そろってから、ということらしい。

真広は息を吐いて座り直し、半分ほどに減った烏龍茶に口をつけた。

気勢をそがれる形となったが、かえって肩の力が抜けてよかったかもしれない。

「幹事さんも、誰かの生まれ変わりなの？」

「うん」

神谷は、ほら、というように画面を示す。しかし、そこにはアイコンが映っているだけだ。

見る人が見ればわかる何かがあるのだろうか。

ピンときていないことに気づかれたくなくて、急いで話題を変える。

「幹事さん、同窓会の間、近くにいたの？」

「あの宿にいたよ」

「え、そうなの？」

あの二日間、宿は同窓会の参加者たちの貸し切りだったはずだ。

他に、客らしい姿を見た覚えは――。

「……あ！　里中さん⁉」

「それはなかなかおもしろいね」

思いつきを口に出したら、神谷に笑われた。

「でもはずれ。年齢が合わないでしょ。家康は、前世でこの中の誰より長生きしたから」

「あ、そうか……いやでも、本能寺の変で死んでなかったなら、信長様がいつまで生きたのか僕は知らないから……って、え！　家康？　幹事さんって『徳川家康』なの⁉」

思わぬビッグネームの登場に、取り繕うのも忘れて声をあげる。

真広でも名前を知っている、戦国武将の中でも一、二を争う超有名人だ。

信長とは同盟相手だったとインターネットに書いてあったが、厳密には主従関係ではないし、特別親しいわけではない、少なくとも身内とは言えない関係性という認識だった。同窓会にかかわっているとは思わなかったが、考えてみれば、敵対していた浅井長政の生まれ変わりまで呼ばれているのだから、家康がかかわっていても驚くことではないのかもしれない。

『リアクションはええけど、ちょっと大げさやって。このアイコン見ればわかるやろー？』

マイクを通した明るい声が、けらけらと笑う。

女性の、というより、女の子の声だ。

カメラはオンになっているが、角度が悪いのか、映っているのは机と床のアップだった。

声だけが聞こえている。

向こうにはこちらが見えているらしい。真広の表情を見てとったらしい彼女が、『え、全然ピンときてへんやん』と愕然とした様子の声で言った。

『嘘やろ⁉　ショックやわー、大河ドラマにもなってんで？　葵の葉っちゅうたら徳川の紋やんか』

「そうなんだ、ごめん」

神谷が、壁にもたれて座ったまま、「アオイ、カメラ曲がってる」と指摘する。

『あー、ちょお待って』

カメラに肌色のもの、おそらく誰かの手が近づいたかと思うと、ぐいん、と動いて、固定された。

画面の中央に映っているのは、何かのロゴがプリントされたパーカーを着て、髪をショートカットにした女の子だ。

彼女がアオイ、「家康」らしい。

はじめまして、と真広が頭を下げると、彼女も「どもども」と手を挙げた。

「徳川家康って、大阪の武将だっけ？　じゃないよね？」

『出身は静岡やけど、現世で父親が転勤族やったからしゃあないねん。関西弁は気にせんといて』

画面越しなこともあり、また、柴垣の実年齢を大きく見誤っていたこともあり、相手の年齢当てに自信は持てないが、見た感じ、随分と若い。子どもだ。神谷よりももっと、ずっと。

「えっと、小学生……？」

『失礼なこと言いなや、中学一年や！』

ということは、半年前はまだ小学生だったのだ。やはり若い。徳川家康が、同窓会の参加者たちの前世の誰よりも長生きしたのなら、自然なことではあるのだが、それにしても若い。まじまじと見ているうちに、あれ、と思った。

どこかで見た顔だ、と気がついた。

「……あ！『さかいや』にいた⁉　同窓会の初日」

『お、やっと思い出したんや。おったおった。あの後も暗躍しとったんやで。ほとんどは離れにおったけど』

やはり、ロビーで見かけた、最新機種のスマホをいじっていたあの少女だ。いつのまにかいなくなっていたし、あの後姿を見ることもなかったが、参加者たちの顔を確認するためにロビーにいたのだろう。

夏梨奈や柴垣には驚いている様子はないから、彼らは知っていたようだ。同窓会の後、紹介されたのかもしれない。

真広は前世の記憶がないうえ、それを自分の意思で他の参加者たちに隠していたのだから仕方がないとはいえ、なんとなくさびしいような気がする。

そのとき、ガラスドアが大きく開いて、颯が入ってきた。後ろにはひなのもいる。真広と目が合うと、にっこり笑った。

そう、もちろん彼女もグルだったのだ。思えば、真広に前世の記憶がないと看破したとき、彼女は「前世ＩＤを取得していない参加者がいるなと思って」と言っていた。自分も前世ＩＤを取得していなかった彼女には、同窓会サイトの前世名の送信先リストは見られなかったはずなのに

――。つまり彼女はあの時点で、すでに主催者側と通じていた。あの時気づくべきだった。

「ごめん藍ちゃん、遅くなって。仕事、早めにあがらせてもらったんだけど」

「ああ、お疲れ様」

急いで来たらしく、颯は髪が乱れている。サイドに下りた髪の間から、紫がかった不思議な色の石のピアスが見えた。

「飲み物をお持ちします」

「いいって、私にまで、っていうか現世でまで気を遣わなくて。座ってなさい」

さっと立ち上がった柴垣を、手のひらを振って座らせる。

初対面の相手が多かった同窓会のときと違って、緊張していないせいだろうか。どこか印象が違う。

真広の視線に気づいたのか、颯はくるりと首を動かして真広の方へ顔を向けた。

「何？　もう知ってるんでしょ、私が『帰蝶』だって」

「あ、ハイ」

一人称が違うことに気がついた。

こちらが素らしい。

颯はどさりとソファに腰を下ろし、神谷を見た。

「で、今何の話？」

「前世で、僕……信長と乱が本能寺では死んでないって話」

神谷が答える。

ああ、そこ、というように颯は頷いた。

「さらっと言うけどさ、それって結構大事件だよ。歴史に全然詳しくない僕でも、本能寺の変のことは知ってたくらいなのに、それが、史実と違うって」

提示されたルールと、他の事実との間に明らかな矛盾があっても、そこは疑っていなかった。緑川と話さなければ、絶対に気づかなかっただろう。

「ほかのすべての前提が正しいなら、歴史のほうが間違ってると考えるしかない――っていうのは理解できるけど、それはそれとして。なんでそういうことになったのかは、絶対自力じゃわからない。説明してほしいよ」

真広が言うのを聞いていた夏梨奈が、そうだよね、と呟いた。

「当時だって、本能寺の変で信長様が亡くなったって、誰も疑ってなかった」

彼女が自分に同調するようなことを言うのは意外で、真広は夏梨奈を見る。

彼女はいつのまにか、組んでいた腕と脚を解いていた。

「秀吉は、本能寺の変の直後、信長様と光秀が訪ねてきて、それで初めて計画のことを知らされたの。事情を聞いて、光秀を討ったことにしてくれって言われて、従った。傷んだ死体の首を切って、人相をわからなくした状態で高い位置に晒して、光秀の首だって発表した」

夏梨奈は当然のように話しているが、その事情というものを、真広は知らない。被害者と加害者とされている信長と光秀が、二人して秀吉に協力を求めたということは、彼らが計画とやらの首謀者なのだろうが、それももちろん初耳だ。

しかし、口を挟まず、夏梨奈の話を黙って聞いた。とにかく、謀反を起こした光秀を秀吉が討った、とされている歴史は事実と異なり、秀吉は信長と光秀の求めに応じて事後的に「本能寺の変」という芝居に協力した、ということのようだ。

「信長様に、後を託されたことは嬉しかった。でも、信長様はいなくなってしまった。妻と子をなくした信長様の、表舞台から完全に姿を消して自由に生きたいっていう気持ちは尊重したかったし、理解もしたつもりだったけど……やっぱり、私は」

さびしかった、と言おうとしたのか。夏梨奈は口ごもり、言葉を濁す。

「……秀吉は、信長様みたいにはできなかった。それでも、どこかで見ていてくれるって信じて、頑張ったんだけど」

自分のふがいなさを悔いるかのように眉を寄せてそう続けた。

強気なイメージの夏梨奈が、しおらしくしているとなんだか胸が痛む。

「そ……そんなことないんじゃないかな、豊臣秀吉っていったら僕でも知ってるような天下人で」

思わずフォローしたら、「あんたに言われなくたってわかってる」と睨まれた。

「信長様には及ばなかったってことよ。それに、同窓会で言葉をかけてもらって、そこについては……悔いは残るけど、納得してるっていうか、もうくよくよはしないことにしたんだから」

すみません、と真広は肩をすくめる。

何故謝っているのか、自分でもわからない。夏梨奈が元気そうなのでよかったと思っておこう。睨みつけておいて、さすがに気がとがめたのか、夏梨奈は困ったような表情になった。それからまた、いや、ほだされないぞ、というようにきっと眉をあげる。

「計画のこと、信長様が自分より、光秀に先に打ち明けてたことが悔しくて、光秀に対してはずっとわだかまりがあったの。裏切り者の長政のことも許せなかったけど、長政は記憶があったし、悔いているのがわかったからまだまし。でもあんたは覚えてさえいなかったでしょ。それがむかつくのよ」

真広の目を見て説明してくれた。

彼女なりに、理由も言わずにただ冷たくするのはフェアではないと考えたのかもしれない。

ああ、それで、緑川や自分に対して当たりが強かったのか——と納得しかけて、

「えっ」

思わず声をあげる。

「え、え⁉　僕の前世、もしかして明智光秀⁉」

さらっと告げられてしまったが、それこそ初耳だ。

「何、そこは知らなかったわけ」

颯がどうでもよさそうに言う。

夏梨奈は、信じられない、というように、さらに眉をつりあげた。

「学校に来た段階で気づいてると思ってた。まだわかってなかったの？　それで訪ねてきたの？　他の参加者たちの前世がわかったなら、その反応とかここまでの流れとかで、普通察するでしょ」

「いや、ひょっとしてそうかなーってちょっと思ったことはあったけど……そうかぁ。そう考えれば、なるほどって思うことも色々あるかも」

夏梨奈の態度、掲示板への「帰蝶」の書き込み、同窓会で、何故か颯に睨まれたこと。神谷の視線や、それに対して心が騒ぐような気がしたことも、思い出した。「光秀」は前世IDの送信先リストに名前がなく、彼宛ての案内状もなかったのに、ほかの参加者たちは何故か、「光秀」が参加している前提のような言動をしていて、不思議に思ってはいたのだ。

言われてみれば確かに、気づいてもよさそうなものだった。

自分の年齢から、本能寺の変の直後に死んだはずの光秀の生まれ変わりではないと一度思い込んだせいで、「伝わっている歴史は事実ではない」とわかってからも、そこに考えが至らなかった。

『今日まで気づいてへんかったんや？　他のことについては、結構頑張って調べたのになあ』

画面の向こうで、アオイが呆れたような感心したような口調で言う。

夏梨奈は、もういい、というように息を吐き、どさっと音をたててソファにもたれかかった。

代わりに、神谷が口を開く。

「水野さん以外の参加者には、同窓会で説明したんだけど……夏梨奈が今言ったとおり、本能寺の変は、信長が仕組んだ芝居だった。理由は、まあ、言ってみれば、わがままだよ。ここまでくれば、天下統一は自分じゃなくてもできる、残った時間は自由に使いたいって思ったとき、世界を見たくなって――世界を征服したいって意味じゃないよ。ただ、個人の興味として、見てみたかっただけ。自由になるために、日本のことは、秀吉たちに任せることにした」

他人事のように――前世と現世では別の人間なのだから、他人事なのだろうが――話す彼を、真広は見つめる。

神谷はただ「わがまま」と言ったが、あと一歩で手が届くところまで来た天下に背を向けてしまう理由が、それだけだとは思えなかった。信長は、戦い続けることに疲れたのかもしれない。

「隠居するだけじゃだめだったの？」

「隠居ならもうしてたんだよ。建前上はね。でも、信長が生きている限り、皆信長を頼るし、信長も口を出してしまうし、敵対していた武将たちだって、織田家の家督を譲ったかどうかなんて関係なく、信長を見ていた。名目上トップを入れ替えただけじゃ意味がなかったんだ。出家したって同じことだっただろうね」

それで、死んだことにしようと考えた。確かにそれなら自由になれる。しかし、随分と思い切った選択だった。

「ただ死んだことにするだけじゃない。自分は殺されたことにして、秀吉や家康と協力して息子の信忠がその逆賊を討ちとれば、皆、信忠が後を継ぐことに納得するだろうって、そういう考えだった。光秀はそれに協力した。ほかに計画を知っていたのは、側近だった乱……成利くらいだ」

神谷が柴垣に目をやり、柴垣は小さく頷きを返す。

「後継ぎの信忠や秀吉、家康には知らせる予定だった。信長が手はずどおり本能寺から脱出して、死んだと世間に知らしめた後でね。けど、信忠には……間に合わなかった」

柴垣も、颯も、夏梨奈も目を伏せる。

歴史に詳しくない真広にも、その意味は伝わった。

「別の場所にいた息子の信忠が、本能寺で信長が死んだと知らせを受けて、自害したんだ。計画が漏れないように、ギリギリまで伝えなかった僕の」

神谷は一度言葉を切って言い直した。

「……信長のミスだ。もともと、犠牲が出ることも想定した作戦だったけど、さすがにショックだった。わがままを貫いた罰かもしれないけど、犠牲になった側にしてみればとばっちりもいいところだよね」

自嘲気味に言うその表情は、やはり大人びていて、高校生とは思えない。

「その……前世のことだし、あんまり気に病まないほうが……記憶があったって、神谷くんは信長、様とは別の人なんだし」

いたたまれなくなって、声をかけてしまった。

「覚えてないおまえが言うなって感じだけど……」

ついさっき、夏梨奈に余計なフォローをして——知ったような口をきいて——睨まれたことを忘れたわけではない。

そうつけ足して、頬を掻いた。

「僕以外は皆、前世の記憶があるんだよね。どういう風に思い出したのかな。物ごころついたころから自分の前世の記憶があったの？　それとも、ある日突然思い出したのかな」

「前世で交流のあった相手と接触しているうちに、引っ張られるみたいに思い出すことが多いな。颯は最初から、ある程度の記憶があったみたいだけど」

神谷が言い、それに夏梨奈や柴垣も頷いた。それなら、彼らとこうして過ごしているうちに、いつか自分も思い出すかもしれない。そんな期待が胸に湧くが、今はまだ、自分が「光秀」だという実感はない。

「あっ、そういえば！　僕には前世の記憶がないのに、何で僕が『光秀』だってわかったの？

前世の記憶があると、見ただけでわかるもの？」

思い出して訊いた。これはずっと気になっていたのだった。

神谷は、ああ、と言って、こともなげに答える。

「僕たちにそんな力はないよ。ひなのだけ」

真広はひなのを見た。

目が合ったひなのは、デフォルトの笑顔だ。

「彼女は、見ただけで、その相手の前世がわかる。理由は知らないよ。ただわかるらしい」

ひなのが最初に接触したのは、神谷と颯だったらしい。二人一緒にいるところに声をかけ、それをきっかけに神谷の前世の記憶がよみがえった。

声をかけはしなかったが、ひなのは以前、家康の生まれ変わりであるアオイを見かけたことがあり、彼女の学校を覚えていた。そこで、改めて接触し、前世の記憶を引き出したうえで、神谷と颯に引き合わせた――という経緯らしい。

その後も、ひなのはこつこつと戦国武将たちの生まれ変わりを探し出し、神谷たちに報告した。そうして、このたび、前世同窓会が開かれる運びとなったのだと、神谷は説明した。

「す、すごいね？　超能力？　だよね」

にわかには信じがたい話だが、彼女の能力なしには、これだけの数の前世の記憶を持つ人間を集めることはできなかっただろうから、信じるしかない。

それほどでも、特技みたいなものです、とひなのは謙虚に言った。

「実は自分の前世はわからないんです。こうして引き寄せられたことを考えると、私も、前世で皆さんに何らかのかかわりがあったんじゃないかと思うんですけど」

「あ、だから……」

案内状の宛名がなかったのは、正体を隠すためではなく、単純に、前世を覚えていないからだったのだ。真広と同じだった。

「戦国時代や戦国武将にはとても興味があったので……あ、前世が見えるから興味を持ったんだったか、どっちが先だったかは忘れちゃいましたけど。有名な武将の生まれ変わりを探すのが、趣味みたいになってたんです。一人見つけると、割とその近くに関係者がいたりして、楽しくなってしまって」

ひなのは申し訳なさそうに眉尻を下げる。

「ですから、私は、誰かの生まれ変わりということじゃなく……私のことは、ただの歴女だと思ってください。だますようなことをしてごめんなさい」

ただの歴女――歴史好き女子――ではないだろうと思ったが、「いやいやそんな、僕だって記憶がないのを隠してたんだし」とフォローするにとどめた。

そのとき、思い出した。

「あ……そうだ。同窓会のときから、吉永さんに、どこかで会ったような気がするって思ってたけど……今年の春、個別指導塾で講師のアルバイトをしてたときじゃないかな」

そうだ確か、自習室の場所を聞かれた。

ひなのは頷き、「同窓会で、どこかで会ったかと言われたときは、ちょっと焦りました」と笑う。

「水野さんの前世が見えたので、接触して、記憶を引き出そうとしたんです。手ごたえなしでしたけど」

そうやって彼女は、戦国武将の生まれ変わりを探していたのだ。真広も彼女に見つけられた一人だった。

「あの人数が集まったのは運がよかった。同窓会の案内状を送ったのは、ひなのが見つけられた相手だけだ。探したけど見つからなかった家臣もいる」

神谷は、「まあ、そいつらともいつかどこかで会えるんじゃない」と軽い調子で言った。

「記憶については個人差があるみたい。ほとんどの人は覚えていないけど、ひなのと接触することが思い出すきっかけになるし、他の仲間と接触するとさらに記憶が戻る傾向にある。まあ例外もあるわけだけど、見つけさえすればなんとかなるだろうし、いずれ見つかると思うよ。今生でも縁があるならね」

いつのまにか飲み終えたらしいグラスを置いて、神谷は立ち上がった。

「出ようか。おなかすいた。カラオケのごはんより外で何か食べよう」

誰も文句は言わない。

颯が夏梨奈に「いくら？」と尋ね、スマホを取り出した。電子マネーのやりとりをしているようだ。代金は、颯が払うことになったらしい。

神谷から、アオイが画面に映っているスマホを、ぽんと渡された。持っていろということのようだが、通話中のそれをどうしたらいいのかわからない。

先に立って歩き始めた神谷を、真広はスマホ画面を自分の顔へ向けて持ったまま追いかけた。

「同窓会を開いた理由も、もしかして、それ？　仲間と接触することで前世のことを思い出させようとしたとか？」

「まあ、それもあるし、前世の悔いとか恨みを引きずっちゃってそうな奴が何人かいたから、思い出させた側の責任として、遺恨をなくそうとしたっていうのもあるし……」

でも、一番はただの、僕のわがままかな――と、カラオケの会計機の前で、歩調を緩め、神谷が答える。

「会いたかったんだよね。僕が」

それはとても単純で、明快な理由だった。

ひなのもそう言っていた。皆が同窓会に参加したのも、開いたのも、きっと、もう一度会いたい人がいたからだと。

納得できる、と思った。

そっかぁ、と真広は言い、うん、と神谷も応じる。

後ろからついてきていたひなのと柴垣は、微笑んで聞いていた。

少しして、会計手続きを終えた夏梨奈と颯も合流する。

颯が軽食をとれる店を予約したというので、全員で移動することになった。

歩き出そうとしたところで、思い出したことがあった。

「そういえば、もう一つ聞きたいことがあったんだ」

忘れるところだった。なんとなくいい雰囲気になって、それに流されるところだった。

「同窓会中、僕、何度か……変なことがあったっていうか。端的に言えば、身の危険を感じるようなことが色々あったんだけど」

偶然じゃないよね？　と神谷を見ると、

「具体的には？」

「えっと……最初に気になったのは」

宿に入ったところから、順番に思い出す。

「僕の部屋にだけ桔梗が飾ってあって、花が、首だけ湯呑の中に入ってたりとか……吉永さんが、桔梗の花には毒があるって」

「客に合わせて花を選んだだけだよ。ただのおもてなし。ていうか、桔梗に毒なんてあるんだ」

それすら知らなかったと、神谷はあっさり否定した。

夏梨奈が横から「考えすぎ」と口を挟む。

「桔梗は明智家の家紋でしょ。信長様のお心遣いに感謝するところよ」

真広は明智家の家紋など知らないが、知っていたとしても、自分の家の家紋の花が首をもがれて置かれていたら、しかもそれが仏花としてよく仏前に供えられる花だったら、そこに意味深なものを感じた気がする。

ただの行き違いだったのか、それとも、言わないだけで神谷には真広の記憶を喚起しようとする意図があったのか――しかし、本人が否定しているのに、これ以上は追及できない。

「あと、サロンで飲んだコーヒーに、気づかないうちに砂糖がめちゃくちゃ入ってて……」

「ああ、僕が入れた」

神谷は、こちらについてはあっさりと認めた。

「全然思い出すそぶりも見せないし、のんきな顔見てたらちょっと腹が立って」

自分のコーヒーに大量の砂糖を入れた後、さりげなく真広のカップと交換したのだという。あのとき神谷が不審な動きをした記憶はなく、いつのまに砂糖を入れられたのかと不思議だったが、隣に置いたカップ同士を、真広が見ていない隙に交換するくらいなら簡単だ。

「もー……びっくりしたよ」

わかってしまえば単純な手口だし、今思えば可愛いいたずらだ。

ほっとした。いつでも毒を入れることができるんだぞと、警告されているのかとすら思っていたのだ。

「じゃあ、鉢植えが落ちてきたのは偶然かあ。あれがあったから、何か全部が警告みたいに思えて……自意識過剰になってたみたい」

神谷は、今の今まで忘れていた、というような表情で小さく「ああ」と言った。

『それはうち』

真広の手にしたスマホの中で、アオイが元気よく「はいっ」と手を挙げる。

「え!?」

「僕がやらせたんだよ。あんまり緊張感がなくてむかつくから、ちょっと気合が入るようにびびらせてやれって言ったんだ。方法はアオイに任せたけど」

そう言う神谷にもアオイにも、まったく悪びれた様子はない。

『当てるつもりはなかってんで？　ちゃんと兄ちゃんがその場を離れてから、真下にまっすぐ落としたんやから』

「そ、それにしたって……」

ショック療法にしても、過激すぎないか。万一手が滑って直撃でもしていたら、冗談では済まない。

しかも、植木鉢の一件は、確かに真広に緊張感をもたらしはしたが、記憶の喚起にはまったく役に立っていない。

「何度か目が合ったけど、水野さんは僕を見ても何とも思わないみたいだったし、記憶が戻ってないらしいのは、他の参加者たちとのやりとりからも感じてた。風呂場で、ああ、これは覚えてないなって確信して……記憶がないならそっとしておこうって思ったんだ。そもそも、最初にひなのと接触しても思い出さなかったってことは、思い出したくないのかもしれないし……記憶のない相手に、前世での関係を話したって仕方ないから」

神谷はそう言って目を伏せた。

仕方ないと言いながらも、その表情はどこかさびしげだ。

覚えていないのは自分のせいではないとわかっていても、なんとなく申し訳ないような気がしてくる。

そういえば、神谷は加藤や夏梨奈や、柴垣のことも名前で呼んでいた。

自分のことだけを水野さんと呼ぶのが気になっていたのだ。意識して距離を置かれているように感じていた。

「光秀のことは、前世でも散々振り回したしね。記憶がないのは、現世では、前世での関係に縛られたくないからかもしれないって思って……ちょっとさびしい気はしたけど、前世の話はしないことにしたんだ」

そうだったのか。

だから、真広にだけ、何も言わずに解散したのだ。

最初は、仲間外れにされたようなさびしさを感じていたが、神谷は神谷で、自分のことを気遣ってくれたのだとわかり、申し訳ない気持ちが胸に広がる。

「その、ごめ」

「でも、ここまでやってても何も思い出さないことには軽い屈辱も感じたし、単純に腹も立って」

謝ろうとする真広の声にかぶせるように、神谷が言葉を重ねた。

「だから、アオイに頼んで、ちょっとびびらせてもらったってわけ。同窓会の意義と仕組み上、一発殴るってわけにはいかないし、直接文句も言えないからね」

さびしげな様子はどこへやら、からりとした口調だった。これも、同窓会を開いた理由と同じくらい単純な理由だった。子どもじみていると言ってもいい。

要するに、忘れられていたことへの意趣返しだ。

「たった今、覚えてないならそっとしておこうと思った、って言ってたのに！」

「それはそうとしてむかつくことはむかつくでしょ。結構何度かアピールしたのに全然ピンときてない顔してるしさあ」

「だったらそう言えば……前世のことだって説明してくれればいいのに、なんでコミュニケーシヨンをあきらめてそういう極端な行動に出るかなあ！」

神谷はふいっとそっぽを向いている。説教は聞かない、という表情だ。

この人本当に反省しないな、謝らないし、そもそも人に相談するって発想がないし——と、こみあげてきたのは怒りというより呆れに近い。

「信長様ってそういうとこありますよね……！　本当、あんたって人はいつもいつもいつも」

いつも、という言葉を口にしたところで、はっとした。神谷も、おや、という表情になる。

「……あれ、今僕」

敬語で話していた。自分でも、意識せず。

神谷は、ふーん、というように真広を見て言った。

「記憶、全然ないわけじゃなさそうだね」

『な。そのうち戻るんちゃう？』

「そう、なのかな？　そうなのかも……」

誰かの経験や意識が混ざったようなこの感覚は、同窓会の最中にも、何度かあった気がする。

気づけば、その場の全員の視線が真広に集まっていた。

ひなのが、「よかったですね」と笑う。

その笑顔を見たとき、ふっと誰かの顔が頭に浮かんだ。

長い黒髪。白い肌。父上、と呼ぶ声。

たま、と頭に浮かんだ名前を口にしかけて、その面影はすぐに消える。

浮かんだのが誰の顔だったのか、自分が誰の名前を呼ぼうとしたのか、もう思い出せなかった。

「水野さん？」

「あ、うん。……ありがとう。記憶、戻るといいな」

思い出せるように頑張るよ、と取り繕う。頑張ってどうなるものなのかはわからないが、やる気は見せておきたい。

ひなのは、応援します、と言ってくれた。

柴垣は黙って頷く。夏梨奈は、「遅すぎ」と呟き、颯が「ほんとにね」と応じる。言葉は素っ気なかったが、二人とも、どこかほっとしたような表情だ。

やった甲斐があったかもね、と神谷が言うのが聞こえる。

同窓会を開いたことか、植木鉢を落としたことか。尋ねても答えはもらえないだろう。そうでなければ、「どっちも」と言われるかだ。

あきらめが肝心だ、と小さく息を吐いた。真広は、神谷とのつきあい方を早くも理解しつつある。

もしかしたら、ずっと以前から知っていたことなのかもしれなかった。今はごく自然に、そう思える。

「こうして皆で会って話したことが、いい影響を与えたのかもしれませんよ。きっとすぐに、もっと思い出します。定期的に会うようにしませんか？　そのたびに前進すると思います」

いいことを思いついた、というようにひなのが両手をぽんと叩いた。夏梨奈と颯が、あからさまに嫌そうな表情になる。

「は？　嫌なんだけど」

「でも、加藤さんと緑川さんは、今日は来られませんでしたし、また改めて席を設けないと」

「そっちはそっちで、勝手に会えばいいじゃない。私、別にあいつらと会いたくないし」

こいつとも、と言って夏梨奈に視線を向けられ、真広は「さすがに心が折れそうなんですけど」と小さく返した。彼女はさっき、真広は一人だけ記憶がなく、安穏としているのが腹立たしいというようなことを言っていたが、前世のことを思い出したからといって彼女の態度が変わるとは到底思えない。記憶がなくてもこの扱いなのだから、思い出したら、むしろ、もっとちくちくと本能寺の変のことをなじられそうな気がする。

思い出さないほうが幸せかもしれないなあ、などと考えながら真広が虚空を見つめていると、ひなのが「まあそう言わず」ととりなした。

「何度も会ってお互いを知れば、仲良くなれますよ。ね？」

最後の「ね」は、神谷へ向けた言葉だ。この場で、一番強い発言権、すべてについての決定権を持っている彼に、同意を求めた。

神谷は、どうかな、と思わせぶりに言って、少し考えるようなそぶりを見せる。その目は、真広に向いている。

「でもまあ、たまになら会ってあげてもいいよ。なんなら、毎年やる？　同窓会」

そう言って、唇の端をあげて笑った。

いつかどこかで見たことのある、誰かに似た笑い方だった。

信長側近・森成利の追憶

南蛮の宣教師から譲り受けた地球儀を、信長はいたく気に入った。

球の形をした地図の、海の上にぽつんと描かれた小さな島がこの日本だと知り、世界とはこれほど大きいか、この目で見てみたいと、そんなことを口にするようになった。

「おまえも行くか、光秀」

くるくると指で球を回しながら、その場にいた光秀に尋ねると、光秀は、己の領地のことだけで手がいっぱいだ、というようなことを答えた。

信長は、「つまらん男だな」と――そう答えるのはわかっていたというように――言い、

「乱、おまえはどうだ。来るか」

今度は成利に訊いた。

「はい」

成利は平伏し、答えた。迷わなかった。

「上様の行かれるところへなら、どこへなりとも」

森乱は、小姓としての働きすらろくにできないような子どものころから、父について城にあが

ることがよくあった。だから、信長が、一度身内と認めた者に対して情が厚いことは知っていた。織田家の重臣であった乱の父、森可成が、浅井・朝倉との戦いで死んだ後、信長は森家の家督を継いだ乱の兄を武将として取り立て、弟たちのことも手厚く遇してくれた。

信長が比叡山を焼いたとき、森乱や弟たちはまだ幼く、戦には加わっていない。歴史ある寺を焼くなど、神も仏も畏れぬ所業だと、漏れ聞こえてくる声もあった。しかし、乱や兄弟たちにとって、そんなことはどうでもよかった。

信長の命で、比叡山延暦寺や町はことごとく焼かれたが、可成の墓のある聖衆来迎寺《しょうじゅらいこうじ》だけは無事だった。信長はそれについて何も言わなかったが、乱は、信長が亡き父に報いてくれたと感じた。先の戦いで死んだ者についても、忘れていないことを示してくれたのだ。

父が生きていたころから、乱は、いつか自分も信長に仕えるものと思っていた。しかし、そのとき改めて、自分の意思で、父親の代わりに自分が、信長が天下をとるのを見届けようと心に誓ったのだ。

その数年後、小姓として召し抱えられた乱は、信長に尽くし、やがて成利と名前を変え、甲州征伐への貢献を認められて城を与えられるまでになった。天正十年（一五八二年）のことだ。

成利はもはや小姓ではなかったが、城持ちとなってからも、城には住まず、城代を置いて、信長のそばを離れなかった。

かたときも離れなかった、と言っても過言ではない。だからこそ、帰蝶を亡くした信長が気落ちしていることにも、光秀と何やら企んでいるらしいことにも気がついていた。

それでも、「自分は光秀に謀反を起こされ、死んだことにして、戦も政も天下取りも、残る者に任せようと思う」と信長が言い出したときには、自分の耳を疑った。

光秀はすっかり諦めた表情をしていた。信長が決めたと言うからには、間違いなく実行されるのだ。

成利は心を落ち着かせようと努めた。

まずは、「かしこまりました」と答える。こうして打ち明けられたということは、自分にも役割があるのだと理解していた。

「それで、上様は、どこへ行かれるのですか」

南蛮船に乗ろうと思っている、と信長は言った。その後のことは決めていない、帰ってくるかもわからない、という様子だった。ただ、気ままに旅をしたいらしい。

同じく死んだことになる予定の光秀は、名を変えて隠居するという。しかし成利はまだ十八で、隠遁するには若すぎる。

「ともに来るか?」

いつか、同じことを訊かれたのを覚えていた。あの頃から、信長はこうすることを考えていたのかもしれない。

成利は、迷わず、お供します、と答えた。天下人に仕えると決めたわけではない。信長に仕えると決めたのだ。

信長は頷いた。成利がそう答えることを知っていたかのようだった。

「これから、光秀を打ったり罵ったり足蹴にしたりするが、素知らぬ顔をしていろ」

言葉のとおり、その後信長はたびたび、人前で光秀を理不尽に虐げた。その様子はとても芝居とは思えず、事情を知っていても光秀が気の毒になるほどだったが、成利は言われたとおり知らぬ顔をしていた。

居合わせた武将たちは、驚き、戸惑い、気の毒そうに光秀を見ていた。

計画を知るのは、ごくわずかな者だけだ。家康や秀吉にはいずれ話すが、知っている者が多ければ多いほどぼろが出るから、と信長は言った。それはおそらく正しい、と光秀も成利もわかっていた。

三河の徳川家康が安土城を訪れた際、接待係の光秀の用意した夕餉の膳が臭うと信長は激怒し、客人たちの前で光秀を打ち据え、饗応役の任を解いた。かわりに高松城を攻めている秀吉の手伝いをするよう言われた光秀は、軍備を整えるために居城へ戻り、その後、信長のいる本能寺へ向かった。

配下の有力な武将たちを各地に散らし、自分だけが京にいるという状況を作ったのは信長だ。謀反を起こすには、またとない機会で、光秀の行動には理由があるように見えるはずだ。

光秀がこれに乗じ、本当に謀反を起こすのではないかとは、信長は露ほども案じていないようだった。

すべては計画どおりに進んだ。

ただ、信忠が自害してしまったことだけが、信長にとっての不覚だった。

明智軍は信忠の逃げ込んだ二条新御所を包囲したものの、攻撃するつもりはなかった。籠城しているところへ使者を送り、信長から事の次第を信忠に話す予定だったのだ。しかし、逃げられないと考えたらしい信忠は、それを待つことなく自害した。

息子の死を知った信長は沈んでいたが、すぐに、すべてを振り切るように動き出した。

人目を忍んでまずは秀吉を、次に家康を訪ね、事情を話した後、信長は裕福な商人として南蛮の船に乗り、海を渡った。成利はそれに同行した。異国を旅し、また船に乗り、たまに日本に戻る。

天下人となった秀吉には、旅をするにあたって、色々と便宜をはかってもらうこともあった。秀吉が、是非そうしたいと強く望んだことだ。秀吉と家康には、請われて、成利が、信長の動向を知らせる手紙を出していた。もちろん名は伏せた。

一度だけ、死んだことにして隠遁していた光秀を訪ねたこともある。ひっそりと、しかしそれなりに楽しそうに暮らしていた。もう会うことはないだろうと思い、その通りになった。

信長が異国の地で病に倒れたとき、成利はそばにいた。

俺は好き勝手に生きた、悔いはない、と信長は言った。瘦せた姿で、死の床につき、それでも、晴れ晴れと。

「世話になったな」

そう言われ、成利は答えた。

「お仕えできて、幸せでございました」

心からの言葉だ。

信長は少し笑った。

「秀吉に、いつまでも俺に囚われることはないと伝えてくれ。俺になろうとしなくていいと……言っても無駄かもしれんが。家康には、もし会うことがあったら、信長は満足していたと」

光秀は、もう死んでいる気がするな、と言った。信長がそう言うのならそうなのだろうと思い、成利は頷く。

遺言のようなものだ。一言も聞き漏らすまいと、耳を澄ませた。

「いつか……」

信長が、億劫そうに口を開く。

「いつか、また、皆で集まって、酒を酌み交わしたいものだ。積もる話もある」

先ほどまでより、力のない声だ。天井へ向けられた目が、閉じようとしていた。

「そのときまで、乱、しばし……」

それが最後だった。微笑んでいた。

はい、しばし、と成利は答える。もう届かないとわかっていたが、自分に言い聞かせるかのように。

信長が、次の世など信じていないことは知っていた。

それでも信じたくなってしまうような、幸せな嘘だった。

「小説推理」二〇一四年一月号～八月号

装画　Minoru
装丁　bookwall

織守きょうや●おりがみ・きょうや

1980年、イギリス・ロンドン生まれ。早稲田大学法科大学院卒。元弁護士。2013年、第14回講談社BOX新人賞Powersを受賞した『霊感検定』でデビュー。15年『記憶屋』が第22回日本ホラー小説大賞読者賞を受賞し、映画化される。21年『花束は毒』が第5回未来屋小説大賞を受賞。その他の著書に『学園の魔王様と村人Aの事件簿』『まぼろしの女 蛇目の佐吉捕り物帖』、「木村＆高塚弁護士」シリーズの『黒野葉月は鳥籠で眠らない』『301号室の聖者』『悲鳴だけ聞こえない』などがある。

戦国転生同窓会《せんごくてんせいどうそうかい》

2025年3月22日　第1刷発行

著　者―― 織守《おりがみ》きょうや

発行者―― 箕浦克史

発行所―― 株式会社双葉社

東京都新宿区東五軒町3-28　郵便番号162-8540
電話03(5261)4818〔営業部〕
03(5261)4831〔編集部〕
http://www.futabasha.co.jp/
（双葉社の書籍・コミック・ムックが買えます）

DTP製版―株式会社ビーワークス

印刷所―― 大日本印刷株式会社

製本所―― 株式会社若林製本工場

カバー印刷 ―― 株式会社大熊整美堂

ISBN978-4-575-24807-4　C0093

悲鳴だけ聞こえない

織守きょうや

新米弁護士の木村は顧問先企業からパワハラ調査を依頼される。だが、パワハラを訴える投書はあるものの、被害者も加害者もわからない。木村が敏腕の先輩に助けられながら難儀な依頼を解決する「木村&高塚弁護士」シリーズ第3弾の連作ミステリー。

（四六判上製）